MÉCHANT GARÇON

COLLECTION TERREUR
dirigée par Patrice Duvic

Iain Banks
LE SEIGNEUR DES GUÊPES

William P. Blatty
EXORCISTE 3

Robert Bloch
PSYCHOSE
PSYCHOSE 2
LORI

Ramsey Campbell
ENVOÛTEMENT
LA SECTE SANS NOM

Martin Cruz-Smith
LE VOL NOIR

John Farris
LE FILS DE LA NUIT ÉTERNELLE
L'ANGE DES TÉNÈBRES

Raymond Feist
FAËRIE

Ray Garton
EXTASE SANGLANTE

Linda C. Gray
MEDIUM

Thomas Harris
DRAGON ROUGE

James Herbert
LES RATS
LE REPAIRE DES RATS
LE SURVIVANT
FOG

Stephen King
SALEM

Dean R. Koontz
LE MASQUE DE L'OUBLI
MIROIRS DE SANG
LA VOIX DES TÉNÈBRES
LES YEUX DES TÉNÈBRES
UNE PORTE SUR L'HIVER
LA PESTE GRISE
LA MORT À LA TRAÎNE

Stephen Laws
TRAIN FANTÔME

Michael McDowell
LES BRUMES DE BABYLONE

Graham Masterton
LE DÉMON DES MORTS
LE PORTRAIT DU MAL
LE JOUR « J » DU JUGEMENT
MANITOU
LA VENGEANCE DU MANITOU
LE MIROIR DE SATAN

Anne Rice
LESTAT LE VAMPIRE
ENTRETIEN AVEC UN VAMPIRE

Peter Straub
GHOST STORY
JULIA
KOKO

Sheri S. Tepper
OSSEMENTS

Thomas Tessier
L'ANTRE DU CAUCHEMAR

Jack Vance
MÉCHANT GARÇON

Chet Williamson
LA FORÊT MAUDITE

Bari Wood
AMY GIRL

Bari Wood-Jack Geasland
FAUX-SEMBLANTS

JACK VANCE

MÉCHANT GARÇON

Traduit de l'américain
par Jacqueline Lenclud

Introduction
par François Guérif

PRESSES POCKET

Titre original :
BAD RONALD

ISBN 2-266-02546-5

Jack Vance, Mystery Writer of America

Jack Vance, c'est entendu, est avant tout un écrivain de science-fiction. Il passe même pour un des meilleurs auteurs d'« heroic fantasy ». Et pourtant ! Comme le rappelle Jacques Chambon dans son introduction au Livre d'or consacré à Vance, il n'a écrit que deux ouvrages relevant nettement de « l'heroic fantasy ». Je laisserai aux exégètes le soin de débattre du problème. Disons, pour simplifier, que l'œuvre de Vance n'est pas si évidente à classifier. De même s'est-on aperçu assez tard en France que celles de Frederic Brown et Robert Bloch relevaient autant du « polar » que du fantastique et de la S.-F.

Sur une quarantaine de romans, Vance a consacré près du tiers au « polar ». Proportion peu négligeable, à laquelle il faut rendre sa véritable importance si l'on veut juger de l'ensemble. Mais, dans le domaine du « polar », Vance a souvent brouillé les pistes, comme par plaisir. A moins qu'il n'ait eu peur de dérouter ses lecteurs habituels. Quoi qu'il en soit, Vance ne considère pas ses « polars » comme des œuvres mineures. S'il les a publiés aux États-Unis sous son vrain nom, John Holbrook Vance, il n'a pas hésité une seconde à ce que *Méchant garçon*, sa première traduction française du genre, paraisse en France sous son nom de plume S.-F. Parce que, me dit-il lors d'une signature à la librairie *Temps Futurs*, « It's really one of my best books » (C'est véritablement un de mes meilleurs livres). Le polar, chez Vance, n'est pas un passe-temps. C'est un amour qui remonte loin. Il a même remporté l'Edgar de la première œuvre, décerné par les Mystery Writers of America, pour *The man in the cage* en 1960. Récompense paradoxale entre toutes si l'on sait qu'il avait publié, trois ans auparavant, sous le pseudonyme de Peter Held, sa première tentative du genre : *Take my face. The man in the cage* avait donc, en quelque sorte, usurpé son « Edgar ». Mais, après tout, les membres du jury d'un prix de « mystère » auraient dû être au courant. Vance a piégé même Allen J. Hubin, spécialiste de la célèbre revue *The Armchair detective*. Façon comme une autre pour un « raconteur d'histoires » d'affirmer sa suprématie sur la critique littéraire la plus exigeante.

Vance est ensuite revenu au genre avec *The fox valley murders* (1966) et *The pleasant grave murders* (1967). Ces deux « chroniques » mettent en scène le shérif Joe Bain, du comté de San Rodrigo (mélange fictif de plusieurs comtés californiens). Vance se révèle dans ces deux romans un écrivain régionaliste sensible. Les problèmes de Joe Bain sont ceux d'un shérif un peu « plouc » et la réponse aux énigmes se trouve dans les racines des plus vieilles familles du comté. Nous sommes loin de l'« heroic fantasy ».

Passons sur *The deadly isles* (1969), médiocre « whodunit » situé dans une croisière aux Caraïbes et revenons à *Bad Ronald (Méchant garçon)* publié en 1973. Présenté comme une sorte d'*Étrangleur de Boston*, le livre connut un certain succès et fut même adapté en téléfilm par Buzz Kulik en 1974. Mais ce « shocker » scandaleux fut vite oublié par la critique américaine et seuls les confrères S.-F. de Vance en reconnurent la véritable valeur littéraire. Lester Del Rey, notamment, en fit une défense ardente. L'expérience, pour concluante qu'elle fût, laissa un goût de cendres à Vance. « Personne ne s'est rendu compte que c'était un bon livre », me dit-il. « On l'a pris pour un nouveau best-seller. Pourtant, c'est un livre auquel je tiens. » En France, six ans plus tard, la critique a été sensible à l'histoire de cet enfant du placard, au point de lui décerner son prix. Et Jacques Chambon a souligné avec justesse les thèmes qui rattachaient ce roman au reste de l'œuvre : « Le héros de *Méchant garçon* ressemble beaucoup aux Princes-démons. Comme eux, il vit caché dans un réduit où l'a confiné sa mère pour le soustraire aux recherches de la police ; comme eux, il hante le décor sans qu'on puisse le repérer ; comme eux, il s'est fabriqué un paradis artificiel sous la forme d'un roman d'"heroic fantasy" auquel il travaille dans sa cachette ; et comme eux, il ne supporte pas que le réel ne se plie pas à ses caprices. »

Depuis ce coup d'éclat, Vance a publié deux autres « polars » originaux et étranges : *The house on Lily street (Lily street)* et *The view from Chickweed's window*.

A propos de ces livres, Poul Anderson a écrit : « C'est ici que se manifestent son réalisme essentiel et sa connaissance profonde de l'être humain. Bien que Vance soit un écrivain populaire, il a été incroyablement négligé par la plupart des critiques... Il est heureux de voir qu'il est enfin *découvert*. »

Vance reconnu dans son pays grâce à ses *polars*. Ce dernier paradoxe n'est pas le moindre. Alléluia !

François GUÉRIF

CHAPITRE I

Elaine Wilby faisait rarement de la cuisine compliquée ; huit heures passées derrière son bureau lui suffisaient amplement, elle n'avait aucune envie de se fatiguer en plus à ses fourneaux, sans compter qu'elle n'était pas plus intéressée que ça par la nourriture. Il lui semblait ridicule d'aller passer deux à trois heures à fabriquer un plat compliqué qui n'a en fait pas meilleur goût qu'un bon morceau de viande et qui serait mâché, avalé et digéré selon les mêmes processus digestifs.

Ronald n'était pas très difficile non plus, à condition qu'il pût reprendre deux fois des plats et qu'il y eût du dessert. Son ex-mari se jetait goulûment sur la nourriture, il était plutôt vulgaire dans ce domaine. Il raffolait de pieds de cochon accompagnés de choucroute, de fromages puants, sans oublier le whisky, la bière et ces cigares qui empestaient toute la maison d'une odeur de pieds sales. Il y avait de quoi s'étonner que ce mariage eût duré si longtemps. Mrs Wilby avait su patienter à cause de Ronald ; un garçon qui grandit a besoin d'être guidé par son père, du moins c'est ce qu'elle avait cru. Maintenant, elle savait mieux à quoi s'en tenir à ce sujet. Ronald s'en tirait fort bien sans intervention paternelle et c'est justement ainsi que l'entendait Mrs Wilby.

Ce soir-là, elle avait apporté tous ses soins à la préparation du dîner dominical ; il y avait au menu un petit rôti de bœuf avec des petits pois et de la purée de pommes de terre et, comme dessert, un gâteau glacé à la crème de bananes que Ronald aimait par-dessus tout. Tandis qu'elle découpait le rôti, la pensée lui vint qu'à présent son fils pourrait fort bien se charger de cette tâche ; tout gentleman se devait d'apprendre à découper avec habileté. Bien sûr ! Ronald n'avait que seize ans, il ne fallait pas l'accabler de travaux au-dessus de son âge... En fait il ne grandissait que trop vite, bien trop vite, au gré de Mrs Wilby.

Elle l'observait pendant qu'il dévorait à belles dents son repas. Tout se présentait bien pour lui. Il réussissait mieux que la moyenne à l'école et ses notes auraient pu être encore meilleures s'il s'accrochait davantage à ses études. Elle le trouvait joli garçon, pas vraiment beau selon les canons classiques mais il avait de la tenue et un visage expressif. Cela ne lui ferait pas de mal de perdre sept ou neuf kilos mais il ne fallait pas se faire du souci pour si peu. Il s'était mis à pousser sur le tard et il allait bien vite convertir cette graisse de bébé dodu en une musculature solide. Il était brun comme son père et il avait également hérité de lui sa charpente : hanches larges, épaules un brin trop étroites, longs bras et longues jambes. Par contre le front large, le nez fin et droit, les lèvres charnues, lui venaient du côté maternel, des Daskin, ainsi que la courtoisie, le sens des autres et la franchise. Comme sa mère il détestait le whisky et les cigares ; d'ailleurs il lui avait bien promis de ne jamais boire ni fumer.

Cette pensée déclencha toute une série d'associations d'idées et un sourire assez sinistre passa sur son visage... à croire que son subconscient était pour quelque chose dans sa décision de servir ce repas de fête. Elle demanda : « Quel jour sommes-nous, en as-tu une idée ?

— Ben oui, c'est dimanche.

— Cela ne te rappelle rien d'autre ? »

Ronald fronça les lèvres comme il l'avait si souvent vu faire à sa mère : « Ce n'est pas mon anniversaire puisque c'est samedi prochain. Le tien c'est le vingt mars. Je ne crois pas que ce soit un jour de congé... Je donne ma langue au chat !

— Tu ne peux pas te le rappeler : il y a dix ans jour pour jour que ton père et moi avons décidé de nous séparer.

— Déjà dix ans ! Il te manque ?

— Pas le moins du monde.

— A moi non plus mais je me demande pourquoi il ne vient jamais nous voir. »

Dix ans auparavant Mrs Wilby avait proposé de renoncer à la pension alimentaire de l'enfant, à condition qu'Armand Wilby renonçât de son côté à son droit de garde partielle et à son droit de visite, ce à quoi Armand, avec sa mentalité de représentant de commerce roublard habitué à sauter sur l'occasion, acquiesça bien volontiers.

Ce n'était pas la peine vraiment d'ennuyer Ronald en lui contant par le menu cette sordide affaire. Aussi se borna-t-elle à dire : « Cela ne doit sans doute pas t'intéresser. »

Ronald hocha la tête d'un air désapprobateur : « En tout cas je suis content qu'il nous laisse profiter de cette maison, même si c'est une vieille horreur. »

Mrs Wilby répondit d'une voix tranquille : « Ce n'est pas une vieille horreur comme tu dis, c'est une maison de style victorien.

— Ce sont les gosses à l'école qui disent ça.

— Ils n'y connaissent rien.

— Pour ça je suis de ton avis, ils sont tous assez vulgaires. C'est tout de même gentil de sa part. »

Mrs Wilby se racla la gorge. Après tout, il valait mieux expliquer certaines choses à ce garçon. « La situation est plus compliquée que tu n'as l'air de l'imaginer.

— Ah pourquoi ?

— Quand un homme et une femme divorcent, la femme reçoit une somme mensuelle qu'on appelle pension alimentaire qui doit la dédommager de toutes les lourdes charges qui pèsent sur elle. Au lieu de recevoir cette pension alimentaire, nous avons le droit d'habiter dans cette maison gratuitement. »

Ronald fit un signe de tête poli pour marquer qu'il avait compris l'explication de Mrs Wilby. A présent tout était parfaitement clair. N'empêche qu'il était assez surprenant que quiconque — Armand Wilby, le Président des Etats-Unis ou Jésus-Christ en personne — eût l'aplomb de causer à Elaine Wilby d'aussi graves soucis. C'était une femme solide, bien en chair, avec un teint pâle, des yeux bleus au regard froid et un chignon blond cendré. Ce n'était pas quelqu'un qu'on pût traiter par-dessous la jambe. A la Quincaillerie Central Valley où elle était comptable, son caractère ultra décidé était devenu légendaire et même le patron, Mr Lang, la traitait avec une déférence mitigée de crainte.

Mrs Wilby nourrissait l'espoir que Ronald ferait une brillante carrière médicale. Il lui arrivait souvent de l'imaginer grand et svelte, fièrement vêtu de sa blouse blanche, et accomplissant des miracles : « Ronald Wilby, docteur en médecine ! » Mais quand elle laissait son esprit vagabonder de la sorte, il lui venait presque aussitôt une seconde vision, celle-ci fort cruelle : d'ici deux ans à peine, il aurait fini ses études secondaires ; viendrait le moment où il lui faudrait suivre les cours de l'école de médecine et donc être interne. Toutes les filles disponibles se l'arracheraient — elles savent bien tendre leurs toiles, ces péronnelles-là ! — inévitablement il convolerait et ferait sa vie de son côté. Et elle, dans tout cela ? Elle s'en irait travailler aux heures les plus matinales et regagnerait tard sa vieille maison désertée, avec la télévision pour seule compagnie.

Ronald n'ignorait pas ces préoccupations qui rongeaient l'esprit maternel. Parfois quand elle lui refusait une seconde ration de glace, il disait : « J'ai vraiment de la chance d'avoir une maman qui veille sur ma petite santé ! Qu'est-ce que je deviendrai le jour où il faudra que je me débrouille tout seul ? » Et sa mère de répondre : « Ma foi, cela n'aura sans doute plus d'importance à ce moment-là mais pour l'instant il faut absolument que tu te mettes sérieusement au régime.

— Seigneur ! Tu ne te rends pas compte, je ne suis pas obèse, je suis solide, c'est tout.

— Mon chéri, tu te porterais bien mieux avec neuf kilos en moins. »

La corpulence de Ronald attirait également l'attention de l'entraîneur de l'équipe de football qui désirait l'enrôler. Ronald disait qu'il y réfléchirait mais il n'aimait guère recevoir des gnons, quant à sa mère, elle y serait certainement hostile. Dans le domaine de la santé de son fils, elle n'était pas prête à prendre le moindre risque. Au premier éternuement, les bouillottes bien chaudes et les camisoles de laine faisaient leur apparition ; chaque égratignure était scrupuleusement lavée à l'alcool, ointe de liniment et gratifiée d'un énorme pansement. A ses yeux les exercices sportifs étaient un divertissement vulgaire, absurde et dangereux ; comment des gens pouvaient-ils gaspiller leur argent à jouer au football ou à assister à des matchs quand le monde regorgeait de misères et de malheurs qui réclamaient l'attention et la compassion de tous ? Ronald en était venu à partager ce point de vue ; néanmoins il constatait que les athlètes se voyaient accorder d'appréciables avantages. Il y avait par exemple une certaine Laurel Hansen qui avait un faible pour le football mais aussi pour les joueurs de football.

Or cette jeune personne repoussait toutes les avances de Ronald. Accepterait-elle d'aller au cinéma ? Désolée, elle était invitée à une « slumber party [1] ». Aimerait-elle passer à la Maison de la Musique pour l'aider à choisir des disques ? Désolée, il fallait absolument qu'elle se lavât les cheveux. Que dirait-elle d'aller manger une « sundae [2] » chez Henry ? Ah non ! Elle avait rendez-vous au tennis. Ces refus perpétuels grignotaient l'amour-propre du jeune homme, même s'il jugeait sévèrement les capacités intellectuelles de ces rustres aux mâchoires proéminentes, tels que Jim Neale et Ervin Loder, compagnons attitrés de Laurel Hansen. Ronald, lui, était évidemment un aristocrate-né, un héros courtois selon la tradition byronienne, poussé par le vent impétueux de son imagination passionnée. Il était l'auteur de nombreux poèmes parmi lesquels l'Ode à l'Aurore, Les Jardins de ma Pensée, Le Monde n'est qu'Illusion. Toutes œuvres que sa mère jugeait de premier ordre.

Quand il se contemplait dans la glace, en tenant sa tête d'une certaine façon, l'empâtement de ses joues et de sa mâchoire disparaissait comme par enchantement et il voyait un fier cavalier au long nez distingué, au grand front de contemplatif, qui le regardait de ses yeux abrités sous de lourdes paupières. En vérité, quelle fille au monde pourrait résister à un si noble personnage ? Si seulement Laurel acceptait de le suivre dans la solitude, comme il saurait l'enchanter par la splendeur de ses visions ! Pour lui qui lisait avec passion les romans fantastiques, il existait derrière la Montagne des Sept Goules, par-delà la Mer

1. Slumber party : réunion de fillettes dans la soirée où les petites invitées restent coucher chez celle qui les reçoit.
2. Sundae : glace au sirop garnie de fruits.

Acriline, une terre merveilleuse : le pays d'Atranta. Il avait parlé de ce pays et de ses habitants à sa mère mais elle avait paru sceptique. Réflexion faite, il valait peut-être mieux ne pas en faire confidence à Laurel, en tout cas pas pour le moment ; il n'avait pas envie qu'elle le prît pour un maboul.

CHAPITRE II

Pour l'anniversaire de Ronald, Mrs Wilby préparait un dîner particulièrement soigné : figuraient au menu tous les plats qu'il préférait. Cette année, cela lui donnerait moins de mal que d'habitude puisque le dix-septième anniversaire de son fils tombait un samedi. Pendant des mois celui-ci avait songé à des cadeaux hors de question : par exemple une moto, une petite télévision couleurs pour sa chambre, un voyage de trois jours à Disneyland, un puissant télescope, un kayak à voile ; il avait également songé — avec un gloussement intérieur égrillard — aux dessous de Laurel Hansen ! Il avait fait quelques allusions discrètes à la moto, que sa mère avait traitées par le mépris ; c'était un instrument qui provoquait d'affreux accidents ; les jeunes qui filaient sur leurs motos étaient des individus minables. Ronald ne pouvait-il se contenter de sa bicyclette à trois vitesses dont il était si fier, les années passées ?

« Je n'ai rien contre, grommela celui-ci ; le fait est que je suis d'âge à conduire ; ça fait même un an que je pourrais conduire une auto, or je suppose que tu n'as pas l'intention de m'en offrir une.

— Ta supposition est correcte, mon petit ; une auto dans la famille c'est amplement suffisant. Tu imagines ce que cela nous coûterait en assurances ?

— C'est vrai, cela coûterait sûrement très cher. »

Mrs Wilby ajouta d'un ton péremptoire : « Cela n'empêche pas qu'il faut que tu apprennes à conduire, on ne sait jamais ce qui peut arriver. Tâche de chasser de ton esprit ces idées extravagantes d'auto ou de moto pour ton usage personnel. Si tu avais une moto à toi, cela t'empêcherait de penser à ton travail, tes notes ne sont pas si brillantes pour un garçon qui songe à aller à l'université et à faire l'école de médecine. »

Ronald hocha la tête d'un air déçu : « Tu as raison. »

Le samedi matin arriva et il ne fut que modérément content de ses cadeaux ; il y avait le nouveau blouson à la mode, le « Safari », dont il avait envie et des livres : *Vies de grands compositeurs*, *Comment monter vous-même votre télescope*, *La Vie existe-t-elle sur d'autres planètes ?*, de Poul Anderson et la trilogie de Tolkien, *Le Seigneur des anneaux*. Il trouva aussi une carte de vœux de Tante Margaret agrémentée — heureusement — d'un billet de cinq dollars et un portefeuille en imitation crocodile contenant un bon qui donnait droit à dix leçons de conduite à la Delta Driving School, au nom de Ronald Arden Wilby. Mais Ronald réfléchit que, tout compte fait, les choses auraient pu être pires. Le blouson lui allait à la perfection ; son image dans la glace le convainquit qu'il avait fière allure ainsi vêtu et sa mère le renforça dans son opinion en disant : « Cette couleur te va vraiment bien, le blouson est impeccablement coupé, tu es très chic ! »

Le petit déjeuner répondait aux normes édictées par Ronald : jus d'ananas, pâtisseries danoises avec chocolat chaud suivies de saucisses et de gaufres aux fraises arrosées de crème fouettée. Il feuilleta ses livres, tout en mangeant. La *Vie de grands compositeurs* lui parut être un hameçon lancé par sa mère pour qu'il mordît enfin à la « bonne musique » au lieu d'écouter toujours « ce charivari qui vous casse les oreilles ». D'ailleurs il y remarqua certains passages intéressants, notamment certains détails sur l'existence de Mozart enfant qui avaient dû échapper à la vigilance de Mrs Wilby. Il passa à *Comment monter vous-même votre télescope*. « Hum... ça c'est intéressant, je ne le savais pas... Ils disent que roder un miroir, ce n'est pas si facile que ça !

— On n'a rien sans effort, énonça solennellement Mrs Wilby.

— Je vais me faire la main sur des lentilles, il y en a justement dans les kits Edmund Scientific, et je n'aurai pas à m'escrimer pour les frotter et les polir. »

Mrs Wilby ne fit pas d'autres commentaires. A ses yeux, l'astronomie, qu'il s'agît de miroirs ou de lentilles, serait pour Ronald un hobby merveilleux ; ce garçon passait bien trop de temps à rêvasser à Dieu sait quoi. Elle desservit pendant que Donald réfléchissait aux avantages du télescope. La fenêtre de sa chambre donnait sur la maison des Murray à une dizaine de mètres de distance. L'une des fenêtres du second étage était celle de la chambre des jumelles, Della et Sharon. Le spectacle, le soir, risquait d'être intéressant. Un télescope vraiment puissant permettrait d'apercevoir de menus détails importants, même à une distance de six pâtés de maisons, ce qui était le cas de la demeure de Laurel Hansen. Dommage qu'un bouquet d'eucalyptus bouchât un peu la vue, pouvait-on grimper aux arbres en portant un télescope ? Il fallait réfléchir sérieusement à la question.

A trois heures Mrs Wilby servit un repas d'anniversaire où figuraient du poulet frit, de la purée de pommes de terre et un grand gâteau (de chez le pâtissier) à la crème de banane. Ronald éteignit toutes les bougies d'un coup et choisit de la glace à la vanille pour accompagner le gâteau. Ensuite il se demanda ce que Laurel pouvait faire cet après-midi et se dirigea d'un pas décidé vers le téléphone. Il se ravisa au moment de faire son numéro : ce serait moins risqué d'aller la voir, elle ne pourrait peut-être pas lui refuser s'il réussissait à se montrer sous son meilleur jour, persuasif, etc. Cette visite aurait sûrement de très heureuses conséquences.

Il alla dans sa chambre, se coiffa soigneusement, s'arrosa d'eau de cologne « Tahitian Prince », revêtit son blouson « Safari » et se fit un salut désinvolte dans la glace. Puis il descendit et dit en passant à sa mère : « Je vais faire un tour, je reviens dans un moment. » Il s'en fut en redressant les épaules pour que son blouson tombât le mieux possible. Il marchait d'un bon pas, descendit Drury Way, tourna à droite, longea deux pâtés de maisons pour arriver chez Laurel Hansen. Ralph Hansen, son père, dirigeait la Sierra Lumber Company ; les Hansen, aux yeux des habitants de Oakmead, avaient un train de vie luxueux. Ils habitaient une maison spacieuse qui ressemblait un peu à un ranch, avec une façade en vieilles briques, des volets blancs ; le toit de bardeaux était teint en vert. Mrs Hansen qui tenait le haut du pavé dans la société d'Oakmead était également une jardinière émérite. La grande allée qui menait à la maison était bordée de buissons de roses ; le gazon impeccable était rehaussé de parterres où fleurissaient chrysanthèmes, asters, marguerites et pétunias aux vives couleurs. Ronald remonta l'allée et constata avec contrariété que son cœur battait plus vite que d'habitude. Il n'y a pourtant pas de raison d'être inquiet, se dit-il pour se rassurer. Arrivé devant la porte d'entrée, il tira sur son blouson, appuya sur la sonnette et attendit. Laurel était peut-être seule à la maison, elle en avait peut-être assez de cette solitude et voilà que Ronald s'annonçait... Tant de merveilleuses choses pouvaient survenir...

Ce fut la mère de Laurel qui vint ouvrir la porte : une jolie femme mince de quarante ans aux cheveux argentés coiffés à la dernière mode ; elle avait des yeux couleur de mer comme sa fille et des traits délicats et fins, telle une poupée en porcelaine d'autrefois. Elle ne connaissait pas Ronald et le toisa des pieds à la tête sans rien dire. Puis elle demanda : « Que voulez-vous ? »

Ronald s'éclaircit la voix et demanda avec la plus grande politesse de ton : « Laurel est là ? »

Mrs Hansen parut indifférente à la courtoisie parfaite du visiteur et répondit d'un ton rogue : « Elle est dehors, derrière la maison.

— Pourrais-je la voir une minute ? »

La maîtresse de céans fit un geste vague : « Traversez par là, vous la trouverez près de la piscine. »

Ronald pénétra dans la maison, un peu guindé ; il s'arrêta en chemin pour échanger quelques mots de politesse avec Mrs Hansen mais celle-ci avait déjà disparu au fond du hall. Quelle femme réfrigérante et plutôt contente d'elle ! pensa le visiteur. Il regarda tout autour de lui pour se familiariser avec le cadre où vivait son amie. C'était grisant : voilà donc l'air qu'elle respirait, le fauteuil dans lequel elle s'asseyait ; elle regardait ces tableaux, venait se chauffer au coin de cette cheminée ! Ronald aspira une grande bouffée d'air, en même temps qu'il essayait d'absorber dans son cœur cette atmosphère, ces objets, tout ce qui constituait l'environnement intime de Laurel : déjà il lui semblait mieux la connaître.

Il entendit des pas légers et vit revenir Mrs Hansen qui haussa le sourcil et dit en articulant avec soin : « Laurel est derrière la maison.

— Oh oui, s'empressa de répondre Ronald, j'étais simplement en train d'admirer cette pièce. »

Sans paraître l'entendre, elle le guida, lui fit traverser le salon et l'introduisit dans le patio en le faisant passer par une porte coulissante. « Laurel ! Il y a quelqu'un pour toi. »

Laurel, qui barbotait dans la piscine en compagnie de ses amis, ne tint aucun compte de ce que sa mère lui criait. Celle-ci dit à Ronald : « Tâchez de trouver le moyen de vous faire remarquer.

— Merci beaucoup, Madame », dit-il en s'approchant de la piscine. Cette situation ne lui plaisait pas du tout ; l'attitude de Laurel le fâchait et lui faisait de la peine. Elle aurait dû être toute seule à la maison à se morfondre en guettant son arrivée à lui. Au lieu de ça, regardez-la faire le clown dans l'eau avec ses copains et copines... Il y avait deux filles, Wanda Mc Pherson et Nancy Rucker, et deux garçons, Jim Neale, arrière dans l'équipe de football, et Martin Woolley. Le père de Jim Neale était le propriétaire du débit de boissons d'Oakmead, ce qui aurait dû passablement nuire à son statut social aux yeux des Hansen ; eh bien pas du tout, monsieur s'ébattait sans se gêner le moins du monde dans cette splendide piscine ! Mieux encore ! Laurel grimpait sur son dos et plongeait du haut de ses épaules, ce qui arracha à Ronald une grimace de dégoût et de désapprobation. Martin Woolley, le président de la Terminale, n'était pas doué des mêmes avantages physiques que Jim Neale : il était dégingandé et on aurait pu compter toutes ses côtes. Sa crinière était affreusement emmêlée ; son nez pendait à la manière d'une chandelle de glace et ses lèvres étaient perpétuellement retroussées par un rictus sinistre. Ronald n'avait jamais pu comprendre les raisons de sa popularité. Le fait est qu'une fois de plus il paradait là, au bord de la piscine, et que ces deux péronnelles de Wanda et de Nancy buvaient chacune de ses paroles.

Ronald, lui aussi, vint se planter au bord de la piscine : « Salut les amis ! » Wanda, Nancy et Martin lui réservèrent un assez bon accueil ; Laurel fit un petit signe désinvolte de la main ; Jim continua comme si de rien n'était ses prouesses aquatiques. Ronald le vit nager sous l'eau, saisir les chevilles de Laurel, mettre la tête entre les jambes de la jeune fille, la soulever et la faire basculer en arrière dans l'eau tandis qu'elle poussait des cris stridents. Elle arborait un bikini blanc. Fasciné, il la regarda filer en battant des pieds jusqu'à l'échelle et grimper pour apparaître telle une sirène ruisselante. Elle était blonde, mince, sans la moindre imperfection physique, exquise, aussi alléchante qu'une coupe glacée à la vanille couronnée de fraises. Non, jamais il n'avait vu créature d'une telle beauté... mais comment sa mère pouvait-elle lui permettre un bikini aussi exigu qui ne cachait vraiment rien, elle aurait tout aussi bien pu s'exhiber complètement nue !

Il fit le tour de la piscine, Laurel lui jeta un regard en coin et d'une voix absolument neutre lui lança : « Alors, Ronald, comment ça va aujourd'hui ?

— Très bien, je passais de ce côté alors je me suis dit que je pouvais faire un saut pour voir ce que tu devenais.

— Je viens de nager.

— Je vois. » Il hésita, puis : « Tu as quelque chose ce soir ? Je veux dire, tu ne voudrais pas par hasard aller voir un spectacle ? »

Laurel secoua la tête : « Non, je suis prise. »

Ronald enfonça les mains dans ses poches et fronça le sourcil en fixant la piscine : « Eh bien, peut-être demain soir ?

— Nous avons du monde.

— Bon, ce sera pour une autre fois. »

Laurel ne dit plus rien. Jim Neale s'approcha du bord en faisant la planche. Laurel se pencha, lui mit le pied sur la poitrine et l'enfonça sous l'eau : « Tiens ! Ça t'apprendra à me faire boire un bouillon, maintenant nous sommes quittes ! »

Jim fit gicler de l'eau et Ronald, de peur d'être

éclaboussé, recula d'un bond, indigné : « Attention, je suis là !

— Ce n'est que de l'eau ; dans une heure ce sera sec.

— Il y a même des gens qui en boivent », intervint Martin.

Ronald se força à sourire finement : « Je ne vois aucun inconvénient à boire de l'eau mais j'aime autant ne pas être trempé quand j'ai mes habits ! »

Sur ce, Laurel grimpa au plongeoir, se mit en position et plongea. Ronald s'installa sur un transat, en homme du monde d'une élégance raffinée qui condescend à regarder avec amusement les jeux espiègles des enfants. Il ne pouvait quitter Laurel des yeux. En fait les tout petits morceaux d'étoffe blanche étaient plus suggestifs que la nudité totale. Il resta assis une demi-heure sans que personne ne daignât faire attention à sa personne. Mrs Hansen sortit de la maison :

« Mrs Rucker vient de téléphoner, ils commencent le barbecue, vous ferez bien de vous dépêcher si vous ne voulez pas que tous les steaks disparaissent avant votre arrivée. »

Ils se précipitèrent tous en bavardant dans le vestiaire et Ronald resta dans son transat. Au bout d'une demi-minute, il se leva, fit le tour de la maison et sortit dans la rue par une porte latérale. Tête basse, épaules courbées, il remonta la Drury Way. Au bout de quelques dizaines de mètres, il se retourna pour jeter un regard vers la maison des Hansen : si l'émotion pouvait se projeter tel un rayon de la mort, si la haine pouvait se muer en un brandon incandescent, la maison aurait été, l'espace d'un éclair, envahie par les flammes et il n'y aurait plus eu sur le gazon fleuri qu'un monceau de décombres noircis. Qu'ils périssent tous, ces avortons médiocres et stupides ! Il n'en sauverait aucun à l'exception de Laurel. Elle, il l'emmènerait bien loin dans une île au bout du monde, dans une cabane de trappeur isolée dans la neige. Il n'y aurait plus personne d'autre... simplement lui et elle. Laurel pleurerait toutes les larmes de son corps à l'idée qu'elle lui avait fait tant de peine, elle se jetterait à ses pieds pour implorer son pardon. Il dirait : « Rappelle-toi quand vous étiez tous dans la piscine, personne d'entre vous ne faisait attention à moi, pas même toi... et tu es partie sans même te retourner en me laissant tout seul. Ce sont des choses que je ne suis pas près d'oublier ! » Hélas, une vengeance de ce genre était difficile à mettre sur pied. Soufflant très fort par le nez, il continua son chemin ; les rayons du soleil couchant passaient entre les peupliers de la propriété des Hasting. En arrivant à Honeysuckle Lane, il se retourna une dernière fois et vit les jeunes gens monter dans la vieille Volkswagen de Jim Neale. Ronald fit la grimace, il aurait dû penser à crever les pneus ou à bricoler l'allumage. Non, il ne fallait rien regretter, Jim aurait tout de suite deviné l'identité du coupable.

Après le barbecue, Jim ramènerait certainement Laurel chez elle. Il était effronté et elle n'avait aucune défense contre ce genre de garçon ; Ronald savait pertinemment ce qui allait se passer entre eux. Il en ressentit un étrange malaise, comme si un flot de rage, de dépit et de bile lui remontait dans la gorge. Rien à faire... mais un jour, il ne savait ni quand ni comment, il aurait sa revanche. Il s'engagea dans Honeysuckle Lane. Il avait le soleil couchant dans le dos et son ombre se projetait devant lui, gigantesque ; à chacun de ses mouvements elle se contorsionnait de façon grotesque. Ce spectacle le divertit un moment de ses ruminations moroses. Soudain il vit venir à sa rencontre Carol Matthews à bicyclette. Agée de onze ans, aussi blonde que Laurel, elle habitait presque à l'angle de May Street. Le soleil illuminait son visage, faisant briller ses beaux yeux verts. Eblouie, elle ne vit pas Ronald et se dirigea droit sur lui ; il saisit le guidon et parvint à l'arrêter en faisant quelques pas à reculons. La bicyclette tomba par terre mais il réussit à empêcher la jeune fille de tomber en la prenant dans ses bras. Il la tint serrée contre sa poitrine en disant d'un ton railleur : « Eh bien ! Qu'est-ce qui te prend ?

— Pardonne-moi, répondit-elle haletante, je ne t'avais pas vu. »

Carol était déjà une adolescente, Ronald sentait ses seins contre sa poitrine. Il commença à bouillonner ; ce qu'il ressentait n'aurait pas pu s'expliquer clairement... ces filles blondes ne faisaient vraiment attention à rien ; elles croyaient toujours qu'elles pouvaient se tirer facilement de toutes les situations, elles allaient voir ! Il baissa la tête et appuya ses lèvres sur celles de Carol. Elle leva les yeux, effarée puis se tortilla pour échapper à son étreinte :

« Lâche-moi !

— Pas si vite que ça, tu vas voir...

— Non, je ne veux pas, lâche-moi tout de suite.

— J'ai dit : pas si vite que ça. »

La main de Ronald, comme mue par sa volonté propre, se faufila sous sa jupe. Carol hurla de colère. Ronald lui plaqua la main sur la bouche puis regarda aux deux extrémités du chemin : personne en vue. Il grommela dans l'oreille de la jeune fille : « Est-ce que tu vas crier ? Hein ? Je ne te conseille pas ! »

Carol le regarda avec des yeux éperdus et hocha la tête. Il enleva la main de sa bouche et elle reprit son souffle. « Je t'en prie, laisse-moi partir, je ne l'ai pas fait exprès.

— Je ne pense plus du tout à ça. »

Il lui mit à nouveau la main sur la bouche et la traîna vers le fond de la propriété Hasting ; elle avait beau s'arc-bouter, donner des coups de pied, se tordre dans tous les sens, lui flanquer des coups de coude, il arriva à ses fins. Elle finit par dégager son visage et balbutier : « Je ne veux pas aller par là » ; elle allait hurler, vite il lui mit la main sur sa bouche humide et ouverte ; elle lui mordit la paume et reçut en châtiment un coup vigoureusement assené. Il sentait qu'elle essayait de parler, de dire : « Je ne peux pas respirer, laisse-moi, j'étouffe. »

Il desserra un peu la main : « Ne t'avise pas de crier, sinon gare à toi, tu m'entends ? Dis oui. »

Carol s'obstinait à ne pas répondre et faisait des efforts frénétiques pour se dégager ; il lui donna une volée de taloches et continua à la tirer tant bien que mal. Il examina le sous-bois envahi de végétation ; elle gémit : « Qu'est-ce que tu vas me faire ?

— Tu verras bien. »

Elle éleva la voix : « Non, lâche-moi tout de suite. » Ronald lui ferma brutalement la bouche et approchant son visage à quelques centimètres du sien murmura d'un ton menaçant : « Surtout ne recommence pas à me mordre et ne crie pas ! »

Carol, tel un pauvre lièvre hypnotisé, le regardait fixement. Il enleva sa main et elle ferma obstinément les paupières comme pour effacer de son esprit la situation critique où elle se trouvait. Il la jeta par terre sous un vieux saule pleureur.

« Décontracte-toi, on va bien s'amuser, tu verras. »

La bouche de Carol se crispa, les commissures de ses lèvres s'abaissèrent et les larmes jaillirent : « Non, je t'en prie, pas ça, non, non, non.

— Tiens-toi tranquille et après, tâche de ne rien dire. »

Carol restait étendue et pleurait. Des feuilles et des brindilles étaient accrochées dans ses cheveux tout emmêlés ; elle avait l'air dans tous ses états. Voilà comment serait Laurel en pareille circonstance, pensa le jeune garçon. La voir comme ça, cela aurait rendu les choses plus agréables. Il décida à présent de se montrer gentil. Il lui caressa les cheveux : « Allons, allons, c'était agréable, non ?

— Pas du tout.

— Mais si, on recommencera demain.

— Non !

— Pourquoi pas, je... »

Il leva la tête et tendit l'oreille. Quelqu'un appelait : « Carol, Carol ! » Une voix de femme.

« C'est ma mère, je rentre tout de suite. »

Elle se redressa pour s'asseoir. Il la força à s'allonger de nouveau.

« Une seconde encore, tu vas raconter ce qui s'est passé ? »

Elle serra les lèvres et secoua la tête dans un geste de rancune et d'entêtement plutôt que d'acceptation de se taire.

Ronald prit une petite voix caressante : « Voyons, voyons, tu n'aimerais pas qu'on recommence, peut-être demain ?

— Non, et toi tu ne pourras plus parce que tu seras en taule. »

Elle se dégagea en sanglotant et essaya de se sauver à quatre pattes.

Ronald s'agrippa à elle : « Minute ! Tu as promis de ne rien dire. »

Carol tenta de s'échapper en se tortillant et le repoussant du mieux qu'elle pouvait ; elle ouvrit la bouche pour crier. Ronald la força à se coucher et lui ferma la bouche, elle lui mordit la main et poussa un cri sauvage. Il la saisit à la gorge : « Tiens-toi tranquille, tiens-toi tranquille », siffla-t-il entre ses dents. Carol se débattait des pieds et des mains, Ronald serra, serra le cou jusqu'à ce qu'elle se tînt enfin tranquille, il relâcha son étreinte et elle retomba inerte.

« Carol, dit Ronald en scrutant son visage, Carol ? »

Une étrange sensation de froid l'envahit ; il dit d'un ton suppliant : « Carol, tu fais semblant ? Moi aussi je faisais semblant, soyons bons amis, veux-tu ? » Il ajouta, plein d'espoir : « Si tu ne le racontes à personne, moi non plus je ne dirai rien. »

Carol ne répondit pas, ses yeux entrouverts laissaient voir des prunelles où se reflétait la lumière grise du crépuscule ; sa langue pendait hors de sa bouche.

Ronald marmonna : « Elle est morte, Seigneur ! Seigneur ! Elle est morte ! » Il se remit debout d'un bond et regarda d'un air absent buissons et fourrés. « Il ne faut pas que je perde la tête, réfléchissons calmement », dit-il à haute voix. Puis il écouta de toutes ses oreilles. La nuit tombait, tout était plongé dans le silence, on n'entendait que le bruit lointain de la circulation. Ici, sous le vieux saule pleureur, les sons ne parvenaient qu'étouffés.

Ronald se dit : « Je ne suis pas comme tout le monde, j'ai toujours su que j'étais différent. En fait je suis un être supérieur, avec plus de détermination et plus d'intelligence. Le moment est venu de le prouver, parfait ! J'accepte le défi que me lance le destin. » Il inspira à fond et expira de même. Il lui fallait à présent des nerfs d'acier et une volonté digne d'une créature supraterrestre. Bien ! La première chose à faire c'est de cacher le cadavre. Il fouilla du regard le vieux jardin envahi d'une végétation folle et aperçut une cabane à outils ; il s'y rendit à pas de loup et y dénicha une vieille bêche, juste ce dont il avait besoin. Il choisit un endroit à côté de la cabane et commença à creuser, sans oublier d'enlever son blouson Safari pour ne pas risquer de le salir. Attention ! Une auto était en train de passer Honeysuckle Lane. Un crissement de freins, l'auto stoppa ; Ronald courut à la clôture jeter un coup d'œil et entrevit un break beige et blanc qu'il lui sembla reconnaître. Les phares éclairaient un objet en plein milieu du chemin ; la bicyclette de Carol ! Son sang ne fit qu'un tour... Le conducteur descendit, Ronald aperçut son visage à la clarté des phares : il était taillé à coups de serpe comme celui d'un Indien apache. Ronald le reconnut, c'était Donald Matthews, le père de Carol. Il devait rentrer chez lui, en sortant du travail. Pendant un instant il resta là à contempler d'un air contrarié la bicyclette, sans doute était-il mécontent de ce qu'il croyait être une marque de négligence de la part de sa fille. Puis il la ramassa, la chargea à l'arrière du break et redémarra.

Il n'y avait pas de temps à perdre ; Ronald poussa le cadavre dans le trou, jeta des pelletées de terre sur la forme pâle... Ah ! Ne pas oublier la culotte déchirée de Carol ; vivement dans le trou avec le reste. Ronald piétina la terre pour bien aplatir le monticule ; il jeta par-dessus des feuilles mortes, des brindilles, des palmes pourries. Il replaça la pelle dans l'appentis après l'avoir soigneusement essuyée afin de ne pas y laisser d'empreintes. A l'aide d'une palme il balaya le sol pour effacer toute trace de ses pas. A la bonne heure ! Maintenant il ne restait plus qu'à détaler. Il passa par-dessus la clôture et courut à longues foulées souples tout le long du chemin jusqu'à Orchard Street. Arrivé là, il fit une pause, histoire de reprendre haleine et de faire le point de la situation. Il n'y avait pas de circulation ; il reprit sa route d'un pas plus paisible, la tête pleine d'idées de toutes sortes. Il en rejeta certaines comme ne méritant pas qu'on s'y arrêtât.

L'aventure était terminée, une fâcheuse affaire, bref un accident. Il ne s'en était pas mal tiré. Il aurait mieux valu évidemment qu'il pensât à cacher la bicyclette mais on ne peut penser à tout. Enfin, en ce qui le concernait, l'épisode était fini, passé, liquidé ; il n'y avait plus besoin d'y penser ; on ferait comme si ça n'était jamais arrivé. Il grimpa les marches du perron et s'arrêta une fois de plus. Sa mère était extraordinairement perspicace ; il fallait à tout prix se conduire normalement, se montrer comme toujours désinvolte, décontracté, suave ; en un mot se présenter sous son vrai jour.

Il entra dans la maison, sa mère était au salon en train de regarder à la télévision une relation de voyage.

« Salut, M'man !

— Bonsoir, chéri, où as-tu été ?

— J'ai fait un tour, je suis passé chez Laurel Hansen, j'y suis resté un bon moment mais c'est idiot, j'aurais dû emporter mon maillot de bain, ils étaient tous dans la piscine.

— Laurel Hansen, c'est la petite blonde ? »

Ronald tressaillit légèrement, ces mots : « la petite blonde » résonnaient désagréablement à ses oreilles. Carol n'était en fait pas si petite que ça mais... il n'avait pas l'intention de laisser sa pensée suivre cette piste-là, ni maintenant ni plus tard.

« Tu es un peu rouge, chéri, dit Mrs Wilby, et qu'est-ce que tu as dans les cheveux ? »

Ronald porta la main à ses cheveux : « C'est une feuille — il rit — je crois que j'ai dû attraper un coup de soleil au bord de la piscine.

— C'est vraiment dommage que tu n'aies pas pensé à prendre ton maillot mais l'occasion se représentera. Et ton blouson neuf ? Où l'as-tu laissé ? Tu feras bien de le suspendre à un cintre si tu veux qu'il ne se déforme pas. Qu'est-ce qu'il y a ? Pourquoi fais-tu cette tête ? » Ronald restait figé sur place.

CHAPITRE III

« Le blouson... je l'ai oublié chez les Hansen, il faisait chaud, je l'ai enlevé... Je vais courir le rechercher.

— Ne te fais pas de souci, mon chéri, il fait nuit, il ne court aucun risque jusqu'à demain matin.

— Je ferais aussi bien d'aller en vitesse le chercher ; d'ailleurs j'ai quelque chose à dire à Laurel. »

Mrs Wilby lança à son fils un regard approbateur ; ce n'était pas son habitude de manifester autant de vitalité. Sans doute était-il contrarié d'avoir oublié son si beau blouson. Elle retourna à son émission sur les chasseurs de têtes de Nouvelle-Guinée.

Ronald revint au pas de course jusqu'à Orchard Street, son pouls battait à une vitesse accélérée. Il tourna dans Honeysuckle et stoppa net à la vue de phares éclairés et d'un groupe d'hommes dans le bout de la propriété Hasting. Fasciné, il fit encore quelques mètres. Deux des autos étaient des voitures de la police. Il vit les pinceaux de lumière émanant de torches électriques balayer le sous-bois. Mr Matthews avait fait vite ! Le jeune garçon tourna vivement les talons et courut jusque chez lui. Il ouvrit la porte, entra au salon d'un pas chancelant et se laissa choir sur le divan. Mrs Wilby le regarda d'un air consterné.

« Qu'est-ce qui t'arrive, mon garçon ? Tu n'as pas retrouvé ton blouson ? »

Ronald ouvrit la bouche mais aucun son n'en sortit, les mots lui restaient dans la gorge ; de désespoir il se mit à se frapper les tempes de ses poings.

Mrs Wilby se hâta de tourner le bouton de la télévision : « Mais, Ronald, qu'est-ce qui te prend ? Je t'en prie, arrête ! Ce ne peut pas être si terrible que cela.

— Ça ne peut pas être plus terrible, croassa Ronald, rien ne pouvait m'arriver de pire, je ne sais même pas comment te le dire. »

Elle dit d'une voix aux résonances métalliques : « Tu ferais peut-être mieux de commencer par le commencement. »

Il se mit à lui raconter : « Je revenais de chez les Hansen ; en chemin j'ai rencontré une fille, Carol Matthews. Elle m'a demandé d'aller avec elle dans le fond de la propriété des Hasting pour l'aider... pour l'aider à trouver son chien qui s'était échappé. Je l'ai suivie et... enfin elle s'est montrée très effrontée, tu dirais très flirt. En tout cas elle a voulu que je fasse cela avec elle, je l'ai fait. Après elle a dit qu'elle le raconterait si je ne lui donnais pas de l'argent, j'ai refusé. Elle a commencé à hurler, j'ai essayé de la faire taire, on s'est battu, c'est comme ça que c'est arrivé... un accident... elle est morte. »

Il y eut un long silence.

« Ronald, dit Mrs Wilby d'une voix entrecoupée, ô Ronald, c'est affreux, affreux ! »

Le débit de Ronald s'accéléra pour dire : « J'ai eu peur... terriblement. Ça a vraiment été un accident, tu penses bien, Maman, je n'aurais jamais voulu faire une chose pareille ; c'est arrivé si vite, je n'ai rien pu empêcher.

— Je comprends bien, Ronald... mais qu'est-ce que tu as fait après ?

— Eh bien, j'ai trouvé une bêche et je l'ai enterrée puis je suis rentré tout de suite mais j'ai oublié mon blouson et, quand j'ai voulu aller là-bas pour le rechercher, la police y était déjà. Mr Matthews a trouvé sa bicyclette sur le chemin et je pense que cela lui a donné l'idée de chercher de ce côté. »

Elaine Wilby se renfonça dans son fauteuil : toute son existence... et celle de son fils, oscillaient sur leurs bases ; tout allait s'écrouler, elle se sentait perdue au milieu des décombres : il n'y aurait pas de merci pour Ronald, il allait être arrêté et bouclé avec des criminels et des dégénérés.

Il dit d'une voix rauque : « Je ne sais pas quoi faire, je ne veux pas aller en prison, je ne veux pas quitter la maison ni me séparer de toi. Que vont-ils me faire ?

— Laisse-moi réfléchir », dit Mrs Wilby.

Au bout d'un moment Ronald dit : « Personne ne m'a vu, j'ai effacé les empreintes digitales et aussi la trace de mes pas. Il n'y a rien qui... » Sa voix s'étrangla : il avait tenu le guidon de Carol, il avait donc pu y laisser ses empreintes. D'un air las, Mrs Wilby secoua la tête : « Ils ont ton blouson entre les mains. La police remontera jusque chez Gorman grâce à l'étiquette et la vendeuse se rappellera que c'est moi qui l'ai acheté. C'était le dernier en rayon. Ronald, comment as-tu pu agir ainsi ?

— Je ne sais vraiment pas, Maman, j'ai perdu la tête. Si elle n'avait pas dit qu'elle allait tout raconter, qu'il fallait lui donner de l'argent... si elle n'avait pas commencé à hurler.

— Cela ne fera aucune différence pour la police, ce sera dans tous les journaux, nous sommes absolument déshonorés, ruinés... Et la belle carrière dont nous rêvions pour toi ! »

Ronald demanda d'une voix hésitante : « Tu crois que je devrais aller à la police et raconter comment ça s'est passé ? »

Mrs Wilby ferma les yeux, c'était un cauchemar,

comment une chose pareille pouvait lui arriver à elle ? Les circonstances étaient à peine croyables. Non, vraiment tout ce qui arrivait ne tenait pas debout, c'était trop injuste, elle ne le méritait pas et ce pauvre stupide garçon non plus. Pauvre gosse terrifié ! Après tout il n'était qu'un petit garçon encore... un malheureux petit garçon qui s'en remettait entièrement à sa maman pour le tirer d'affaire, le protéger du mieux qu'elle le pouvait. Oui, mais comment ?

D'une voix blanche, elle déclara : « Je ne sais vraiment pas quoi faire. Je n'ai pas l'argent nécessaire pour t'envoyer loin d'ici. Il y a bien ta tante Margaret mais je ne la vois pas acceptant de se mouiller dans une histoire pareille. Ton père... »

Mrs Wilby se tut, inutile d'exprimer ce à quoi elle pensait.

« Maman, c'est un simple accident. Mon Dieu ! Si je ne l'avais pas rencontrée !

— Mon chéri, je te comprends tout à fait, je te le promets, tu n'iras pas en prison ; nous avons encore un jour ou deux devant nous, le temps qu'ils trouvent à qui appartient le blouson.

— Qu'est-ce que nous pouvons faire, tu crois ?

— Je n'en sais trop rien.

— Mon Dieu, mon Dieu ! Je voudrais que rien de tout cela ne soit arrivé, gémit Ronald, si je pouvais seulement...

— Ronald, je t'en supplie, tais-toi, que je puisse réfléchir dans le calme. »

Cinq minutes s'écoulèrent pendant lesquelles un Ronald fébrile ne cessa de renifler, de faire de drôles de bruits de gorge pour bien montrer qu'il était accablé de remords et au comble du désespoir. Mrs Wilby ressemblait à une statue. Elle finit par s'animer ; Ronald lui lança un regard plein d'espoir mais elle hocha la tête, la mine lugubre.

« C'est un gâchis épouvantable, je ne sais pas comment nous en sortirons.

— Si on allait tous les deux quelque part, dans la montagne, par exemple, personne n'aurait l'idée de venir nous chercher si loin ? »

Mrs Wilby fit la moue : « C'est irréalisable, Ronald, je ne me vois pas menant une existence de femme traquée ; qui plus est, je n'ai pas le moindre sou d'argent liquide à la maison, alors tu vois...

— Je pourrais travailler et nous faire vivre tous les deux », suggéra le jeune homme d'une voix morne.

Mrs Wilby laissa échapper une sorte de rire amer qui ressemblait fort à un aboiement : « Franchement, il ne me vient aucune idée, tout me semble impraticable. Il me semble que je devrais t'envoyer seul loin d'ici.

— Maman, je ne veux pas partir tout seul. »

Elle soupira : « Je le sais bien, mon petit, je n'ai pas envie non plus de me séparer de toi. Le plan qui me semble comporter le moins d'inconvénients est de te trouver une cachette jusqu'à ce que je puisse rassembler l'argent nécessaire. Cela fait, nous pourrions gagner la côte Est ou peut-être la Floride et repartir de zéro, qu'est-ce que tu en dis ?

— Pourquoi pas ? dit Ronald, ravalant ses larmes à l'idée que la bonne vieille vie tranquille était envolée à jamais et qu'il fallait tout recommencer. J'accepte n'importe quelle solution, Maman, du moment qu'on ne m'emmène pas loin de toi.

— N'aie pas peur, chéri, ils ne te prendront pas. Je cherche où je pourrais bien te cacher.

— Il y a l'appentis derrière la maison, je pourrais très bien m'y installer. »

Elle hocha la tête : « Tu n'y penses pas, c'est là qu'ils iront en premier.

— Et le grenier ? Tu te rappelles, je m'y étais fait une petite maison quand j'étais gosse.

— Ils fouilleront soigneusement le grenier et toutes les pièces. En plus le grenier est très loin pour te porter tes repas et descendre le pot de chambre dont tu ne pourrais te passer puisqu'il n'y aurait pas d'installation sanitaire. Il faut trouver un endroit où tu pourrais vivre décemment et proprement, ce qui implique que tu aies une salle de bains... Il y a bien notre salle de bains du bas.

— La salle de bains du bas ? Cela ne me paraît pas une bonne idée.

— Moi, je pense que c'est la meilleure idée au contraire mais nous avons un gros travail sur les bras.

La porte d'entrée des Wilby donnait sur un hall, flanqué à gauche du salon, à droite de la salle à manger. Un large escalier montait directement jusqu'au palier du premier étage puis tournait pour atteindre le second étage. Sous l'escalier, il y avait la salle de bains, qui comportait à la fois le vestiaire, cabinet de toilette et W.-C., celui-ci étant tout au fond sous le palier. Trois mois plus tôt, Mrs Wilby et Ronald avaient retapissé le hall et la salle de bains afin de les rendre plus clairs et plus modernes. A présent ils se mirent à faire sortir la porte de ses gonds, à démonter chambranle, moulures et huisseries. Sur tout le pourtour de l'échancrure, ils clouèrent en faisant le moins de bruit possible avec leurs marteaux des champleins pour pouvoir y fixer un panneau de placoplâtre qui n'avait pas servi lors de la réfection de la chambre de Ronald. Avant de fixer le placoplâtre, ils apportèrent dans la salle de bains un lit de camp, plusieurs couvertures et un radiateur électrique. Le mur du fond de la salle de bains étant contigu au garde-manger, ils y aménagèrent une ouverture qui débouchait juste au-dessous de l'étagère inférieure dudit garde-manger, ce qui permettait à Ronald d'entrer et de sortir de sa cachette ; il l'essaya avec succès. Ensuite il n'y eut qu'à mettre en place le placoplâtre pour murer la porte de la salle de bains ; Ronald le tapissa soigneusement avec du papier peint. Comme il en manquait un morceau pour le bas de la porte, ils décollèrent le bout nécessaire dans une chambre du haut.

Il était quatre heures du matin ; ils avaient travaillé dur mais désormais la porte était absolument invisible. Ronald devrait, lui aussi, disparaître. Profitant de ce que Mrs Schumacher, une voisine particulièrement curieuse, était profondément endormie à cette heure-là, Mrs Wilby transporta la vieille porte, les moulures, etc., derrière le garage, à l'endroit où l'on déposait les ordures, et les cacha sous le tas. Pendant ce temps, Ronald déménageait dans sa nouvelle résidence ses livres d'anniversaire, sa radio, ses écouteurs, son pyjama, sa robe de chambre, ses pantoufles et quelques babioles auxquelles il tenait. Mrs Wilby nettoya à fond le hall et eut l'idée d'un dernier raffinement : elle accrocha un tableau à l'emplacement de l'ancienne porte. A ses yeux, c'était parfaitement réussi, personne ne pourrait détecter la cachette de Ronald.

Les premiers rayons de l'aube commençaient à blanchir le ciel au levant : « Tu devrais y aller maintenant, dit-elle au jeune garçon. Mets-toi bien dans la tête que tu ne dois faire aucun bruit : ne vide les W.-C. que lorsque tu es certain qu'il n'y a personne aux alentours.

— Encore une chose, dit Ronald sur un ton solennel, il me faut mes notes sur Atranta, j'ai besoin d'une occupation. Je te signale aussi que j'ai très faim.

— Va prendre tes cahiers et file dans ta cachette, il commence à faire jour, moi, je vais préparer ton petit déjeuner et je te l'apporterai. »

Ronald revint avec ses cahiers : « Voilà, je crois que j'ai tout ce qu'il me faut. » Sa mère semblait ne prêter aucune attention à ses propos : « A partir de maintenant nous n'avons plus le droit de prendre aucun risque, écoute bien : deux coups, ce sera le signal d'alarme donc aucun bruit, le plus grand silence ! L'alerte une fois passée, je frapperai quatre fois.

Va te cacher, je m'occupe de ton petit déjeuner. »

Ronald jeta un regard désolé à la cuisine et à la salle à manger où il avait pris de si agréables repas en compagnie de sa mère. Celle-ci, qui essayait de contrôler son émotion du mieux qu'elle pouvait, faillit flancher. Le pauvre petit, se disait-elle, il dit au revoir à tout ce qu'il aime et c'est même un adieu car jamais notre vie d'avant ne nous sera rendue, jamais !

Il demanda à voix basse : « Combien de temps crois-tu que cela va durer ?

— Je n'en sais rien mais il faut être réaliste, je pense qu'il faut compter plusieurs mois. »

Ronald lança un coup d'œil morne par-dessus son épaule en direction de la porte dérobée : « Tu crois, plusieurs mois ?

— Sûrement, peut-être six bons mois. Je sais que c'est dur pour chacun de nous mais nous ne pouvons pas faire autrement.

— Ça m'est égal, Maman, ça m'est vraiment égal, j'espère seulement que ça ne durera pas trop longtemps.

— Moi aussi je l'espère. Dès que nous aurons assez d'argent et que ce ne sera pas trop risqué, nous nous en irons. Jusque-là il faudra se montrer très patient et très, très prudent. La police va être sur le qui-vive et nous ne devrons rien faire à la légère. Cela me rappelle une chose... toi, rentre dans ta cachette, vite. »

Ronald se glissa dans le garde-manger, ouvrit la petite porte, rampa dans son antre et referma derrière lui. Mrs Wilby inspecta les lieux pour s'assurer qu'on ne voyait pas la porte puis elle se pencha et chuchota : « Ronald, tu m'entends ?

— Oui, répondit-il d'une voix étouffée.

— A partir de maintenant tu restes caché, tu n'appelles pas, tu ne fais aucun bruit tant que tu n'entends pas mon signal de fin d'alerte.

— Et mon petit déjeuner ?

— Tu l'auras dans quelques minutes. »

Mrs Wilby monta dans la chambre de Ronald, fouilla dans la boîte où il rangeait ses économies : vingt-deux dollars. Elle prit l'argent et laissa la boîte ouverte sur le bureau. Elle ouvrit les tiroirs et mit le contenu sens dessus dessous puis les referma en en laissant un entrouvert. Elle s'étendit sur le lit afin de froisser le dessus-de-lit et de laisser l'empreinte de sa tête sur le coussin. Le lit était si moelleux et elle se sentait si lasse qu'elle aurait bien voulu y rester allongée un bon moment mais elle se contraignit à se lever. Bon, le plus pressé était fait et, Dieu merci, on était dimanche, il n'y avait pas à se tracasser pour partir à l'heure au travail.

Elle redescendit préparer le petit déjeuner pour le malheureux affamé : une bonne bouillie d'avoine, du bacon, des œufs, des toasts et un bol de chocolat au lait qu'elle disposa sur un plateau. Elle frappa quatre fois à la porte secrète et le glissa dans la tanière. Elle lava la vaisselle, se fit un café et s'assit à la table de la salle à manger pour attendre...

Mrs. Witty monta dans la chambre de Randy, fouilla dans la boîte où il rangeait ses économies : vingt-deux dollars. Elle prit l'argent et laissa la boîte ouverte sur le bureau. Elle ouvrit les tiroirs et mit le contenu sens dessus dessous puis les referma en en laissant un entrouvert. Elle s'étendit sur le lit afin de froisser le dessus-de-lit et de laisser l'empreinte de sa tête sur le coussin. Le lit était si moelleux et elle se sentait si lasse qu'elle aurait bien voulu y rester allongée un bon moment mais elle se contraignit à se lever. Bon, le plus pressé était fait et, Dieu merci, on était dimanche. Il n'y avait pas à se tracasser pour partir à l'heure au travail.

Elle redescendit préparer le petit déjeuner pour le malheureux enfant : une bonne bouillie d'avoine, du bacon, des œufs, des toasts et un bol de chocolat brûlant qu'elle disposa sur un plateau. Elle frappa quatre fois à la porte secrète et le glissa dans la cachette. Elle lava la vaisselle, se fit un café et s'assit à la table de la salle à manger pour attendre.

CHAPITRE IV

Quelques minutes après dix heures, on sonna à la porte. Mrs Wilby était toujours assise à la table de la salle à manger, une tasse de café tiédasse devant elle. Elle se leva, tout allait commencer. Plus que jamais il lui fallait garder toute sa lucidité. Par la fenêtre, elle entrevit un homme vêtu d'une veste en whipcord marron qui faisait les cent pas dans la cour derrière la maison. A pas lents et mesurés, elle se rendit dans le hall, frappa deux coups pas très forts mais nets sur le mur ; elle tendit l'oreille : pas le moindre bruit ; elle alla ouvrir la porte d'entrée. Deux hommes se tenaient sur le perron : l'un trapu, au teint rose, habillé d'un complet fripé d'un gris tirant sur le brun, l'autre plus jeune et plus élancé, avec des yeux noisette et un physique plaisant, en uniforme de shérif adjoint.

« Mrs Wilby ? » demanda le plus âgé et Mrs Wilby se dit qu'elle n'avait jamais vu des yeux aussi gris et aussi durs.

« Oui, que me voulez-vous ?

— Nous travaillons sous les ordres du shérif ; je

suis le sergent Lynch. » Il exhiba sa carte. « Pouvons-nous entrer ? »

Mrs Wilby s'effaça sans dire un mot pour les laisser passer. Ils avaient une démarche aérienne pour des gaillards aussi solidement bâtis, songea-t-elle. Elle les emmena au salon et tira à fond les rideaux pour que la lumière entrât à flots. « Que voulez-vous ? Est-ce... ? »

Les mots avaient peine à sortir. Les deux hommes la regardaient placidement, sans hostilité, plutôt avec détachement.

Lynch dit : « Nous sommes chargés d'une mission pénible, Mrs Wilby. Ronald Wilby est-il votre fils ? »

Elle acquiesça d'un hochement de tête. Elle avait plusieurs fois répété le rôle qu'elle devrait jouer.

« Oui, pourquoi me posez-vous cette question ?

— Veuillez le faire venir, je vous prie. »

Mrs Wilby alla s'asseoir dans un fauteuil en peluche vert : « Pourquoi me posez-vous ces questions ? » et elle se contraignit à ajouter : « Qu'est-ce qu'il a pu faire ?

— Hier, tard dans la soirée, une jeune fille a été violée et tuée. Nous pensons que Ronald peut avoir des choses à nous dire sur cette affaire. Cette nouvelle doit vous donner un coup terrible mais c'est comme ça. Maintenant je suis obligé de vous demander d'appeler votre fils. Il vaudrait mieux pour vous qu'un avocat soit présent pendant l'interrogatoire.

— Mais Ronald n'est pas là, il a quitté la maison dans la nuit et il n'est pas rentré. »

L'espace de quelques secondes les deux hommes la fixèrent ; elle se demanda si la culpabilité était inscrite sur son visage. Le shérif adjoint intervint pour la première fois : « A quelle heure est-il rentré hier après-midi ?

— Je ne me rappelle plus exactement, il devait être six heures, peut-être un peu plus.

— Avait-il l'air bizarre ? A-t-il parlé de quelque

chose ou simplement fait allusion à un incident qu'il aurait provoqué ?

— Pas de cette façon-là.

— Que voulez-vous dire par là ? »

Mrs Wilby dit d'une voix profondément lasse : « Il n'avait pas l'air d'être dans son état normal, je lui ai demandé ce qu'il avait, il a dit : rien. Comme je savais qu'il était allé chez des amis, j'ai pensé qu'il s'était peut-être passé quelque chose dont il ne tenait pas à parler, je n'ai donc pas insisté.

— Chez qui était-il allé ? »

Mrs Wilby ne réagit pas à la question. Le shérif adjoint réitéra sa demande. Elle finit par répondre : « Il est allé chez Laurel Hansen, Drury Lane.

— Et vous dites qu'il n'était pas dans son assiette quand il est revenu, qu'est-ce qu'il a dit ? »

Mrs Wilby porta la main à son front. Au bout d'un instant elle dit : « Je ne peux pas croire qu'il ait pu faire une chose pareille, ce n'est pas son genre, il a toujours été si gentil.

— Je me mets à votre place, Mrs Wilby, affirma Lynch.

— Comment pouvez-vous être sûr que ce soit lui, le coupable ?

— Nous avons plusieurs indices et puis un innocent ne penserait pas à s'échapper. »

Elle garda le silence.

« Avez-vous une idée de l'endroit où il a pu aller ?

— Pas la moindre. »

Lynch lança un coup d'œil au shérif adjoint qui se leva et il demanda : « Ça ne vous fait rien si nous faisons un tour dans la maison ? Il pourrait se cacher dans le grenier, dans un placard ou ailleurs. »

Elle haussa les épaules d'un air épuisé : « Faites ce que vous voulez. »

Ils montèrent à l'étage supérieur ; elle se renfonça dans son fauteuil, ferma les paupières et prêta l'oreille au bruit de leurs pas ; elle les entendit marcher dans la chambre de Ronald, son cabinet de toilette, les autres chambres, la salle de bains et le grenier. Puis ils descendirent, passèrent par la salle à manger pour se rendre à la cuisine et de là sur le perron de derrière où Lynch dit quelques mots au policier qui faisait les cent pas dans la cour.

Un moment après elle entendit qu'on ouvrait la porte grillagée donnant sur le sous-sol où l'on ne pouvait se mouvoir qu'à plat ventre. Lynch et son compagnon revinrent au salon.

« Avez-vous la force de répondre à quelques questions, Mrs Wilby, je vous promets que je ne vous demanderai que le strict nécessaire.

— Allez-y, dit-elle froidement car rien n'éveillerait plus aisément leurs soupçons qu'une amabilité exagérée.

— Le père de Ronald et vous, vous avez divorcé ?

— Oui.

— Ronald est-il en bons termes avec son père ?

— Il n'est ni bien ni mal avec lui. Il y a bien peu de chances qu'il soit allé le trouver, si c'est cela que vous voulez savoir.

— Mais où pensez-vous qu'il aurait l'idée de se réfugier, vous n'avez pas la plus petite idée ? Pas la moindre idée ?

— Non.

— Faites attention, Mrs Wilby, intervint le shérif, c'est l'intérêt de tout le monde que cette histoire soit tirée au clair le plus vite possible.

— Pas l'intérêt de Ronald, fit remarquer Mrs Wilby avec amertume.

— Si Ronald a commis un crime, comme on a toutes les chances de le croire, il y a intérêt à l'empêcher de recommencer, vous ne croyez pas ?

— Bien sûr ! Mais n'oubliez pas que c'est mon fils et que je ne suis pas du tout sûre qu'il soit coupable. De quelle fille s'agit-il ?

— De Carol Matthews qui habite May Street. Vers

six heures elle est partie de chez une amie à bicyclette, elle a dû prendre par Honeysuckle Lane en venant de Drury Way.

— Cela ne prouve rien du tout. Ç'aurait pu être n'importe qui ; il est très possible qu'il ait assisté au crime ou peut-être le vrai criminel l'a menacé ou effrayé...

— Nous avons trouvé le blouson de Ronald là où la jeune fille est enterrée, il y avait du sang sur la bordure élastique. De plus il a laissé des empreintes de ses pieds sur la terre qui recouvrait le corps et ailleurs ; elles semblent correspondre aux chaussures de basket que nous avons trouvées dans sa chambre. Il faut que nous les emportions, évidemment. Elles constituent un indice de plus. Je n'ai pas le moindre doute que la terre qui est restée incrustée dans leurs semelles est la même que celle de la tombe. Nous avons trouvé également ceci dans la chambre de votre fils », dit-il en tendant une feuille de papier.

Mrs Wilby la prit ; elle savait fort bien ce qu'elle allait y lire puisque Ronald avait écrit ces mots sous sa dictée.

Maman chérie,

J'ai fait quelque chose d'affreux et maintenant il faut que je m'en aille très loin. Je t'en supplie, n'essaie pas de savoir où je suis ; je veux recommencer ma vie à zéro. Si je peux — et quand je le pourrai — je t'écrirai. Je regrette tant de te rendre si malheureuse.

Avec toute mon affection,
Ton fils Ronald

Elle ferma les yeux, ayant presque réussi à croire qu'il lui avait vraiment écrit cette lettre et qu'il était parti au loin ; jamais plus elle ne le reverrait ! Mon Dieu, s'il était possible d'effacer cette terrible journée.

Les deux policiers gardaient un silence respectueux.

Quand elle rouvrit les yeux, Lynch demanda : « Vous a-t-il parlé d'un endroit qu'il aimerait particulièrement connaître ?

— Non, dit Mrs Wilby d'une voix sinistre. Ronald est parti ; s'il a vraiment commis ce que vous dites... »

Elle eut un moment d'hésitation, le crime n'avait aucune réalité, plus ils en parlaient, plus cela devenait quelque chose d'abstrait.

« Je suppose que les journaux vont s'emparer de la nouvelle et que tous ses amis le sauront ?

— Je ne vois pas comment on peut l'éviter. Mrs Wilby, vous avez toute ma sympathie. Ce sont les parents qui souffrent le plus... des deux côtés. »

Jusqu'ici Mrs Wilby n'avait pas été effleurée par la pensée de leur chagrin.

« Je ne crois pas que je les connaisse. »

Quelque chose l'empêchait de prononcer leur nom.

« Donald Matthews est le patron du bar ''Happy Valley'', South Main Street. C'est un établissement qui a très bonne réputation entre parenthèses. Son fils Duane, c'était le garçon qui vous apportait le journal. »

Mrs Wilby fit : « Ah oui » d'un air indifférent.

Lynch demanda encore : « Qu'est-ce que Ronald avait comme argent sur lui ?

— Je ne sais pas, dans les vingt à trente dollars, peut-être. »

Ils se levèrent tous les deux : « Si vous avez des nouvelles de Ronald, nous comptons sur vous pour nous les communiquer immédiatement. »

Mrs Wilby resta silencieuse. Elle qui se targuait toujours de sa foncière honnêteté, elle commençait à trouver pesante cette obligation de mentir.

Les policiers prirent congé. Quelques minutes plus tard, elle les aperçut sur le seuil de la maison voisine, chez Mrs Schumacher. Celle-ci les fit entrer. Ils trouveraient là une langue bien pendue ! Mrs Wilby songea à son travail et aux collègues. Elle contracta les mâchoires, tant pis ! Elle aurait à supporter, la mine indifférente, les regards appuyés et les chuchotements derrière son dos. Dès que possible, elle avait bien l'intention de filer à l'anglaise avec Ronald très, très loin et de ne jamais plus consacrer une seule pensée à Oakmead. Jusqu'à ce jour béni, elle pourrait se consoler en se disant qu'elle n'avait plus à avoir peur de rester toute seule dans sa maison.

Mrs Wilby était bouleversée au point d'en avoir des crampes d'estomac et des nausées. Cette tension où il lui fallait constamment vivre l'épuisait. Elle fit le tour de la maison, regardant de temps en temps par la fenêtre. Les policiers étaient partis. Presque certainement ils avaient dû laisser quelqu'un pour surveiller les lieux et ils devaient avoir l'œil sur elle également. Elle devrait faire appel à toutes ses ressources imaginatives, surtout quand elle ferait son marché puisqu'elle avait encore deux bouches à nourrir. Mrs Schumacher était d'une curiosité redoutable. Sûrement la police lui avait dit de tenir les yeux bien ouverts, comme si elle avait besoin de pareille recommandation !

Elle finit par se rendre dans le garde-manger et s'agenouilla devant la porte secrète ; elle frappa quatre fois et fit glisser le panneau de quelques millimètres : « Ronald ?

— Oui, Maman.

— La police est venue.

— Je les ai entendus — son ton était maussade — ils n'ont pas l'air commode.

— Que veux-tu, ils font leur métier. Pour eux tu es pareil aux autres. Il faut nous montrer extrêmement prudents.

— Je m'en rends compte, Maman, je suis désolé de te causer tant d'ennuis. Je ne pouvais vraiment pas faire autrement, tout est arrivé si vite...

— Je sais, je sais. Pousse le plateau dehors.

— J'aimerais mon déjeuner, je meurs de faim. Est-ce qu'il reste de ton gâteau ?

— Je me demande comment tu feras quand je serai au travail. Surtout, rappelle-toi que tu ne dois sous aucun prétexte mettre le nez dehors. Mrs Schumacher va passer son temps le nez collé à sa fenêtre et la police sera également en alerte. S'ils te voient, tous nos beaux plans s'écrouleront.

— Je te promets de faire très attention. Est-ce que je peux vider les W.-C. ?

— Attends une minute, je monte. Quand tu entendras fonctionner la chasse d'eau du haut, fais fonctionner la tienne. As-tu assez d'air ?

— Oh non ! Ça manque d'aération.

— Le ventilateur ne marche pas ?

— Si, mais ça ne fait pas grand-chose, la pièce est trop petite.

— On verra ce qu'on peut faire. En attendant résigne-toi à ne pas avoir beaucoup de confort. Je monte tirer la chasse d'eau et après je prépare ton déjeuner.

CHAPITRE V

Une semaine passa, puis deux. Mrs Wilby s'acquittait de ses besognes coutumières avec toute la placidité dont elle était capable. Au magasin, tout le monde admirait sa dignité et son courage : elle ne méritait peut-être pas tout à fait cette réputation qu'on lui faisait car elle était tellement prise à son propre jeu qu'elle accordait peu d'attention aux gens qui l'entouraient et à leur opinion. Il n'existait plus que deux personnes au monde : Ronald et elle. Elle n'avait qu'un but vers lequel elle tendait de toutes ses forces : réunir assez d'argent pour pouvoir partir loin de la Californie ; elle rêvait du Canada sans savoir très bien comment y parvenir.

A la maison, elle passait beaucoup de temps à imaginer des économies possibles et à travailler en conséquence. Les besoins de Ronald s'étaient considérablement réduits à l'exception de la nourriture et de ses menues distractions. Il aurait voulu un petit poste de télévision muni d'écouteurs mais elle le lui refusa, alléguant justement la dépense inutile que cela impliquait. Dans son for intérieur elle se disait que la télévision serait dangereuse pour un garçon dans sa situation à cause des incitations constantes à l'érotisme, ce dont Ronald n'avait apparemment nul besoin.

Elle n'avait jamais été femme à gaspiller de l'argent pour la mangeaille, à présent elle faisait encore plus attention. Ronald ne songeait pas à s'en plaindre du moment qu'on lui servait de bonnes rations de dessert. Mrs Wilby commença à craindre sérieusement qu'il prît trop de poids étant donné son inactivité et la quantité de sucre qu'il ingurgitait. Elle lui exprima ce sujet d'inquiétude, le désir qu'il mangeât moins et qu'il prît de l'exercice. Ronald refusa énergiquement ces suggestions : « Comment veux-tu que je fasse de la gymnastique dans cet espace minuscule !

— Ne dis pas de bêtises, Ronald, tu peux parfaitement faire de la course sur place et des mouvements de gymnastique suédoise. Tu ne veux tout de même pas devenir obèse !

— Cela ne me servira qu'à une chose, grommela Ronald, j'aurai encore plus faim.

— Puisque c'est comme ça, je vais te rationner et il ne sera plus question de dessert. Pour partir vers l'est, il faut que tu sois en bonne condition physique. »

Ronald répondit quelques mots inaudibles mais commença à faire de la gymnastique et même curieusement à y prendre goût. Mrs Wilby l'entendait frapper des pieds en cadence tandis qu'il faisait ses mouvements de course sur place. Elle dut lui recommander la prudence : « Quand je ne suis pas à la maison, ne t'avise pas de sauter ou de courir, cela s'entend très bien et en plus il y a des vibrations ; le facteur ou le type du gaz pourraient le remarquer. Contente-toi de faire les mouvements de bras ou de jambes qui ne font pas de bruit.

— Quand nous serons installés dans notre nouvelle maison, j'aimerais avoir une pièce assez grande pour y faire ma gymnastique, je l'installerai comme un gymnase avec des appareils, je pourrai même me mettre aux poids et haltères. »

Mrs Wilby avait vu à la télévision une compétition dans cette spécialité et n'avait pas été séduite, elle avait même été profondément dégoûtée par cette exhibition : « Je ne te garantis rien de ce genre, décréta-t-elle, les gens ont toujours l'air si grotesque. Tu n'as qu'à t'exercer normalement pour avoir un corps bien musclé, ne t'occupe pas du poids. »

Au grand soulagement de sa mère, Ronald ne demanda pas une fois à quitter son refuge, même pas la nuit où il aurait pu le faire sans risque. Elle craignait que s'il mettait la tête hors de sa cachette, ne fût-ce que pour un moment, il n'eût envie de recommencer ; cela aurait créé un précédent, il se serait mis à vouloir prendre l'air de plus en plus souvent ; la malchance voudrait qu'il se fît remarquer et que quelqu'un allât prévenir la police illico. Il valait mille fois mieux respecter les règles du jeu. Ils s'étaient déjà donné tant de mal, avaient fait de si gros sacrifices ! Le moindre accroc et ce serait la catastrophe. Cette éventualité ne se présenta pas : Ronald se sentait bien installé et en sécurité. La pièce était maintenant suffisamment aérée ; il avait pratiqué une ouverture dans le plâtrage du mur latéral du W.-C., ce qui permettait de communiquer avec le grenier et de profiter de sa ventilation. La nourriture lui plaisait ; parfois il aurait aimé de plus larges portions mais au moins il n'avait plus la corvée de vaisselle. En fait, il n'avait plus la moindre responsabilité à assumer, il n'avait qu'à rester silencieux et à ne pas grossir.

Il ne faut pas croire, pour autant, que tout était rose ; il n'appréciait pas tellement l'attitude de sa mère à son égard. Parfois son ton était un brin péremptoire et elle avait la manie de répéter les recommandations les plus élémentaires comme s'il n'était qu'un gosse. Cela résume bien la situation, se disait-il non sans discernement. Sa mère était à la hauteur de toutes les éventualités mais elle n'avait jamais pu se faire à l'idée qu'il devenait adulte.

N'empêche que les circonstances présentes avaient aussi leur bon côté. Nulle besogne ingrate n'était exigée de lui et, à force de cajoleries, il obtenait le plus souvent les petits plaisirs qu'il convoitait sous la forme de glaces et pâtisseries. Oui, les choses auraient pu être pires et s'il plaisait à sa mère de le traiter encore en bébé, pourquoi lui gâcher son plaisir ? Ronald se félicitait de raisonner ainsi, il jugeait qu'il se comportait en garçon généreux et oublieux de soi-même. Elle adorait être aux petits soins pour lui, d'ailleurs jusqu'à ce que cette déplorable affaire leur tombât dessus elle ne s'en était pas privée !

Sa petite tanière était confortable et si sûre ! Il devint un fana de culture physique. Sa mère alla en auto jusqu'à Stockton pour acheter quelques instruments bon marché pour s'exercer et un manuel de gymnastique, ce dont il fut très satisfait. A sa requête, elle lui fournit également une boîte d'aquarelles, un bloc de papier à dessin, des crayons-feutres de toutes les couleurs, des cahiers, un compas, une règle et une douzaine de crayons noirs. Ronald lui avait démontré que depuis longtemps il désirait écrire une histoire qu'il illustrerait et dont le sujet serait ce fameux pays d'Atranta ; il fallait profiter de ces loisirs forcés.

Sa mère n'avait donné que de tièdes encouragements à ce projet. Elle eût jugé préférable qu'il s'adonnât à l'étude de la biologie, des mathématiques et de l'anatomie pour préparer cette carrière médicale dans laquelle il s'élancerait dès qu'ils auraient changé d'horizon. Ronald approuva la sagesse de ce point de vue mais accorda peu d'attention aux livres qu'elle lui offrit sur ces sujets. Un samedi, six semaines après sa première visite, le sergent Lynch passa à nouveau voir Mrs Wilby. Ayant entendu une auto s'arrêter devant la maison, celle-ci avait aussitôt regardé par la fenêtre et avait couru dans le hall frapper deux coups secs sur le mur.

Lynch sonna ; Mrs Wilby vint ouvrir d'un air impassible.

« Puis-je entrer une minute, ce sera plus agréable que de rester debout sur le perron. »

Mrs Wilby le conduisit au salon sans prononcer une parole. Lynch s'assit sur le divan. Elle le questionna : « Vous avez découvert Ronald ? » Lynch hocha la tête lentement, la mine triste : « Pas la moindre trace. On dirait qu'il s'est volatilisé dans les airs, si j'ose dire. Et vous ? Vous ne savez toujours rien ? »

Mrs Wilby laissa échapper un gloussement ironique : « Dieu sait où il peut être mais j'espère en tout cas qu'il y mène une vie honnête et droite pour réparer ce qu'il a fait ici.

— Je le souhaite aussi, Mrs Wilby. Ce serait un bon entraînement à sa réinsertion sociale. Trop souvent cela ne se passe pas comme ça mais ce n'est pas le moment d'en discuter. »

Lynch s'adossa confortablement, croisa les jambes dans la posture de quelqu'un qui n'est pas pressé de s'en aller, Mrs Wilby s'assit, tendue et anxieuse, prêtant l'oreille de crainte que Ronald étourdiment ne fît du bruit. Mon Dieu ! pensa-t-elle, pourvu qu'il ne lui vienne pas à l'idée de tirer la chasse d'eau !

Rien ne vint troubler le silence de la maison. Lynch se leva : « C'est diablement grand ici pour une personne seule, vous n'avez pas trop le cafard ? »

Elle réussit à sourire : « Vous me croirez si vous voulez mais quand j'ai travaillé toute la journée j'apprécie ce calme ; je fais ce que je veux quand cela me chante ; il faut bien payer ce luxe par un peu de vague à l'âme !

— Vous devez avoir raison. Bon, je crois que nous n'avons plus rien à nous dire, je ferais aussi bien de vous laisser tranquille. N'oubliez pas de me prévenir si vous avez des nouvelles de Ronald. »

Mrs Wilby ne put s'empêcher de demander : « Avez-vous vu son père ? »

Lynch fit oui de la tête : « Il était très bouleversé comme vous le pensez bien mais il ignorait absolument où avait pu passer son fils. » Il ajouta avec un grand sourire : « Bien sûr, il ne faut pas prendre ce que disent les parents pour de l'argent comptant.

— Je vous fais confiance, lança sèchement Mrs Wilby, vous devez connaître à fond votre métier.

— Ce n'est pas pour rien que je m'appelle le Sergent Lynch. Si je n'arrive à aucun résultat, je me retrouverai en deux coups de cuiller à pot sans galons du tout, voilà comment les choses se passent chez nous. Au revoir, Mrs Wilby.

— Au revoir. »

Elle le vit par la fenêtre monter en auto et démarrer. Elle fit son tour habituel dans toute la maison en regardant aux fenêtres. Rien à signaler. Elle avait vraiment horreur de toutes ces manigances ; elle n'aimait pas du tout les manœuvres illégales. Elle qui n'avait pas eu la moindre contravention depuis qu'elle savait conduire ! Quel affreux gâchis ! Mais cela valait la peine puisque cela permettait d'avoir Ronald à la maison au lieu de le savoir en prison vivant dans la promiscuité de dégénérés sexuels... Elle était prête à tous les sacrifices pour éviter pareil danger. Quelle phrase le sergent Lynch avait-il employée, voyons... Ah oui : « ... un bon entraînement à la réinsertion sociale ». C'est exactement ce qu'elle était en train de tenter avec les moyens du bord. Son fils était un être rêveur, qui n'avait pas les pieds sur terre, qui avait besoin que sa mère veillât sur lui sans doute jusqu'à la fin de ses jours. A cette idée, un flot de joie l'envahit, c'était merveilleux de se sentir utile à quelqu'un dans un monde aussi froid et impersonnel.

Elle alla dans le garde-manger et frappa quatre fois à la petite porte. Ronald souleva le panneau. Depuis longtemps ils avaient muni la porte secrète de gonds et d'une serrure si fait qu'elle fonctionnait fort commodément.

« La police est revenue, il y a un instant, je pense que c'était une visite de pure routine mais cela nous montre une fois de plus combien il faut rester vigilant.

— Au fond, nous sommes trop malins pour eux, tu joues merveilleusement la comédie !

— Ne dis pas une chose pareille ! » lança Mrs Wilby d'une voix furieuse, ce genre de plaisanterie cynique ne convenait absolument pas et elle entendait bien que Ronald ne le prît pas sur ce ton. Elle se demanda s'il avait vraiment conscience de la gravité de la situation. Il ne manifestait pas la moindre tristesse, pas la moindre inquiétude ; d'une certaine façon, cela leur facilitait la vie mais elle aurait été rassurée de lui voir des sentiments plus normaux en pareilles circonstances. Il semblait au contraire fort satisfait de sa petite vie occupée à manger, à lire, à dormir, à faire de la gymnastique et à travailler à son roman fantastique. Elle décida de le sermonner, de lui enjoindre d'étudier ses sciences et ses maths. Mais pas pour l'instant, elle ne se sentait pas le courage d'entamer une discussion épineuse. La visite du sergent Lynch l'avait mise dans un tel état de tension qu'elle en avait oublié de prendre sa pilule digestive ; elle la prit sur-le-champ car elle souffrait de crampes. Pourvu qu'elle n'ait pas d'ulcère, il ne manquerait plus que ça !

Tout en préparant leur dîner, elle calcula combien de temps il leur faudrait encore attendre, avant de songer à partir. Primitivement elle avait calculé en termes de mois, quelques mois, six au plus mais l'argent se gagnait lentement, très lentement ; il leur faudrait au moins deux mille dollars ; elle ne se résignerait pas à partir avant d'avoir atteint ce chiffre. Une année ? Passé ce délai, indignation et scandale seraient oubliés ; ils pourraient s'éclipser sans provoquer de remous, ni vu ni connu. Donc se fixer cette date limite : un an. Evidemment, cela paraissait éternel mais il fallait se dire que plus ils resteraient à Oakmead, plus leur départ dans une nouvelle vie aurait des chances de se passer dans de bonnes conditions. Pour Ronald c'était dur, il fallait bien l'avouer, pauvre petit Ronald ! Dire qu'il avait été un si charmant bambin. Personne n'aurait pu prévoir cette terrible tragédie qui, sans l'aide maternelle, risquait de lui briser toute son existence ! Au fond, une année cela passe vite ; elle aurait ainsi les deux mille dollars à sa disposition ou peut-être même trois mille, à condition de rogner encore un peu plus sur les dépenses. Par exemple les primes d'assurance sur la vie... Puisqu'ils seraient obligés de changer d'identité, à quoi servirait l'ancienne assurance ? Elle allait régler cela tout de suite. L'assurance-maladie de Ronald était également tout à fait superflue, elle allait résilier son contrat et le sien : précieuse économie de trente-cinq dollars par mois ! Les dépenses pour Ronald dans le domaine des vêtements, des loisirs et des frais divers, étaient pratiquement nulles. Ses vêtements à elle étaient bon marché et solides ; si jamais elle avait besoin d'une robe neuve, elle tâcherait de se la faire elle-même. A partir de la fin du mois, elle renoncerait à lire le journal et ne renouvellerait aucun abonnement à des magazines. Elle avait entendu dire que la farine de soja remplaçait avantageusement la viande et que c'était aussi bon pour la santé. Cela valait la peine d'en faire l'expérience, étant donné le prix abusif de la viande. Et le téléphone ? Après mûre réflexion elle jugea qu'il ne fallait pas s'en priver ; elle avait parfois besoin de téléphoner à son bureau mais elle pouvait adopter une politique d'austérité et ne s'en servir que pour les cas d'urgence. Il n'y a pas de petites économies ! Peut-être que lorsque Ronald serait riche et connu, ils feraient tous deux un voyage en Europe ; elle avait toujours rêvé de connaître Venise et Paris, et visiter les belles propriétés anglaises. Peut-être en ces jours heureux pourraient-ils songer avec amusement aux temps difficiles qu'ils traversaient pour le moment ? Oseraient-ils y faire allusion ? Hum, ce n'était guère probable.

CHAPITRE VI

Le pays enchanté d'Atranta était partagé en six domaines : Kastifax, Hangkill, Fognor, Dismark, Plume et Chult, chacun sous la suzeraineté d'un duc magicien. Ils vivaient tous dans de grands châteaux hérissés de clochetons, tours, barbacanes au-dessus, dangereux donjons au-dessous. Au centre d'Atranta s'élevait la merveilleuse cité de Zulamber, la cité des Perles Précieuses d'un bleu-vert sur laquelle régnait Fansetta, la belle princesse de perle et d'or. Les ducs magiciens se faisaient d'interminables guerres les uns aux autres. Ils combattaient à l'aide d'armes magiques, assistés de troupes de sorcières, goules et lutins. Quand ils n'étaient pas occupés à leurs luttes, ils complotaient contre la princesse Fansetta. Une vieille légende prédisait que celui qui gagnerait le cœur de Fansetta régnerait sur le pays tout entier. Pour cette raison, la vertu, la vie et l'âme de la princesse couraient d'incessants périls.

Or il arriva que Norbert, un jeune prince du lointain pays de Vordling, fuyant la tyrannie de son seigneur, s'en vint se réfugier en Atranta. Par ruse et hardiesse, ce prince avait réussi à vaincre Urken, le duc magicien de Kastifax ; il avait pris possession de son château enchanté et s'était emparé de ses armes magiques, de ses sortilèges secrets.

Fansetta, la Princesse qui régnait sur la Cité des Perles Précieuses bleu-vert, avait aperçu Norbert grâce à ses jumelles magiques ; aussitôt elle s'était éprise de lui, bien qu'elle le prît pour Urken...

Ronald en était resté là de son récit ; il y avait trop de suites possibles, toutes aussi excitantes les unes que les autres. En outre il y avait tout un travail préliminaire important à faire : une histoire détaillée d'Atranta avec la généalogie de tous les duchés ; les hauts et les bas de leur puissance au cours des années ; la fondation de la cité de Zulamber et l'installation des Gardiens aux sept sortilèges ; l'histoire des règnes des différentes princesses qui s'étaient succédé à Zulamber. Elles étaient toutes fées mais leur vie n'était pas aussi édifiante qu'on aurait pu s'y attendre car Zulamber, la seule grande cité du pays d'Atranta, était un nid d'intrigues et d'exploits osés.

Il fallait aussi compléter la Grande Carte d'Atranta qui couvrait le mur opposé au lit de camp. Ronald avait déjà passé des heures de soins attentifs sur cette carte au 4/100 000e. Ronald se servait des plumes les plus fines et des gradations de couleurs les plus subtiles pour dresser l'image exacte et détaillée de ce merveilleux paysage imaginaire : la pente et l'altitude de chaque colline, roc, crête, falaise ; le cours de chaque rivière et ruisseau ; la superficie du Périlleux Désert, de la Lande aux Tempêtes, des cascades de la Mort. Il traçait le réseau des routes, chemins et sentiers sans en omettre le moindre. Il indiquait également l'emplacement des villes, bourgs et hameaux sans oublier les champs de bataille, les forts, les souterrains, les monolithes et les mégalithes. Entre chaque dessin, il rédigeait un index complet de l'ensemble. Ce travail d'immense envergure lui plaisait énormément, il avait tout son temps ; jamais auparavant il n'avait disposé de pareils loisirs. Loisirs ? Eh bien ! Si l'on tenait compte du temps passé à faire de la gymnastique, la Grande Carte, l'Histoire, ses dessins minutieux de chacun des châteaux des Ducs, on comprenait aisément qu'il eût à peine un moment pour écouter sa radio et encore bien moins pour se plonger dans les bouquins poussiéreux que sa mère lui avait apportés.

Parfois il en venait à se demander s'il avait vraiment envie de devenir médecin. Dommage que sa mère gagnât si mal sa vie. Peut-être que la Tante Margaret ne tarderait pas à mourir et leur léguerait sa fortune. Non, ce n'était pas possible puisqu'elle avait des enfants, Earl et Agnès, qui rafleraient tout. Evidemment, les choses tourneraient autrement si ces deux-là mouraient avant elle. Mais ils vivaient loin d'ici en Pennsylvanie. Ils avaient sûrement entendu parler de son « forfait » et de sa « disparition ». S'ils savaient ! Agnès était jolie fille ; cousine ou non, elle serait la bienvenue dans son réduit ; il faudrait qu'elle se tînt tranquille mais ils pourraient avoir du bon temps tous les deux. Ce serait encore mieux si son invitée était cette sale petite garce de Laurel Hansen. Il la haïssait ; avec quelle joie il la tripoterait. Fansetta, la Princesse aux Perles, lui ressemblait assez ; elle n'échapperait certes pas à la punition qu'elle méritait ; ce serait peut-être l'affaire de Grangrod, le plus cruel, le plus sadique des Ducs Magiciens. Evidemment Norbert accourrait à son secours mais il se pourrait aussi qu'il fût amoureux de Shallis, une mendiante aux cheveux d'ébène, ravissante en dépit de sa crasse, de ses haillons et de quelques vicieuses habitudes. Shallis avait quelque chose de Laurel elle aussi, à bien y réfléchir. C'est bizarre comme cette Laurel l'obsédait... Laurel, Laurel, cette sale petite intrigante. S'il était obligé de se cacher comme ça, c'était bien sa faute à elle ! Les gens ne le croiraient pas s'il le leur expliquait. Cette diablesse de Laurel non plus et, qui plus est, elle s'en soucierait comme d'une guigne. Un jour elle souffrirait elle aussi, autant sinon plus que lui.

C'est vrai que sa cachette n'était pas si désagréable que ça, on y était bien à l'abri, bien confortable ; aucun autre souci que de faire ce qui l'intéressait. C'est sûr qu'il aimerait des portions plus abondantes aux repas et des desserts un peu plus élaborés ; il commençait à être un peu dégoûté de ces crèmes perpétuelles mais ce n'était pas très grave. Et puis sa mère avait raison, il ne voulait pas prendre des kilos... trop de kilos. Il faut avouer que malgré ses efforts, il avait grossi. S'il voulait ramper hors de sa cachette pour aller dans la cuisine en l'absence de sa mère, il trouverait toujours à grignoter mais il n'en avait pas envie. S'il sortait une fois, cela changerait tout : le sentiment de confort disparaîtrait. Sans compter que sa mère l'avait sérieusement mis en garde contre pareille imprudence : on pourrait le voir. Sa mère savait ce qu'elle disait ; il resterait donc dans sa cachette où il avait tout le nécessaire, travail, gymnastique et nourriture. C'était agréable de se laisser vivre, il était satisfait.

CHAPITRE VII

Un samedi après-midi de novembre, Mrs Wilby alla faire ses courses au supermarché. Elle était plantée devant le rayon des produits pharmaceutiques, en train de regarder s'il y avait un nouveau médicament pour la digestion dont elle avait entendu vanter les bons résultats à la télévision — celui qu'elle prenait régulièrement ne se montrant plus du tout efficace — quand une femme de son âge, mince, nerveuse, avec des cheveux bruns et des yeux noirs expressifs descendit l'allée dans sa direction. A ses côtés marchait solennellement un jeune homme qui pouvait avoir un an de plus que Ronald et qui devait être son fils. A la vue de Mrs Wilby, il chuchota quelques mots à l'oreille de sa mère.

Mrs Wilby trouvant le prix du médicament excessif se retourna pour continuer ses emplettes et son caddie entra en collision avec celui de la dame brune. « Excusez-moi », dit-elle, et elle allait poursuivre son chemin quand l'autre lui adressa la parole d'une voix un peu haletante : « Ne seriez-vous pas Mrs Wilby ?

— Mais oui, c'est moi », répondit cette dernière, ne sachant pas très bien à qui elle avait affaire. Peut-être Ronald connaissait-il ce garçon d'une taille moyenne dont il ne perdait pas un pouce tant il se tenait droit ; il avait un visage osseux au profil anguleux qu'il lui semblait reconnaître vaguement.

« Je suis Mrs Matthews, voici mon fils Duane mais vous devez le connaître : c'est lui qui vous apportait le journal.

— Bien sûr, dit Mrs Wilby d'une voix mal assurée, je me le rappelle très bien. »

Elle était rouge et gênée. Mrs Matthews était bien la dernière personne avec qui elle avait envie de bavarder ; le fait que son mari fût le propriétaire d'un bar n'entrait pas cette fois en ligne de compte.

« Il y a longtemps que je voulais vous téléphoner, dit Mrs Matthews dont le débit se précipita, je m'imagine ce que vous pouvez ressentir après cette atroce chose, vous devez être encore plus malheureuse que nous et je voulais vous exprimer notre profonde compassion. »

Mrs Wilby parvint finalement à retrouver l'usage de la parole : « Vous êtes très bonne, Mrs Matthews, et vous avez raison de penser que nous souffrons tant aussi de cette tragédie. J'ai décidé qu'il ne fallait pas que je passe mon temps à ruminer le passé, il faut que la vie continue alors je m'efforce de vivre à peu près normalement. »

Le regard de Mrs Matthews se mit à briller et elle fit un pas vers Mrs Wilby, comme mue par une impulsion incontrôlable. Celle-ci eut très peur qu'elle ne fondît en larmes ou qu'elle ne se jetât dans ses bras. Heureusement elle arriva à se contrôler et dit simplement : « Le Seigneur a ses raisons, Il ne fait jamais rien au hasard et ce serait présomptueux de notre part de nous interroger sur la sagesse de ses desseins.

— Oui, je crois que ce que vous dites est juste.

— Cela n'empêche que j'aurais tant voulu pour nous et pour vous que, dans Son infinie miséricorde, Il ait arrangé les choses autrement. » Mrs Wilby opina du bonnet, souhaitant ardemment que Mrs Matthews s'en allât faire le reste de ses achats, lui permettant de faire de même. Son caddie débordait de nourriture : trois livres de hamburger, cinq de riz, deux poulets, des miches de pain, une livre de margarine, deux litres de lait chocolaté, trois laitues, denrées qui étaient toutes en promotion ce jour-là. Il lui sembla que Duane scrutait le contenu du caddie avec un intérêt soutenu qui l'inquiéta un peu. Elle dit : « Je suis très heureuse d'avoir pu échanger ces quelques mots avec vous » et, avec un sourire à l'intention du jeune homme, elle se remit en route.

Ce soir-là elle fut sèche avec Ronald, contrairement à son habitude. Celui-ci avait grommelé à la vue du dessert : « Est-ce qu'on aura tous les soirs de cette crème ? Je croyais que tu aurais acheté de la glace. » En effet Mrs Wilby l'avait promis mais, après la rencontre avec Mrs Matthews, elle avait quitté le magasin sans acheter tout ce qu'elle avait mis sur sa liste. Elle répliqua : « Ronald, je t'en prie, tu n'as aucun motif de te plaindre, je fais tout ce que je peux et tu me rends les choses encore plus compliquées en te montrant si difficile », ce qui voulait dire en clair : si tu t'étais conduit autrement, tu n'en serais pas là ! Ronald se le tint pour dit mais sa soirée en fut complètement gâchée. Après le dîner, il écouta la radio, la mine maussade. Sa mère n'avait pas besoin de parler aussi désagréablement. Après tout, il s'était excusé pour cette fichue affaire je ne sais combien de fois. En fait elle était incapable de l'apprécier à sa juste valeur... tout comme les autres gens. Quant à Carol Matthews, pour être juste il fallait bien reconnaître qu'elle était aussi responsable que lui de ce qui était arrivé. Elle n'avait qu'à ne pas se montrer aussi hostile, aussi rancunière. Tout se serait passé différemment. Peut-être n'était-ce pas logique de rejeter également la responsabilité sur Laurel Hansen... logique ou non, c'est pourtant ce qu'il ressentait. Peut-être qu'un jour... Il poussa un énorme soupir. Non, il n'avait pas envie de s'attirer encore plus d'embêtements. Quand ils s'en iraient en Floride, il vaudrait mieux ne plus penser à elle.

Pour Thanksgiving [1], Mrs Wilby fit rôtir une petite dinde et prépara un plat de patates douces arrosées de jus d'ananas et couronnées de guimauve, dessert dont Ronald était particulièrement friand. Elle aurait adoré pouvoir tirer les rideaux et dîner en tête à tête avec lui pour profiter à fond de cette fête mais mieux valait être raisonnable. Si elle permettait à Ronald de sortir de sa cachette pour pareille occasion, tout deviendrait prétexte ensuite à sortir, et tôt ou tard leur secret serait éventé. Donc le repas de Thanksgiving fut servi à Ronald sur un plateau comme chaque jour. Pour donner tout de même un cachet particulier à ce jour de fête, il eut droit à reprendre de tout. Mrs Wilby, elle, avait un appétit d'oiseau : son ulcère — ou tout au moins ce qu'elle diagnostiquait comme tel — la faisait cruellement souffrir. Elle aurait peut-être mieux fait d'aller consulter un médecin ; cependant l'idée de devoir débourser un peu de cet argent si soigneusement économisé lui déplaisait souverainement. Noël approchait, avec la perspective de dépenses supplémentaires en dépit de tous ses efforts pour rogner au maximum sur le budget cadeaux : cartes de Noël et leur affranchissement, participation aux réjouissances traditionnelles qui avaient lieu au bureau, menus présents pour Ronald, un arbre... Peut-être pas d'arbre cette année. Oui, bonne idée, supprimons l'arbre. Quant aux cadeaux de Ronald, ils seraient des plus modestes. Il n'y avait pas à tenir compte simplement des dépenses mais aussi du fait

1. Thanksgiving : fête observée chaque année le 4e jeudi du mois de novembre en souvenir de la journée d'actions de grâces instituée par les « Pères Pèlerins ».

qu'au départ d'Oakmead, il ne leur faudrait emporter que l'indispensable. Un mois ou deux avant la date fixée, elle tenterait de vendre le plus discrètement possible le mobilier et les appareils ménagers. Réflexion faite, non ; c'était beaucoup trop risqué au cas où la police la surveillerait encore. Elle n'avait constaté aucun signe de cette surveillance mais elle ne pouvait croire que les policiers eussent si vite pris le parti de ne rien découvrir. S'ils venaient à apprendre son intention de vendre ses meubles, ils en concluraient bien évidemment qu'elle songeait à partir... sans doute pour rejoindre Ronald, et ils ne la lâcheraient plus d'une semelle.

Elle expliqua à Ronald que cette année ils fêteraient Noël très modestement, il accepta sans mot dire. D'ailleurs, il ne désirait rien à l'exception d'un petit poste de télévision et d'un abonnement à *Playboy*, or il savait d'avance que c'était hors de question. Il dit avec insistance : « Ne m'achète rien du tout, c'est beaucoup plus urgent d'économiser notre argent. Mais j'aimerais que tu te choisisses quelque chose, quelque chose qui te ferait vraiment plaisir. Comme ça je pourrai me dire que tu passes un bon Noël. »

Mrs Wilby fut très touchée : « Mon petit, nous n'aurons de bon Noël que lorsque nous serons bien loin d'ici, dans un endroit où personne ne saura qui nous sommes. Si tu veux vraiment que je passe un agréable Noël, commence donc à travailler. Tout ce temps libre pourrait être si précieux si tu en profitais maintenant pour te mettre sérieusement à tes études. »

Ronald dit avec humilité : « Je sais que tu as parfaitement raison ; après les vacances, je te promets que je bûcherai comme jamais, ce serait idiot de négliger une chance de m'instruire.

— Oui, ce serait tout à fait stupide. Je ne sais pas comment tu pourras continuer tes études. Pour changer d'école, on demande d'habitude un dossier. Nous pourrons toujours essayer une école privée où on sera moins exigeant en ce qui concerne les paperasses. »

Finalement Noël fut moins terne qu'il n'aurait pu le craindre. Sa mère lui acheta un arbre lilliputien pour sa tanière ; elle fit à nouveau de la dinde (une petite) rôtie qui valait moins cher et faisait plus de profit que du steak rôti de porc mais qui était moins appréciée de Ronald. Comme elle ne pouvait supporter l'idée que celui-ci fût privé de cadeaux, elle lui acheta une bouteille d'eau de Cologne « Wild Cossak », un livre de mots croisés et un puzzle très compliqué. Ronald se répandit en remerciements : « Je ne voulais vraiment rien mais tout cela est merveilleux, j'espère bien que tu t'es acheté quelque chose.

— Oui, oui, mon chéri, n'aie pas peur, j'avais grand besoin de sous-vêtements et je me suis choisi de jolies pièces de lingerie.

— Quelle chance ! Tu aurais dû t'acheter plein de choses ! » Mrs Wilby trouva son repas de Noël bien triste et solitaire. Quelle différence avec le bon vieux temps où ils fêtaient de compagnie Noël dans la joie ! Comme elle n'avait rien d'autre à faire et qu'elle s'ennuyait, elle mangea plus que d'habitude et fut prise, peu après le repas, d'une terrible nausée qui dura la soirée entière. Le lendemain elle jugea qu'elle ne pouvait plus souffrir ainsi et alla voir le docteur.

Vers la fin de l'après-midi, elle revint à la maison. Le bruit de ses pas sur les marches du perron parvint aux oreilles de Ronald à travers le mince panneau qui recouvrait l'ancienne porte. Il entendit la porte d'entrée s'ouvrir et se refermer puis le silence retomba. Sa mère devait rester immobile dans le hall. Etrange ! pensa Ronald qui avait acquis une singulière acuité de perception qui lui permettait de discerner de subtiles nuances d'atmosphère ou d'humeur. Il lui vint soudain une idée alarmante : était-ce vraiment sa mère qui était là à quelques mètres de sa cachette ? Il bondit sans bruit sur ses pieds, tel un grand félin et colla l'oreille au panneau de placoplâtre. Au bout d'un instant la personne en question se rendit dans la salle à manger. Oui, c'était bien sa mère, il reconnaissait le rythme inimitable de sa démarche. Pourtant elle devait être découragée et lasse, cela il le sentait aussi. Mrs Wilby lança son coup d'œil habituel par les fenêtres puis, au lieu de venir frapper les quatre coups rituels, elle s'assit à la table de la salle à manger. Ronald prêtait l'oreille ; il se sentait de plus en plus mal à son aise. Mais il n'osait pas appeler pour demander ce qu'elle avait. Il lui fallait se résigner à attendre les quatre coups. Il s'assit sur son lit de camp, il y avait évidemment quelque chose qui clochait. Elle finit tout de même par venir frapper les quatre coups à la porte dérobée. Ronald s'empressa de l'ouvrir : « Il y a des ennuis ? » Mrs Wilby répondit de sa voix raisonnable et ferme : « Oui, plutôt. Le docteur dit que j'ai la vésicule biliaire en mauvais état et que je ne peux éviter l'opération. » Ronald s'accroupit sur son lit pour réfléchir à la situation et à ses retombées.

« Cela signifie que tu vas entrer à l'hôpital ?

— Oui, pour une semaine au moins, et sans doute davantage. »

Un nouveau temps de réflexion, puis : « Quand t'en vas-tu ? demanda-t-il.

— La semaine prochaine, lundi.

— Bien, espérons que cela ira beaucoup mieux après, dit-il avec un entrain qui sonnait un peu faux.

— Je suis sûre que cela ira très bien. Ce n'est pas ce qui me tracasse, c'est la question argent. Ces opérations et tout ce qui s'ensuit coûtent les yeux de la tête et nous n'avons plus d'assurance-maladie. »

Ronald se plongea dans une intense méditation dont il émergea pour demander : « Tu as une idée de ce que ça va coûter ?

— Je ne sais pas exactement mais à mon avis cela

doit bien atteindre les sept cents ou même huit cents dollars. »

Ne sachant que dire, il se contenta d'un « Hum... » résigné.

Elle ajouta d'une voix blanche : « Je te donnerai un réchaud et des provisions en quantité, tu tâcheras de te débrouiller tout seul en mon absence.

— Sois tranquille, Maman, il n'y a aucune raison de te faire du souci.

— Si, pour l'argent. »

Ronald fit la grimace, il avait horreur de ce mot « argent ».

« Après tout, ta santé passe en premier, tant pis pour les frais !

— Je sais, je sais, nous nous en sortirons comme nous pourrons. »

CHAPITRE VIII

Le lendemain, Mrs Wilby se rendit à Stockton où elle connaissait un magasin où l'on vendait, au détail mais à bas prix, des conserves et des denrées alimentaires en caisses. Elle fut si impressionnée par les économies qu'elle pouvait ainsi réaliser qu'elle acheta une caisse de conserves de porc aux haricots, une caisse de boîtes de viande hachée au maïs (à la mexicaine), une de paquets de macaronis, une de galettes au fromage et des demi-caisses de boîtes de pêches au sirop, poires, et petits pois. Elle aperçut des paquets de cinq kilos de lait en poudre que dorénavant Ronald consommerait à la place du lait chocolaté qui coûtait une fortune.

Elle fut émerveillée de voir toutes les bonnes affaires que l'on pouvait faire dans ce magasin si bien achalandé et elle résolut d'y revenir faire un tour à sa sortie de l'hôpital. En planifiant tout au maximum, elle pourrait, d'après ses calculs, rogner ainsi d'un tiers sur leur budget alimentaire dont le niveau était déjà fort bas. Ronald n'aurait sûrement pas l'aplomb de faire grise mine mais, histoire de l'amadouer, elle fit l'acquisition de sachets bon marché pour faire des boissons non alcoolisées plus une douzaine de paquets de petits gâteaux au chocolat. Dans une quincaillerie voisine, elle acheta un réchaud bon marché également, ainsi Ronald se ferait sa petite-cuisine. Puis elle revint au logis. Là, elle fut affrontée à un autre problème : comment transporter sa cargaison de victuailles sans exciter la curiosité de Mrs Schumacher ?

Elle attendit la tombée de la nuit et, dès qu'elle vit sa voisine en train de vaquer aux préparatifs de son dîner derrière ses fenêtres éclairées, elle se précipita et fit à toute allure plusieurs navettes entre la maison et la voiture pour rentrer à bon port ses précieuses provisions. Comme elle l'avait prévu, Ronald fronça le nez en apercevant le lait en poudre. Mrs Wilby dut hausser le ton : « C'est ça ou rien ! Le lait en poudre conserve toutes les vitamines et les sels minéraux, il n'y a que l'eau qui manque, élément très cher quand tu achètes du lait ou d'autres aliments qui en contiennent. » Elle introduisit le réchaud et une grande quantité de provisions dans la cachette. Cela fait, elle se sentit grandement soulagée. « Tes repas ne seront peut-être pas très excitants mais au moins cela te permettra de t'alimenter en mon absence. »

Ronald dit d'un air plein d'appréhension : « Je déteste te voir partir si longtemps.

— Inutile de se lamenter, répondit Mrs Wilby d'une voix sévère, puisqu'on n'y peut rien. Ne me complique pas la vie, Ronald. Tu sais bien que je n'ai pas le choix : si je ne me fais pas opérer, je risque d'être très malade. Cela ne me fait pas plus de plaisir qu'à toi, je t'assure ! »

Le lundi matin, Mrs Wilby partit pour l'hôpital non sans avoir fait ses dernières recommandations : « Maintenant, mon chéri, tu vas te montrer bien raisonnable et ne pas te faire de souci. Tu as tes livres, ton travail, ta radio, pour te distraire. Le temps passera très vite si tu ne rumines pas nos ennuis. Inutile de te dire que tu ne dois sous aucun prétexte quitter ta cachette. Par exemple, pas question que tu sortes pour aller regarder la télévision ou quoi que ce soit d'autre. Tu sais comment est Mrs Schumacher, elle est toujours sur le qui-vive, elle pourrait voir qu'il y a de la lumière ou même t'apercevoir.

« Tu as huit oranges, huit pommes, huit jolies carottes crues. Je veux que tu en manges une chaque jour et n'oublie pas tes pilules vitaminées. Pense à ta gymnastique et commence à étudier sérieusement tes sciences et tes maths... Sinon tu n'arriveras jamais à rien. Tu as bien compris ?

— Oui, Maman, dit Ronald d'une voix étouffée.

— Bon. Maintenant il faut que je m'en aille. Conduis-toi en garçon raisonnable, ferme ta porte aussitôt que je serai partie. »

Il garda le silence et entendit le bruit des pas maternels dans la cuisine, la salle à manger, le hall. La porte d'entrée s'ouvrit, se referma, elle était partie, il était absolument seul.

Il referma la porte secrète et s'allongea sur le lit, prêtant l'oreille : le silence avait quelque chose d'oppressant, rien de commun avec celui qui régnait quand sa mère était au bureau. Il prit un des livres que sa mère voulait le voir étudier : *Introduction à l'algèbre.* Cela avait l'air terriblement ennuyeux et difficile. Il y avait aussi *Le Monde des Vivants* où il découvrit d'assez intéressantes illustrations. Le troisième s'intitulait : *Les hommes qui luttent contre la Mort* et contait la vie d'une douzaine de médecins éminents, de chercheurs et de biologistes. Il fronça le sourcil et le repoussa. Il n'avait aucune envie de devenir médecin. Alors que voulait-il faire ? Il n'avait aucune idée pour l'instant.

La matinée passa assez lentement. Pour le déjeuner, il se fit des sandwichs de gelée et de beurre de cacahuètes. Il engloutit pour son dessert deux paquets de gâteaux au chocolat et se prépara un verre de lait en poudre qu'il but sans enthousiasme. Un déjeuner de passé ! Ensuite il se plongea dans l'histoire d'Atranta. Il fallait dessiner chacun des châteaux des ducs magiciens et les peindre à l'aquarelle. Il convenait également de ne pas négliger les plans intérieurs détaillés sans oublier les donjons, les chambres de torture, les greniers. Ronald avait l'intention de représenter la grande salle, la salle des Gardes avec un portrait en pied du suzerain. Il s'était déjà donné beaucoup de mal et, après maints tâtonnements et erreurs, avait réussi à tracer des esquisses des châteaux qui lui plaisaient assez. Il était moins habile pour rendre les silhouettes humaines et les visages. S'il prenait le temps de s'exercer, il y arriverait sûrement, c'était un coup de crayon à attraper. Il n'aurait qu'à s'entraîner chaque jour en copiant les dessins publicitaires sur les magazines de modes.

L'après-midi se traîna, Ronald s'énerva. Ses passe-temps habituels ne l'intéressaient plus. Il travailla à ses dessins sans entrain, examina la grande carte d'Atranta et pendant quelques minutes se mit à tracer un sentier qui traversait la Lande des Nuées Vagabondes. Bien que de sa cachette Ronald ne pût voir ce qui se passait au-dehors, il se rendait très bien compte du passage de la lumière matinale à celle de midi et de l'après-midi ; de même qu'il sentait arriver le crépuscule puis la nuit. Il le percevait à des impondérables. Quand il eut conscience, grâce à ce sixième sens, que l'obscurité noyait les contours de la maison, il souleva le panneau et lança un coup d'œil dans le garde-manger. L'angoisse du vide l'étreignit, il avait l'impression qu'il n'y avait plus un être vivant dans cette maison ; il ne comptait pas, il n'était qu'un fantôme. Cette idée le fit frissonner, il referma la porte et se mit à faire cuire son dîner sur le réchaud : viande hachée aux maïs et haricots, accompagnés d'une tartine de pain beurée et d'un verre de cet affreux lait en poudre. Comment dessert, deux gâteaux au chocolat et une banane.

A présent il faisait nuit noire. Ronald pensa à sa mère ; l'opération était-elle finie ? Il savait qu'elle devait penser sans cesse à lui. Il fixa la porte. Vraiment sa mère était ultra-prudente. S'il prenait des précautions, il pouvait certainement quitter sa cachette sans risque. Il faisait nuit, personne ne le verrait. Quel plaisir il aurait à se dégourdir un peu les jambes ! Pourquoi pas ? Sa mère ne le saurait jamais. Il souleva à nouveau le panneau et commençait à sortir en rampant quand il s'avisa qu'il avait laissé la lumière dans sa cachette et que cela se voyait jusque dans le garde-manger. Hâtivement il rampa à reculons et ferma la porte à fond. Ce qu'on pouvait être étourdi tout de même ! Enfin, espérons que cela n'aurait pas de conséquences et que Mrs Schumacher ne se serait aperçue de rien. Ou alors c'est qu'elle passerait son temps le nez collé à sa fenêtre. Il éteignit dans sa tanière et recommença sa reptation. Une fois dans la pièce, il se remit à quatre pattes puis se redressa avec lenteur. Retenant son souffle, il pénétra dans la cuisine. Un lampadaire situé dans la rue à une cinquantaine de mètres de là éclairait faiblement la fenêtre, plus faiblement que ne l'aurait fait le clair de lune mais cela convenait parfaitement à l'état d'âme de Ronald. Il était très excité de se retrouver dans la cuisine ; la maison des Schumacher était totalement plongée dans l'obscurité, ils étaient sans doute sortis pour la soirée.

Il se rendit dans la salle à manger, autrefois si familière, qui était devenue pour lui un mystérieux pays à l'accès interdit. Il tremblait d'énervement et d'émotion comme s'il était devenu un être nouveau doué de pouvoirs étranges, une sorte de créature supraterrestre. Personne ne savait qui il était ; il pouvait agir à sa guise sans personne pour faire opposition à ses desseins. Il n'y avait plus aucun obstacle fait de main d'homme sur sa route ! Sur la pointe des pieds, il se glissa dans le living-room. Par les fenêtres donnant sur le devant pénétraient de pâles rayons obliques. La télévision, en face de lui, dardait son œil de monstre sous-marin. Le divan, les fauteuils, le secrétaire se tenaient à leur place traditionnelle, entités fondamentales de cet univers immuable.

Je suis seul, songea Ronald, invisible ; je suis un esprit des ténèbres, une créature surhumaine. J'ai connu une passion qu'ignore le reste des mortels, j'ai commis l'acte défendu ! J'ignore le remords et la crainte ! Une lame de fond surgit brusquement qui balaya tous les états d'âme antérieurs pour ne laisser subsister qu'une terrible certitude : il n'avait aucun regret de ce qu'il avait fait à Carol Matthews, comment pourrait-il regretter ce délicieux moment de plaisir ? Dommage qu'il ait fait cette bêtise après ! Ronald respira à fond puis, s'approchant de la fenêtre, il scruta la nuit. Quelque part dans cette direction, il y avait Laurel Hansen ; peut-être était-elle dans sa maison, qui sait ? Peut-être rentrait-elle chez elle après avoir fait une course ou passé un moment chez des amis. Maintenant on s'amuserait vraiment bien ! O Laurel ! Dans quelle angoisse tu m'avais jeté ! Laurel, Laurel, tu verrais ce que je te ferais si je pouvais te rencontrer dans un chemin isolé et te tenir entre mes pattes !

Il n'osait tout de même pas sortir de la maison. A la lumière du lampadaire n'importe qui pourrait le reconnaître à visage découvert. Il aurait toute la ville à ses trousses ; on le poursuivrait, on le traquerait ; il serait perdu... Non, non, il valait cent fois mieux ne pas quitter la maison. Il resta un bon quart d'heure planté dans le living-room puis il regagna le hall et la salle à manger. Il s'assit à table, huma avec délices la bonne odeur de bois encaustiqué et savoura mentalement les dix mille repas qu'il avait pris à cette même place. Le silence n'avait plus la même pesanteur que tout à l'heure, il lui faisait du bien. Il finit par se lever, réintégra la cuisine avec son parfum particulier, le garde-manger, se mit à plat ventre et se réintroduisit dans sa cachette. La porte close, il tourna le commutateur et redevint un être humain. C'est là que se situe le cerveau de la maison, songea-t-il, là que bat le pouls de l'intelligence et de la passion, là que réside dans sa cachette mystérieuse l'homme invisible, l'homme inconnu.

Il s'allongea sur le lit et fixa le plafond. Une idée lui vint : la chambre secrète contenait tout le nécessaire, à une exception près ; il fallait y remédier le plus vite possible et se garder d'en parler à sa mère.

Quand il s'éveilla le lendemain de bonne heure, il eut l'intuition que des événements importants étaient imminents ; bien sûr, il n'aurait pu dire lesquels mais cette perspective l'excitait. Pendant qu'il s'offrait porridge et bananes pour son petit déjeuner, il regarda avec attention le sol de sa tanière : un dallage en vinyle à carreaux jaunes et blancs. Son repas achevé, il réfléchit encore un instant puis ouvrit sa porte et lança un coup d'œil prudent au-dehors : le soleil inondait la cuisine ; une demi-douzaine de mouches bourdonnaient contre les vitres. Ronald rampa hors de sa cachette, à travers la cuisine jusque sur le perron de la porte de derrière. Depuis des années Mrs Wilby y accumulait toutes sortes d'outils ; Ronald choisit un ciseau, un marteau, un vilebrequin, une scie à guichet et une scie ordinaire qu'il rapporta dans son domaine à quatre pattes.

A l'aide du ciseau il souleva quelques-uns des carreaux du dallage et gratta le mastic pour mettre à nu les rainures et languettes du plancher primitif. Avec le vilebrequin il perça plusieurs trous jusqu'à ce qu'il eût réussi à localiser une traverse ; cela fait il se mit au travail, maniant d'abord la scie à guichet puis la scie ordinaire. Les deux étaient rouillées et émoussées, ce qui rendait la besogne difficile et lente ; qui plus est, il se crut obligé d'amortir le bruit avec un torchon.

Il travailla toute la matinée sans se hâter. Comme il n'osait pas se servir du marteau ni de clous, il utilisa, quand besoin était, des vis. C'est ainsi qu'il réussit à pratiquer une sorte de trappe qui le ferait accéder au sous-sol dont la hauteur ne permettait que de se déplacer à plat ventre mais qui débouchait en plein air — à côté des marches du perron au dos de la maison — par une ouverture grillagée. Il ramassa soigneusement tous les copeaux et débris qui jonchaient le sol sous la trappe. A son avis, on ne pouvait la remarquer à moins qu'on n'eût déjà une idée derrière la tête. Les outils remis en place, Ronald regagna son réduit pour se préparer un bon déjeuner. La trappe lui donnait une sécurité supplémentaire en cas de besoin. Aujourd'hui il n'aurait pas aimé qu'on lui demandât de préciser quel genre de besoin ; en tout cas il valait mieux se tenir prêt à toute éventualité.

A une heure, il recommença son expédition à plat ventre qui le mena en passant par la salle à manger jusque dans le hall, où il se remit debout. Il aperçut par la fenêtre de la salle à manger Mrs Schumacher qui sortait de sa maison pour changer l'orientation de son appareil d'arrosage sur la pelouse. Les Schumacher étaient très fiers de leur beau gazon bien vert, ils passaient leur temps à arroser, tondre, tailler. Tout en travaillant de la sorte ils pouvaient voir tout ce qui se passait dans la salle à manger des Wilby. Sa mère avait eu raison d'insister sur la nécessité d'une constante vigilance. Il se faufila dans le living-room et, allongé sur le tapis, regarda un match de football à la télévision, tout en s'offrant une boisson à l'orange et des sandwichs au beurre de cacahuètes. Naturellement, il avait baissé le son au maximum. Au crépuscule, il éteignit la télévision de peur que, de la rue, on ne pût remarquer la lueur intermittente de l'écran.

Il retourna à quatre pattes dans sa tanière pour se faire cuire un bon paquet de macaronis au fromage. Il parfuma son fameux lait en poudre avec un sachet de poudre chocolatée, ce qui en améliora considérablement la saveur. Etendu sur le lit de camp et réfléchissant avec une certaine complaisance à ce qu'était sa vie, il conclut que tout n'allait pas si mal que ça : pas d'école, pas de corvées ménagères ou autres, plein de temps libre pour la flânerie et le repos. Il accorda une pensée à Carol Matthews et siffla entre ses dents. De nouveau il alluma, ouvrit sa porte secrète et recommença à errer dans la maison tel un fantôme. La trappe lui donnait de nouvelles possibilités donc une force supplémentaire. Il pourrait entrer et sortir comme bon lui semblerait, personne n'en saurait rien.

Il s'approcha de la fenêtre qui donnait sur la rue et regarda au-dehors. Est-ce qu'il y avait sous la maison des Hansen le même espace que sous la sienne ?... Il fit la grimace : toujours ce sacré lampadaire qui lui mettait des bâtons dans les roues ! Quoique s'il s'habillait de vêtements sombres et se dirigeait rapidement vers le nord en esquivant la lumière, qui est-ce qui le verrait ? Et à supposer qu'on le vît, qui le reconnaîtrait ? Ses cheveux avaient beaucoup poussé et il ressemblait à un hippie.

Un seul ennui : il n'avait pas le courage de sortir de la maison. Admettons qu'il trouve Laurel sur son chemin ou une autre fille et que... eh bien oui ! que quelque chose n'arrive, sa mère le découvrirait et elle serait diablement contrariée. Ronald gonfla ses joues... elle n'irait pas le dénoncer à la police, non, certainement pas ce genre de chose, mais elle trouverait bien le moyen de le punir sévèrement, par exemple elle lui supprimerait son dessert pour des mois et des mois.

Décidément il y avait trop de risques. D'ailleurs il n'avait peut-être jamais vraiment eu l'intention de s'en aller... pourtant s'il voyait une fille passer devant la maison… ça vaudrait sans doute le coup de foncer et de la faire prisonnière. Il inspecta la rue de chaque côté. Le téléphone se mit à sonner à l'autre bout de la pièce. Ronald sursauta de terreur. Il faillit se ruer pour soulever le récepteur et faire taire ainsi le bruit strident. Il se ravisa juste à temps. Il fallait laisser sonner, c'était peut-être une erreur, un faux numéro ou quelqu'un qui ignorait que sa mère était malade. Il laisserait sonner, le bruit n'est pas une menace en soi. N'empêche que cela l'horripilait. Dire que quelqu'un attendait, homme ou femme, l'appareil à l'oreille. Qui ? Ça, il ne le saurait jamais. Quelque part, Mr ou Mrs X décida qu'il n'y avait personne au numéro demandé et finit par raccrocher. La maison retomba dans le silence et dans une solitude plus profonde que jamais… vraiment lugubre ! Ronald retourna dans sa cachette, alluma et s'allongea pour écouter sa radio.

CHAPITRE IX

Un beau jour, Mrs Wilby revint de l'hôpital. Ronald entendit la clé tourner dans la serrure et la porte craquer en s'ouvrant. Il ferma sa porte hâtivement et resta l'oreille collée au mur pour s'assurer qu'il s'agissait bien de sa mère et non d'un étranger. Il reconnut le pas maternel, plus lent toutefois, moins décidé. Elle n'était pas encore bien solide et la note à payer l'avait profondément affectée. Elle se rendit immédiatement dans le garde-manger et frappa les quatre coups rituels. « Je suis rentrée, Ronald. Ronald ? »

Il souleva le panneau : « Je suis là. Comment ça va ?

— Pas trop mal, un peu faible sur mes jambes, je ne suis pas censée recommencer à travailler avant lundi prochain, au plus tôt. Comment t'en es-tu tiré ?

— Très bien. Evidemment, j'étais très seul mais on ne pouvait pas faire autrement, j'imagine.

— Bien sûr que non, dit Mrs Wilby d'une voix sèche. J'ai eu rudement raison de ne pas attendre davantage. J'avais ce qu'on appelle du cholélithiasis, des calculs. Le chirurgien a dû m'enlever la vésicule. Cela m'a coûté les yeux de la tête, cela me rend malade rien que d'y penser.

— Il ne faut plus y penser, conseilla Ronald ; ta santé avant tout.

— Je sais, mais cela retarde terriblement notre départ et je n'ai qu'une idée : partir d'ici et recommencer à neuf notre existence à tous deux. As-tu bien travaillé ? »

Ronald pinça les lèvres : « Je te crois !

— Hum... — le ton était sceptique mais elle ne poursuivit pas plus à fond son interrogatoire — Je n'arrive pas à trouver un moyen de gagner un peu plus d'argent, nous n'avons rien à vendre... Je crois qu'il faut serrer les poings et économiser au maximum.

— Je suppose que cela signifie la continuation du régime lait en poudre ? »

Il y avait dans la voix du garçon une pointe d'irritation, de sarcasme, et pas mal d'apitoiement sur soi-même.

« Oui, Ronald, cela signifie encore et toujours du lait en poudre et toutes les autres petites privations susceptibles de nous permettre d'économiser cent par cent. Il faut bien que tu prennes ta part des sacrifices.

— C'est facile à dire, tu n'en bois pas, grogna Ronald. Tu ne te rends pas compte, on dirait de la poudre de craie.

— Moi, je me prive de café et de thé qui ne sont pas indispensables. Il n'y a pas que toi à supporter les privations, Ronald. Il faut tout de même que tu regardes les choses en face, mon garçon : il est de la plus grande importance que nous mettions de côté tout l'argent possible pour quitter Oakmead. Il n'y a pas de temps à perdre. Tu devrais être à l'école à l'heure qu'il est, en train de préparer ton avenir. Tu m'as dit que tu avais travaillé ?

— Bien sûr !

— Tu as fait des exercices dans le livre d'algèbre ?

— Ce n'est pas du tout la peine. J'étudie les exemples pour voir si j'ai bien compris. Il n'y a vraiment pas de raisons de suivre toujours la vieille routine.

— Tu me feras le plaisir de commencer au commencement et de ne négliger aucun problème. Tu me passeras ton cahier et je corrigerai. Tu as tout le temps imaginable, c'est honteux de ne pas en profiter utilement !

— Je fais de mon mieux, grommela Ronald. J'ai ma gym, mon travail artistique et un tas d'autres choses qui prennent beaucoup de temps. »

Mrs Wilby laissa échapper un petit rire ironique : « Eh bien moi je suggère que tu centres ton emploi du temps sur ton travail au lieu d'y penser seulement en passant et quand tu n'as rien de mieux à faire. Prends-toi en main, il n'est que temps. Je sais bien que ta vie n'est pas drôle en ce moment mais il faut garder le moral, c'est-à-dire agir de manière à pouvoir être fier de toi et à me rendre fière de mon fils. T'es-tu lavé entièrement ? »

Il était censé faire ses ablutions dans une cuvette qui devait lui servir de tub, chaque jour.

« Je me lave quand je me sens sale. Si tu crois que c'est facile de se laver dans cette cuvette de rien du tout ! Cela me donne la chair de poule.

— Ronald, je ne te le dirai jamais assez : tu ne dois sous aucun prétexte te laisser aller. Même sous les tropiques un gentleman anglais s'habille pour le dîner. C'est une affaire de dignité et de bonne éducation. Je sais que tu n'es pas un Anglais ni un gentleman anglais mais tu peux en prendre de la graine. Cela m'ennuie de te dire ça, Ronald, mais cela ne sent pas très bon dans ta cachette. Il faut que tu nettoies et que tu te laves. Montre-moi ta tête, je veux voir quelque chose.

— Pourquoi veux-tu voir ma tête ?

— Ne discute pas, je te prie, fais ce que je te dis. »

Ronald, de mauvaise grâce, pencha sa tête par l'ouverture.

« Ne bouge pas, je vais chercher les ciseaux.

— Qu'est-ce que tu vas me faire ?

— Je vais te couper les cheveux. Ensuite je t'achèterai un rasoir ; tu me feras le plaisir de supprimer tous ces grands poils autour de la bouche.

— Ah, pardon ! Les cheveux longs sont à la mode en ce moment, la barbe et la moustache aussi !

— Il me semble que tu n'as pas besoin de te préoccuper de la mode en ce moment. »

Ronald se tut et Mrs Wilby tailla à cœur joie dans la toison plate de son fils.

« Voilà une bonne chose de faite, déclara Mrs Wilby. Maintenant passe-moi tes draps, ton linge sale, je vais laver tout ça. Pendant ce temps tu vas frotter par terre. Attends, je vais t'apporter de l'eau savonneuse dans un seau et du Clorox. Après tu te laveras de la tête aux pieds. »

La mine maussade, Ronald se mit à laver le sol, tout étonné de voir l'eau du seau devenir noirâtre, d'où pouvait venir toute cette crasse ? Mystère ! Il fit ses ablutions, revêtit un pyjama propre ; sa mère lui tendit les draps propres. Il refit son lit. Il ne pouvait nier que cela sentait bon le propre dans son réduit et que c'était agréable d'avoir sur le dos un pyjama fraîchement repassé au lieu d'affaires fripées et collantes. Mais n'empêche qu'il n'appréciait pas l'attitude maternelle. Elle se comportait comme si la faute était entièrement de son côté à lui. Après tout... elle n'avait peut-être pas tout à fait tort... En tout cas cette histoire remontait à pas mal de temps en arrière ; ce n'était pas juste de le morigéner sans arrêt. La vie commençait à manquer vraiment de charme : la lecture des matières rebutantes à étudier, une nourriture chiche et de médiocre qualité, cette manie de propreté exaspérante. Pourquoi diable cette précipitation à vouloir partir à tout prix au Canada, en Maryland ou en Floride ? S'il fallait à cause de cela se priver de lait chocolaté, de bons petits plats, enfin des choses agréables de l'existence, c'était trop cher payer ! Il n'était pas encore décidé à devenir médecin et s'il y renonçait, il n'y avait pas lieu de se fatiguer à piocher son algèbre ; ces problèmes fastidieux n'étaient qu'une pure et simple perte de temps. Etait-ce raisonnable, quand on se donnait la peine de réfléchir calmement, de gaspiller son énergie pour préparer une carrière qu'il ne choisirait sans doute pas ? Mais il savait d'expérience que sa mère était insensible à la logique. Il poussa un gros soupir en se demandant si elle s'attendait à ce qu'il fît ses problèmes dès aujourd'hui. Elle sortait juste de l'hôpital ; ils auraient pu fêter dignement son retour, oublier les sacro-saintes économies pour un jour ou deux !

Il appela doucement :

« Maman ? »

Mrs Wilby arriva instantanément dans le garde-manger : « Ronald, je te prie de ne jamais, *jamais*, recommencer à appeler. On ne vient pas souvent nous voir mais tout de même de temps en temps. Il ne faut jamais, jamais appeler, tu m'entends ? Même si tu crois qu'il n'y a personne, tu peux très bien te tromper. Alors ? Que veux-tu ?

— Je me disais que ce serait gentil de fêter ta sortie de l'hôpital. On pourrait s'offrir un petit déjeuner agréable, tous les deux. Tu ferais par exemple un bon gâteau, des côtes de porc sauce barbecue et des pommes de terre au four qu'on mangerait avec du beurre...

— Ronald, as-tu idée du prix d'une livre de beurre ? Les côtes de porc aussi sont affreusement chères et il n'y a pas grand-chose à manger dessus. La vie est d'un cher !

— Pour une fois, si on ne s'occupait pas des prix, je suis si heureux que tu sois rentrée !

— Pour moi, ce ne serait pas une fête, je ne pourrais toucher à rien. Je n'ai pas le droit de prendre des matières grasses, le docteur m'a mise à un régime draconien ; tu sais, je ne suis pas remise encore.

— Ah ?

— Je vais me reposer un peu. Pendant que tout est tranquille, tu pourrais te mettre à l'algèbre. Tu as perdu assez de temps à dessiner. Reviens sur terre, je t'en prie. Une carrière, cela ne se bâtit pas avec des rêveries. Tu auras à travailler avec des gens et à te rendre utile. Pour cela, il faut se donner de la peine, autant commencer tout de suite. »

Une semaine plus tard, Mrs Wilby retourna au fameux magasin de Stockton dont elle avait si fort apprécié les prix modiques. Et elle refit le plein de provisions. Puisque Ronald aimait le beurre de cacahuètes et que cela remplaçait avantageusement la viande sans nuire à sa santé, elle en acheta une douzaine de paquets, plus trois litres de ketchup, un sac de haricots, une caisse de macaronis et biscuits au fromage, vingt-cinq livres de riz, une caisse de thon en conserve, une de saucisses de Francfort en boîtes et une bonne quantité de denrées sous emballage qui lui paraissaient utiles, y compris deux caisses d'un poids respectif de dix kilos, pleines de boîtes de lait en poudre.

Elle rentra à la maison, vannée mais satisfaite : elle avait dépensé beaucoup d'argent mais elle avait à sa disposition une bonne quantité de nourriture saine qui durerait plusieurs mois. Il n'y aurait plus qu'à y ajouter des hamburgers et des légumes frais. Elle se rappela avoir lu quelque part que certaines plantes sauvages pouvaient très bien remplacer les légumes verts : le pissenlit, la moutarde et la luzerne. Elle se mettrait en quête de ces succédanés quand la saison en serait revenue. Une fois encore elle attendit la tombée de la nuit pour transporter son chargement. Quand tout fut bien rangé, elle sentit à quel point elle était épuisée. L'opération l'avait considérablement affaiblie ; il faut dire qu'elle n'était plus toute jeune. Mais il lui était interdit de se laisser aller, de se décourager, d'abandonner la lutte avant qu'ils ne fussent confortablement installés en Floride. Donc, retour au bureau dès demain. Quant à Ronald, elle ne tolérerait plus qu'il perdît du temps à des billevesées. Assez flâné, il fallait absolument qu'il se mît d'arrache-pied au travail.

CHAPITRE X

Ronald détestait l'histoire, méprisait la biologie, avait horreur des mathématiques. Pourtant chaque jour, à l'exception du dimanche, il lui fallait donner la preuve qu'il avait mené à bien la tâche assignée par sa mère, or celle-ci se montrait un redoutable chef de corvée : il avait à rédiger des résumés de toutes les matières étudiées, en soignant son écriture et son style ; elle ne laissait passer aucune imprécision d'idée ou redondance de forme. S'il arrivait que Ronald fît une erreur dans un problème, il se voyait aussitôt obligé de résoudre dix problèmes supplémentaires du même type. La présentation de la copie avait une immense importance à ses yeux. Il passait son temps à pester et à maugréer que c'était bien plus dur que l'école.

Mrs Wilby paraissait avoir changé ; elle manifestait beaucoup moins d'attention à ce qu'il pouvait désirer, à ce dont il avait besoin. Parfois elle avait le ton fort sec. Ce n'était pas parce qu'elle l'aimait moins — il ne doutait pas une seconde de son amour — mais elle avait l'air préoccupé, inquiet. Il la voyait vieillir de jour en jour. Son visage avait perdu un peu de son expression flegmatique qu'accentuait encore autrefois le regard imperturbable de ses yeux bleu clair. Ses joues s'étaient légèrement creusées et sa mâchoire s'affaissait. Elle avait toujours tiré vanité de son teint clair et frais ; à présent il était brouillé, sans éclat, d'une couleur jaune un peu sale. Ronald se doutait qu'elle se faisait beaucoup trop de souci pour ces questions d'argent ; elle s'exténuait à faire des heures supplémentaires chaque fois que l'occasion s'en présentait. Elle trouvait le moyen de taper, le soir et parfois jusqu'à des heures indues, des documents légaux pour un de ses amis qui travaillait auprès des tribunaux. Il aurait voulu qu'elle en fît moins, qu'elle sût se détendre un peu. S'il fallait attendre plus que prévu pour partir d'ici, quel inconvénient ? Il était très bien dans sa confortable cachette et n'avait pas sujet de se plaindre, sinon de la nourriture et des études qui lui prenaient souvent jusqu'à trois, quatre heures par jour.

Un matin au début de mai, il entendit sa mère descendre les étages plus lentement que de coutume et, quand elle lui glissa son plateau de petit déjeuner, elle ne lui fit aucune recommandation relative à son travail de la journée, ce qui lui parut bizarre. Allongé sur le sol, il regarda par une fente du panneau secret : « Maman ?

— Oui, Ronald.

— Si tu te sens fatiguée, tu devrais rester à la maison et te reposer.

— J'aimerais bien, mon chéri, mais j'ai un travail fou, je ne peux pas me permettre de prendre un jour. Si Mr Lang ne me jugeait plus capable de faire mon travail, il pourrait prendre quelqu'un d'autre pour me remplacer et je serais à la rue. Ce soir ça ira mieux, j'ai dû attraper un microbe, c'est ce qui me rend patraque.

— Tu ferais mieux d'aller voir le docteur, Maman.

— Non, non. Ce n'est rien, je t'assure, j'ai pris mes pilules et à midi je serai en pleine forme. »

Quelques minutes plus tard, elle partit au bureau. Ronald entendit la porte se fermer, le bruit de ses pas sur le perron et dans l'allée. Ensuite il perçut le déclic du starter, le grondement du moteur... et ce fut le silence.

La journée s'écoula. Il fit sa gymnastique, s'attela à ses problèmes d'algèbre haïssables, se força à lire un chapitre du manuel de biologie et rédigea le résumé que sa mère exigeait. Il déjeuna de sandwichs au beurre de cacahuètes et à la gelée, se reconstitua son lait avec le lait en poudre auquel il s'était habitué et termina son repas par de la crème au citron. Il fit un somme dans l'après-midi puis travailla aux portraits des six ducs magiciens. Les costumes étaient fort pittoresques, chacun était réalisé dans la couleur du blason du duché correspondant. Comme cette tâche le passionnait, il ne fit pas attention à l'heure et fut tout étonné, quand il regarda sa montre électrique, de constater qu'il était déjà cinq heures. Sa mère n'allait pas tarder à rentrer, à moins qu'elle ne fût retardée ou n'eût des courses à faire.

A six heures, il fronça le sourcil et écouta... en vain. La soirée se passa sans que sa mère ne donnât signe de vie. Il resta assis sur son lit à se faire du souci jusqu'à onze heures du soir ; malgré lui il finit par s'assoupir. A neuf heures le lendemain matin, toujours sans nouvelles d'elle, il ouvrit la porte dérobée et, après un moment de tergiversation, sortit à plat ventre. Le ciel était noir et lugubre. Des rafales de pluie venaient battre les carreaux. Il rampa jusque dans le living-room et, non sans hésitation, décrocha l'appareil pour appeler le bureau de sa mère.

« Quincaillerie Central Valley, j'écoute », dit une voix alerte.

Ronald s'éclaircit la voix : « Puis-je parler à MrsWilby, s'il vous plaît ?

— Mrs Wilby est absente aujourd'hui, pouvez-vous laisser un message ?

— C'est la fourrière, je téléphone au sujet de son chat. J'ai appelé chez elle, il n'y a personne.

— Mrs Wilby est souffrante, elle est à l'hôpital, je ne sais pas quand vous pourrez la joindre.

— Merci », dit Ronald et il raccrocha.

Voilà donc que sa mère était de nouveau malade. Elle avait les traits tirés hier. Il retourna, toujours en rampant, dans la cuisine ; il s'assit par terre sur le linoléum et écouta la pluie. La maison avait un air hostile, désert, très désagréable à supporter. Il alla ouvrir le réfrigérateur et en inspecta le contenu : huit œufs, des hamburgers, une demi-livre de margarine, des carottes, du céleri, deux tomates, de petits restes hétéroclites. En se pliant en deux pour échapper à l'œil indiscret de Mrs Schumacher, il fit revenir le hamburger ainsi que quatre œufs dans la poêle, il dévora le tout, à croupetons sur le sol ; s'offrit en plus quatre tartines de margarine et beurre de cacahuètes qu'il fit descendre à l'aide d'un quart de litre de lait. Mon Dieu ! Il avait complètement oublié de regarder dans le freezer ! Il y découvrit une boîte à moitié pleine de glace à la vanille dont sa mère lui avait donné deux maigres cuillerées un jour où elle voulait le gâter spécialement. Il ouvrit une boîte de pêches en conserve, il en versa le contenu dans un petit compotier et il recouvrit le tout d'une épaisse couche de glace. Pleinement rassasié et engourdi, il réintégra sa cachette. Il avait fait un délicieux dîner, le meilleur depuis Noël. Etendu sur son lit de camp, il se demanda pour combien de temps sa mère en avait encore à l'hôpital. Cela n'avait pas de sens de faire des problèmes d'algèbre tant qu'elle ne serait pas là pour les corriger ; ce ne serait pas agréable pour elle, quand elle rentrerait, de trouver un monceau de devoirs à vérifier. Il valait mieux s'accorder un peu de congé jusqu'à son retour, c'était une affaire de bon sens.

Quatre jours s'écoulèrent, pas un mot de sa mère !

Ronald commença à appréhender le moment où elle apparaîtrait. Elle serait malade d'inquiétude à l'idée de l'argent dépensé à payer son séjour à l'hôpital ; il s'ensuivrait des rations encore plus spartiates qu'avant : haricots, riz, lait en poudre, pissenlit. Plus de beurre de cacahuètes, de juteux hamburgers, plus la moindre glace, disparition complète des gâteaux et des plats sucrés. Une existence sordide ! Mais il n'y pouvait rien. Il décida de cuisiner dans son réduit où du moins il pouvait déguster ses repas sans risque ni frayeur. Pour s'épargner des efforts inutiles, il transporta dans la cachette les denrées alimentaires qu'il aimait le plus. Il n'y avait plus une miette de pain, il mangea des biscuits salés jusqu'à ce que le paquet fût vide.

Le sixième jour au matin, Ronald entendit un bruit de pas sur le perron : il bondit avec entrain et vint coller l'oreille au panneau de placoplâtre. La clé tourna dans la serrure, la porte s'ouvrit. Il entendit une voix d'homme : « ...Ce sont les ordres que m'a donnés Mr Wilby. Il désire vendre la maison le plus vite possible. Les meubles et les affaires dont vous ne voudrez pas seront donnés à des œuvres de bienfaisance.

— Je ne veux rien sauf des photos de famille, dit une voix de femme. J'ai tout ce qu'il me faut comme mobilier et cela ne vaudrait pas les frais de transport jusqu'en Pennsylvanie.

— Vous avez raison, cela vous reviendrait trop cher pour ce qu'il y a. Je crois qu'elle ne possédait aucun objet de valeur. Et les livres ?

— Je ne pense pas non plus.

— Et la porcelaine ? L'argenterie ? Cette pendule ?

— Oui, je vais prendre cette vieille pendule qui appartenait à mon père. Elaine l'a eue comme cadeau de mariage quand elle a épousé Mr Wilby.

— Bon, je vais la mettre de côté. Y a-t-il quelque chose d'autre que vous aimeriez ?

— Laissez-moi juste regarder dans sa chambre au cas où je trouverais des bijoux de famille. Mais je ne crois pas que je prendrai autre chose que les photos.

— Voilà un portrait, le voulez-vous ?

— Oh Dieu non ! C'est son fils Ronald, je ne voudrais pour rien au monde quelque chose qui me le rappelle. Pauvre Elaine, quelle vie tragique elle a eue !

— C'est vrai. Elle avait un cancer, n'est-ce pas ?

— Non, c'était quelque chose d'autre. On lui avait enlevé la vésicule biliaire ; un calcul a dû s'introduire dans le canal cholédoque et gêner le fonctionnement du foie.

— C'est vrai ? Mon Dieu, je ne pensais pas que de simples calculs, cela pouvait être si dangereux.

— Dans ce cas-là, si, parce que le malade se croit guéri. La pauvre Elaine a eu une crise terrible à son bureau et elle est morte avant que les médecins aient pu faire quelque chose.

— Cela vaut mieux qu'une interminable agonie.

— Certainement, j'espère que pour moi les choses iront aussi vite.

— C'est bien triste, elle n'était pas très âgée. Bien, allons voir ce qu'il y a dans les chambres. »

L'homme et la femme montèrent l'escalier, le bruit de leurs pas résonna au-dessus de la tête de Ronald tapi dans sa cachette sans oser faire le moindre mouvement. Il était terrifié. Sa mère, sa merveilleuse Maman, était morte ! Il restait tout seul sans personne pour prendre soin de lui. Sa maman chérie qui l'aimait tant ! Il avait les yeux pleins de larmes brûlantes, il aurait voulu hurler son chagrin, se frapper la tête de ses poings, se cacher sous ses couvertures. Qu'allait-il devenir à présent ? Il n'y aurait plus personne pour parler avec lui, pour préparer ses repas ou s'occuper de lui. Il mordit le drap pour étouffer le bruit de ses sanglots. L'homme et la femme — qui ne pouvait être que Tante Margaret — étaient en train de redescendre. Ils s'arrêtèrent dans le hall. L'homme dit : « Si vous ne voulez vraiment rien d'autre, autant l'emporter tout de suite. Demain je ferai venir le camion de Goodwill et ils débarrasseront tout.

— Quelle drôle de vieille maison, dit Tante Margaret, vous croyez que vous trouverez un acquéreur ?

— Vous seriez étonnée de voir le nombre de gens qui vont se précipiter pour l'acheter. Pensez, il y a quatre chambres à coucher, une immense cuisine, une salle à manger, un living-room ; il y a beaucoup de familles auxquelles cela conviendra parfaitement.

— Oui, je comprends, mais moi ce n'est pas du tout ce que j'aime. J'apprécie les installations un peu plus modernes. Ah, attendez ! Je voudrais juste encore voir une chose, l'argenterie et peut-être... » Ronald entendit qu'on ouvrait le tiroir du buffet de la salle à manger. Puis Margaret s'écria : « Ce n'est que du plaqué, cela ne vaut pas la peine que j'aille trimballer cela jusqu'en Pennsylvanie.

— Vous avez bien raison. Bien, alors nous pouvons nous en aller ?

— Oui, volontiers, cet endroit me donne le frisson. »

La porte s'ouvrit et se ferma. Il les entendit descendre les marches du perron. Il resta pétrifié, une vraie statue ! Il en avait le froid de marbre et le manque de réaction. Mon Dieu ! Que faire ? Où aller sans argent, sans provisions ? Un camion allait venir demain qui emporterait les vieilles affaires familières et il ne les reverrait jamais plus ! Ronald sortit en rampant de sa cachette et transporta à l'abri toutes les provisions que sa mère avait achetées à Stockton et tout ce qu'il put trouver de comestible dans le garde-manger. C'est toujours ça qu'ils n'emporteraient pas. Qu'avait-il envie de garder en plus ? Là-haut dans son placard, il y avait son costume habillé et ses plus belles chaussures. Il quitta de nouveau son réduit et, pour la première fois depuis sa réclusion, il grimpa dans sa chambre. Elle était telle qu'il l'avait quittée, chaude et accueillante, et pourtant il la sentait terriblement lointaine comme s'il était un vieillard qui revoyait en rêve sa chambre d'enfant. Il passa en revue ses bibelots et ses souvenirs : ils appartenaient à un monde dont sa mère faisait partie intégrante. Ce monde s'était écroulé, la chambre n'avait plus de signification.

Il mit dans une valise des vêtements et un ou deux des souvenirs auxquels il tenait particulièrement : le couteau militaire suisse que sa mère lui avait offert pour ses quatorze ans et l'ours en peluche qui avait été son premier jouet. Il transporta sa valise et une pile de ses livres favoris jusque dans son repaire, ferma la porte secrète et s'allongea sur son lit pour réfléchir. Tôt ou tard, qu'il le voulût ou non, il faudrait qu'il s'en allât faute de nourriture. Il refoula ses larmes. Le pays était vaste, les routes étaient longues et menaient très loin, très loin dans des villes inconnues et impitoyables qu'il n'avait aucune envie de connaître.

Il frappa l'oreiller de ses poings en gémissant à voix basse : « Mon Dieu ! Mon Dieu ! Pourquoi tout ne peut-il pas rester comme avant, je ne veux pas quitter ma maison ! »

CHAPITRE XI

Le lendemain, au début de la matinée, Ronald fit encore le tour de la maison à la recherche d'un objet qu'il aimerait conserver. Il regarda le poste de télévision : non, il était trop large et ne pourrait pas passer par la porte secrète. Il prit toutes les ampoules électriques, les réserves de papier hygiénique et de serviettes en papier, plus quelques ustensiles de cuisine. Il eut envie également de garder la boîte à outils ; on ne sait jamais, il pourrait bien en avoir un jour besoin. Comme il n'y avait pas assez de place dans son réduit, il souleva la trappe et descendit cacher la boîte dans un coin obscur du sous-sol. Il grimpa dans la chambre de sa mère et faillit y être pris au piège. Par chance il regarda par la fenêtre et vit s'arrêter devant la maison le camion de Goodwill. Il dévala l'escalier, traversa à toute allure à quatre pattes la salle à manger et la cuisine et plongea dans son antre ; la porte secrète bien fermée, il était en sécurité.

Un instant plus tard, la porte d'entrée s'ouvrit, des pas résonnèrent dans le hall. Il reconnut la voix du type d'hier qui disait : « Prenez tout, videz la maison. Il y a juste une chose — ou plutôt deux — que je vous demande : Faites attention aux planchers, ils sont en bon état et je ne veux pas avoir à les refaire ; et de deux : ne me laissez pas trop de désordre, tâchez de nettoyer avant de partir.

— Nous ferons de notre mieux, monsieur, mais on ne peut pas vous débarrasser des détritus, c'est pas notre métier, on n'est pas des éboueurs !

— De toute façon, il n'y a pas de détritus comme vous dites. Mais si vous n'êtes pas disposés à vous montrer coopérants, ce n'est même pas la peine de commencer, j'aurai tous les gens que je voudrai pour m'aider.

— Pas la peine de vous fâcher, monsieur, je voulais juste vous dire que nous étions là pour déménager les meubles, pas pour nettoyer.

— Bon. Prenez tout sauf la télévision qui est réservée. Je m'en vais ; fermez quand vous aurez fini. »

Le type de l'agence immobilière se garde la télévision, se dit Ronald.

Les hommes de chez Goodwill travaillèrent jusqu'à midi. Ronald suivait d'une oreille exercée leurs allées et venues. Finalement tout redevint silencieux et il sortit de sa cachette. La maison était absolument vide, dépouillée de tout sauf de la télévision. Maintenant que sa mère avait disparu, il préférait que les choses fussent ainsi. Mais il y avait cette question lancinante : qu'allait-il faire ? Quel serait son sort ? Il eut bonne envie de saboter la télévision mais l'auto de l'agence s'arrêta devant la maison et il eut juste le temps de réintégrer son antre. L'homme entra pour repartir aussitôt. Bien sûr, quand Ronald émergea à nouveau de sa cachette, le poste avait disparu à son tour. Il s'assit sur le plancher de bois dur privé de son tapis. Le soleil d'après-midi pâlissait et le crépuscule approchait, venant de l'est. Ronald avait la tête vide, il n'avait plus d'inquiétude vis-à-vis du futur puisqu'il n'y avait pas de futur pour lui. Quand il n'aurait plus rien à manger, il partirait de nuit, filerait jusqu'à Mileta (seize kilomètres) et de là ferait de l'auto-stop jusqu'à Berkeley où il se perdrait dans la masse anonyme des épaves de son genre. C'était une éventualité mais il n'était pas disposé à voir si loin dans un avenir qui paraissait plongé dans la brume.

Pour l'instant il se sentait aussi triste et terne que le ciel ce soir. Il s'assoupit et s'éveilla dans le noir, seul un rayon de lumière, émanant du réverbère dans la rue, perçait l'obscurité. Il demeura immobile, ne sachant plus très bien où il se trouvait, la maison lui sembla très vieille et peuplée de voix indistinctes. Il se sentit un avec ces voix, il n'y avait aucune crainte à avoir… Réfrigéré et courbatu, il retourna dans son domaine.

Le lendemain, il se réveilla plus tôt que d'habitude. Il prit conscience douloureusement du profond silence. Jamais plus il n'entendrait le pas rapide de sa mère dans l'escalier ou ses allées et venues dans la cuisine quand elle s'affairait à préparer le repas. Ses yeux se remplirent de larmes. Après un bon petit déjeuner, il se sentit ragaillardi. La vie devait continuer. Il avait à sa disposition une ample provision de papier et d'encres de couleurs. Etant donné qu'il n'y aurait plus ces pénibles entractes consacrés à l'algèbre, la biologie et l'histoire, il travaillerait avec plus de concentration et consacrerait le temps qu'il voudrait à la réalisation de son œuvre sans en omettre le plus petit détail.

Pour commencer il fit sa gymnastique, c'était devenu pour lui presque automatique. Il ne pouvait se sentir détendu que lorsque ses muscles avaient eu la possibilité de se contracter et de s'étirer. De plus, il s'était alourdi plus qu'il ne l'aurait souhaité. Vers dix heures, il entendit des pas sur le perron, la clé tourna dans la serrure et la porte d'entrée s'ouvrit, livrant passage à plusieurs personnes dont une femme. Ronald entendit la voix de l'agent immobilier : « Le living-room est sur votre droite. Comme vous pouvez le constater, les proportions sont bonnes et il y a un beau plafond. Ici toutes les pièces sont hautes de plafond. A l'époque où a été construite cette maison on ne lésinait pas sur l'espace.

— Quand a-t-elle été construite ? demanda un homme.

— Vers le début du siècle, je pense. C'est une très ancienne construction mais c'est du solide. On savait travailler en ce temps-là.

— Les planchers sont beaux, dit une femme, est-ce que la cheminée tire bien ?

— Je ne pourrais vraiment pas vous le dire, Mrs Putnam, je pense que oui. La cheminée comporte un long conduit qui doit bien faire évacuer la fumée. Si vous voulez, nous pouvons essayer de faire du feu ?

— Oh non ! Ne vous donnez pas cette peine.

— Maintenant, voici la salle à manger avec ses ravissantes boiseries en séquoia (je ne connais pas de bois qui prenne en vieillissant une aussi jolie patine), un buffet incorporé et une jolie vue sur l'est qui permet de profiter des premiers rayons du soleil. Une pièce vraiment très gaie. Si j'étais le propriétaire, je m'achèterais un très beau lustre ; cette salle à manger deviendrait un petit chef-d'œuvre. »

Mrs Putnam acquiesça : « Oui, c'est une pièce très agréable.

— Par là, vous avez la cuisine, très spacieuse, toute la place nécessaire pour travailler à l'aise et une pièce adjacente qui sert de garde-manger, ce qui est encore un luxe d'autrefois qu'on ne trouve plus habituellement dans les maisons actuelles.

— Le fourneau ne doit pas valoir grand-chose, fit remarquer Mrs Putman et ce réfrigérateur est une véritable pièce de musée !

— Evidemment vous aurez envie de moderniser un peu, dit l'agent, c'est tout naturel ; j'en ferais autant à votre place et j'ajouterai entre vous et moi que c'est la raison pour laquelle le prix est si intéressant. Le propriétaire veut vendre. Sur le derrière de la maison, vous avez une seconde véranda.

— Alors il n'y a pas de salle de bains en bas ?

— Non, il n'y en a pas. En ce temps-là, — il eut un petit rire de gorge — les sanitaires, à l'intérieur de la maison, c'était un véritable luxe !

— Peut-être bien, intervint Mr Putnam, mais à mon avis cela ne me paraît pas commode du tout.

— Si nous allions jeter un coup d'œil là-haut ? proposa l'agent immobilier. Vous avez quatre grandes chambres à coucher et une très belle salle de bains ; c'est la maison idéale pour une famille nombreuse.

— Je ne pense pas que cela vaille la peine que nous montions, Mr Roscoe. Nous n'avons qu'un fils unique et il parle déjà d'entrer dans l'armée. Nous ne saurions que faire dans une maison aussi vaste.

— Bon, bon. Je pensais que vous auriez le béguin pour cette vieille demeure, ce n'est pas souvent que nous en avons de disponibles ; c'est la raison pour laquelle je vous avais amenés ici les premiers.

— Nous vous en sommes très reconnaissants, Mr Roscoe, mais nous avons envie de quelque chose de plus moderne, genre bungalow avec un joli patio.

— J'en ai quelques-uns que je peux vous faire visiter et qui sont d'un prix intéressant dans leur catégorie. Dites-moi seulement combien... »

La porte se ferma, empêchant Ronald d'entendre le reste de la question. Le bruit des pas décrut, le silence retomba.

Ronald resta à ruminer des pensées moroses ; il ne voulait pas de nouveaux venus ici qui lui imposeraient leur tohu-bohu, troubleraient sa tranquillité avec leurs allées et venues bruyantes. Evidemment il ne pouvait rien faire pour l'empêcher. Peut-être qu'ils n'arriveraient pas à vendre la maison.

Mr Roscoe revint vers trois heures avec une nouvelle acheteuse éventuelle : une jeune femme, à en juger par le timbre de la voix. Ronald se demanda quelle allure elle avait ; d'après son ton, elle devait être hardie, énergique et séduisante. Les plaisanteries galantes que lui lançait Mr Roscoe confirmaient ce diagnostic. Il apprit par la conversation que son mari possédait une station-service, que la maison lui plaisait, mais qu'elle avait de très jeunes enfants et qu'elle redoutait pour eux les dangers du grand escalier. Mr Roscoe eut beau démontrer que cette crainte était sans fondement, la jeune femme était très catégorique et il dut l'emmener ailleurs. Ronald passa un bon moment à songer à cette voix et à imaginer le physique correspondant. Ce qui lui manquait dans son antre, c'était un bon poste d'observation ou un miroir sans tain qui lui permettrait de voir sans être vu. Il passa les murs en revue, il y avait peut-être moyen de remédier à cette lacune. Le buffet incorporé de la salle à manger s'adossait au mur de sa cachette ; au fond de la niche centrale, il y avait une glace assez ternie. Il rampa dans la salle à manger et examina la glace ; bien sûr, ce n'était pas une glace sans tain mais tout de même... cela valait le coup d'essayer. Il remonta ses outils du sous-sol, prit ses mesures, pratiqua un trou dans le mur de sa cachette juste derrière le buffet, enleva lattes et plâtre jusqu'à ce qu'il parvînt au panneau placé derrière la glace. De nouveau il mesura avec attention et creusa, atteignant enfin le revêtement gris au dos de la glace. Avec un très grand soin, il gratta un fragment du tain pour mettre au jour un petit morceau de glace transparente.

Il mit l'œil contre ce microscopique hublot et constata qu'il avait vue sur la salle à manger, une vue limitée mais c'était mieux que rien. Comme ce hublot était invisible, il s'enhardit à enlever un peu plus de tain pour agrandir son champ de vision. Quand il ne s'en servirait pas il le recouvrirait d'un petit bout de papier d'argent et d'une sorte de couvercle pour éviter qu'un petit rayon de lumière s'échappant de sa cachette ne révélât le pot aux roses, ce qui provoquerait l'écroulement de son monde secret et sans doute de très redoutables conséquences.

Le lendemain s'écoula paisiblement sans nouvelle apparition de Mr Roscoe. Ronald ne savait s'il en ressentait soulagement ou déception. D'un côté il n'aimait guère ces intrusions, de l'autre, elles constituaient indéniablement une distraction. Le surlendemain compensa la monotonie du jour précédent car l'agent immobilier amena successivement trois fournées de clients. Ronald, posté à son judas, les vit passer mais n'apprécia en aucune manière ce qu'il vit et entendit.

Il y eut d'abord une Mrs Wood, une dame de quarante ans élégamment vêtue qui apprécia les vastes dimensions de cette demeure d'autrefois et les quatre chambres à coucher qui répondaient aux besoins de sa nombreuse progéniture. Elle avait l'air sympathique, bien qu'elle discutât ferme avec l'agent du prix demandé. Mr Roscoe arborait un large sourire mais ne cédait pas d'un pouce. « Je ne peux me permettre de changer le prix, fût-ce d'un simple dollar. Le propriétaire a fixé le montant, c'est son dernier mot. Je ne pourrais baisser le prix qu'en supprimant ma commission, ce qui est naturellement impensable. Je vous garantis que ce prix est justifié. Vous ne trouverez rien de bien à Oakmead à ce prix, faites-moi confiance, je sais ce que je dis, c'est mon métier.

— Je ne nie pas que cette maison n'offre des possibilités. Avec mes trois filles j'ai besoin de quatre chambres... Vous avouerez tout de même que la cuisine n'est pas en bon état. En fait, la maison a besoin d'être repeinte de fond en comble. Mais les parquets sont magnifiques et j'aime cette impression d'espace.

— C'est certain qu'on ne construit plus comme ça de nos jours.

— Enfin, je vais en parler à mon mari. Nous venons de voir cinq ou six maisons, elles sont toutes trop petites ou trop chères ou les deux à la fois. Vous avez beau dire, je trouve que cette maison-ci est également d'un prix trop élevé : elle n'a pas beaucoup de confort et il faut faire des travaux de peinture.

Mr Roscoe secoua la tête : « Je suis désolé, Mrs Wood, je ne peux vraiment pas lever le petit doigt.

— Bien, nous allons réfléchir. »

Deux heures plus tard Mr Roscoe était de retour, flanqué d'un couple d'un certain âge et d'une forte corpulence qu'il appelait Mr et Mrs Florio. Le premier était plutôt joufflu et solennel ; il déclara que cette maison était juste ce qu'il leur fallait : « Une vieille maison comme autrefois dans un voisinage paisible, une taxe pas trop élevée, que nous faut-il de plus ? Regarde ces jolies boiseries dans la salle à manger.

— Oui, c'est très joli, renchérit Mrs Florio, j'aime qu'il y ait beaucoup de place mais il y a bien des petits détails qui clochent ; bien sûr il n'y a qu'une femme qui puisse s'en apercevoir. Par exemple, il faut à la cuisine un nouveau fourneau et un évier neuf. Nous apporterions notre réfrigérateur et ce vieux-là on s'en débarrasserait. Il n'y a pas en bas beaucoup de place pour stocker des provisions sauf la pièce garde-manger qui est commode. Et puis être obligé de grimper chaque fois qu'on veut aller aux toilettes !

— Peut-être que vous pourrez modifier la véranda de derrière et installer de ce côté un petit W.-C. Quant au fourneau, il marche bien, vous avez vu.

— Il ne me convient pas. Pensez-vous que j'aurais du plaisir à montrer ma cuisine à Rosa, à Mary et à Mrs Vargas avec de pareilles vieilleries dedans ?

— Nous arrangerons tout cela au mieux, que ne ferait-on pas avec de l'argent.

— Tu dis ça mais quand on te demande d'en dépenser...

— Oh écoute ! Ce n'est pas la mer à boire, je te

dis, c'est l'affaire de deux ou trois mille dollars environ.

— Et vraiment vous aurez une jolie maison, dit Mr Roscoe d'un ton pénétré.

— On va voir», dit Mrs Florio et les choses en restèrent là.

La cliente d'après était une dame divorcée, Mrs Cindy Turpin, une nouvelle venue à Oakmead. « Mon Dieu, que j'aime cet endroit ! On se dirait à San Francisco, vous devez les connaître toutes ces belles vieilles maisons blanches avec leurs immenses baies !

— Je vois ce que vous voulez dire, affirma Mr Roscoe, je les aime beaucoup moi aussi.

— J'ai passé mon enfance dans une demeure comme celle-ci à Russian Hill et je suis sûre que mes chers petits anges en raffoleraient aussi. Nous sommes des amateurs de danse folklorique et nous aurons toute la place voulue pour évoluer et nous pavaner !

— Vous avez une famille extrêmement douée, quel âge ont les enfants ?

— Eh bien ! Jacob a quatorze ans, Cornelia, douze ; Todd, dix ; Guinevere, huit ; ils sont tous nés à deux ans d'écart. Si vous les voyiez dans leurs costumes, ils sont adorables ! Je les accompagne à la guitare, évidemment.

— Ce doit être une bien belle famille ; ici au moins ils auront toute la place nécessaire.

— Ça c'est sûr. Il faudra que j'amène Jeff — c'est mon ex-mari — pour la voir. C'est lui qui me l'offre.

— Vous ferez bien de vous dépêcher, j'ai déjà plusieurs acheteurs dessus. Il n'y a pas beaucoup de maisons de style San Francisco sur le marché.

— Je sais, je sais. Je vais lui téléphoner dès ce soir. »

Ils conversaient dans la salle à manger et Ronald les regardait par le petit trou. Mrs Turpin était une femme d'un tempérament nerveux et actif, toute en jambes et en bras avec une figure ronde aux traits épais et de grands yeux humides. Ronald fronça le sourcil. Ils allaient en faire du vacarme avec leurs danses et leur musique. Pourtant, hum... hum... ce pourrait être intéressant... et il se passa la langue sur les lèvres.

Les trois jours qui suivirent, Mr Roscoe amena cinq groupes différents, y compris une famille noire, ce qui inspira à Ronald une violente haine contre l'agent immobilier. Voilà où il voulait en venir... vendre une maison où des gens décents avaient vécu à des Noirs ? Il se demanda si Mr Roscoe aimerait que la maison voisine de la sienne fût vendue à des Noirs !

Le couple noir, Mr et Mrs Wayne, avait lui aussi, comme la plupart des candidats acheteurs, une famille nombreuse. Ronald avait acquis, grâce à l'expérience des jours précédents, un sens aigu de la psychologie du vendeur de biens immobiliers ainsi que de l'acheteur. Il avait pu constater que plus une personne témoignait de l'enthousiasme pour telle ou telle caractéristique de la maison, moins il y avait de chances qu'elle ne l'achetât, dans la mesure où ces manifestations d'emballement ne pouvaient que faire monter le prix demandé que tous s'accordaient à trouver excessif.

Brusquement, les visites cessèrent. Une semaine s'écoula sans que parût Mr Roscoe. Un jour survint un inspecteur chargé de contrôler l'activité des termites. Il examina la périphérie de la maison, enfonça çà et là un pic à glace, se glissa dans le sous-sol afin d'y faire de plus amples investigations. Ronald se demanda ce que cela présageait. Peut-être que la maison avait tout de même été vendue. Le même jour Ronald étudia soigneusement le living-room. Son poste d'observation qui lui permettait de voir ce qui se passait dans la salle à manger lui avait été précieux ; il avait envie de voir s'il ne pourrait pratiquer le même genre d'ouverture dans le mur d'en face qui donnait sur le living-room. Au premier coup d'œil, ce ne fut guère prometteur. L'escalier prenait toute la place à l'exception de l'endroit où se trouvait la cuvette du W.C., sans compter qu'il n'y avait pas de glace dans le mur. Cependant à un mètre quatre-vingts de hauteur une étagère murale était fixée sur tout le pourtour du living-room, on y voyait exposé tout un bric-à-brac : bibelots, assiettes, plats, etc. Ronald calcula qu'en perçant la moulure sous l'étagère, il pourrait se ménager une fente bien pratique... Si par hasard quelqu'un venait à la remarquer, il penserait que le bois avait dû jouer ou qu'un clou avait cédé.

Une fois de plus il s'empressa d'apporter sa boîte à outils et réussit à s'offrir un champ de vision si merveilleux qu'il alla faire le tour du living-room à quatre pattes comme un énorme crabe pour se rendre compte de l'effet produit. Tout était en ordre. De ce côté-ci du mur, la fissure se trouvait dans l'ombre de l'étagère qui la surplombait ; elle était donc parfaitement camouflée. Il fabriqua des couvercles de sécurité pour ses deux judas. Il ne s'agissait pas qu'on pût voir la lumière de son réduit ! Une seule erreur engendrerait un véritable désastre ; il n'avait pas le droit de commettre la moindre étourderie, il la paierait trop cher !

Le lendemain, un homme grand et mince avec des yeux bleu clair, un visage doux et avenant, des cheveux châtains grisonnants coiffés en brosse mais pas très soignés arriva dans la maison. Ronald l'examina par le judas du living-room. Son costume gris, sa chemise à rayures bleues et blanches, sa cravate indéfinissable, tout en lui sentait le fonctionnaire, ce devait être un employé municipal ou un contrôleur du gaz et de l'électricité qui venait vérifier l'installation. Et si c'était un détective ? Son cœur bondit dans sa poitrine. Quelqu'un l'aurait-il aperçu évoluant dans la maison ? Il se détendit ; non, un personnage aussi pâlot et inoffensif ne pouvait être un policier. L'homme en question arpenta lentement le living-room. Au bout de dix minutes, une autre auto s'arrêta devant le perron. L'homme alla ouvrir la grande porte par où s'engouffrèrent trois adolescentes suivies par une femme calme et efficiente que Ronald avait déjà vue, il y a une semaine ou deux. Il se souvenait de son nom, c'était Mrs Wood, cette dame qui avait discuté le prix avec tant d'acharnement face à Mr Roscoe. L'homme était évidemment son époux.

« Nous voilà, dit gaiement Mrs Wood, nous ne t'avons pas trop fait attendre ?

— Quelques minutes seulement, répondit Mr Wood qui demanda aux filles : Alors, qu'en pensez-vous ? »

L'aînée déclara : « En tout cas c'est mieux que les autres mais vous ne trouvez pas que c'est un peu lugubre ? »

Ronald lui donnait dans les dix-sept ans. La cadette qui devait avoir quinze ans dit : « Je vois ce que tu veux dire, il y a une certaine atmosphère ici. » La benjamine (douze ou treize ans) fronça le nez : « En fait d'atmosphère, il y a plutôt une drôle d'odeur, ça sent les vieilles nippes ou un animal mort.

— Mais non ! Cela sent tout bonnement le renfermé, dit Mrs Wood. Dès que nous aurons ouvert les fenêtres, cela s'en ira. Avez-vous vu les chambres à coucher ?

— Pas encore », dirent les jeunes filles qui s'envolèrent vers l'étage supérieur.

Une mauvaise odeur ! Sapristi, voilà un joli compliment à faire ! Quelles petites prétentieuses, gâtées, pourries, toutes les trois. N'empêche qu'il avait peine à rester en place dans l'attente de leur retour. Il les entendait pérorer là-haut. Elles étaient diablement jolies ! Ronald se déplaçait entre ses deux postes d'observation, il se sentait follement excité. Pendant ce temps, les parents allaient de-ci, de-là en discutant des qualités et défauts de la maison. Ronald comprit que Mr Roscoe avait téléphoné la veille au soir pour annoncer que le propriétaire diminuait ses prix et demander s'ils étaient toujours intéressés.

Sur ces entrefaites, les jeunes filles redescendirent.

« Alors, demanda leur père, qu'en pensez-vous ?

— C'est O.K. », dit la petite dernière, une fille joyeuse, mignonne, qui avait l'air bien évaporée — celle-là, se dit Ronald, elle cherche à en mettre plein la vue — « au moins, nous aurons chacune notre chambre. »

L'aînée, calme et douce, plutôt effacée comme son père, dit : « Nous pourrions repeindre la maison, cela la rendrait plus gaie, plus agréable à vivre.

— C'est à nous d'en faire quelque chose de chouette, c'est sûr ! On verra bien comment on s'en tirera », dit la cadette qui avait l'air d'être la plus vivante et la plus intelligente.

Mrs Wood expliqua : « Comme toutes les maisons inhabitées, elle paraît triste mais vous verrez : dès que nous aurons installé nos meubles, mis les tapis et fait des rideaux neufs, elle aura une tout autre figure.

— Et si on se débarrassait de ce vieux fourneau, il fait tellement démodé, lança la benjamine dont le nom était Babs ou Bobby.

— Il faut d'abord établir un budget, dit Mr Wood, et voir où l'on en est mais je crois que nous pourrons nous offrir une cuisinière et un réfrigérateur neufs. »

Mrs Wood, qui paraissait la plus entreprenante de tous, déclara : « Bon, c'est entendu, nous la prenons.

— Ce n'est pas un mauvais investissement, dit Mr Wood. Si nous la retapissons de la cave au grenier et si nous mettons du gazon, cela lui redonnera de la valeur au cas où nous voudrions la revendre pour disposer de notre argent.

— Un jour nous pourrons même transformer cette véranda derrière la maison en salle de bains », suggéra avec entrain la mère de famille.

La seconde fille, Althea, s'écria : « Papa, si on allait

tout de suite au magasin acheter de la peinture, une cuisinière et un réfrigérateur !

— Hé là-bas ! Pas si vite ! En premier lieu il faut s'assurer de la maison, il y aura un travail fou à y faire, ne vous faites pas d'illusions !

— Avez-vous déjà choisi votre chambre ? demanda Mrs Wood, amusée de l'excitation des trois filles et du bon temps qu'elles semblaient prendre.

— Non, pas encore, nous n'en avons même pas parlé.

— Vous pourriez les tirer à la courte paille, proposa Mrs Wood.

— Oh ! Nous laisserons à Althea la chambre sur la façade. Babs prendra celle qu'elle préfère dans les deux qui donnent sur l'arrière. Moi, ça m'est complètement égal. »

Mr Wood tendit devant lui ses mains fermées : « Celle qui aura la main avec la pièce d'un penny prendra la chambre à droite du hall. » Babs toucha la main où se trouvait le penny ; c'est ainsi que fut désignée l'occupante de chaque chambre.

Le soir était venu. Après le départ des Wood, la maison était bien silencieuse. Ronald sortit de sa cachette et rampa jusqu'au living-room. Ce n'était plus le living-room si familier ni la maison à laquelle il était accoutumé. Son domaine avait passé aux mains des Wood : Mr Benjamin Wood, Mrs Marcia Wood, Ellen, Althea et Barbara Wood. Il passa un bon moment à songer aux filles Wood. Toutes, elles avaient du charme, chacune à sa façon. Barbara était blonde et jolie, avec un nez retroussé et une petite bouche bien rouge ; chaque fois qu'il se trouvait en présence d'une fille blonde, il cherchait en elle quelque trait de Laurel Hansen ; dans cette Barbara, il lui semblait discerner une tendance au flirt que Laurel possédait au plus haut degré. Barbara était très sûre d'elle-même et toute prête à faire des farces, comme il sied à une benjamine gâtée par sa famille.

Althea avait quelques centimères de plus que sa jeune sœur. Elle était mince, avec de magnifiques cheveux châtain clair flottant sur les épaules ; elle semblait d'un naturel plus rêveur et introverti ; elle devait jouir d'une imagination plus vive que ses deux sœurs ; ses joues étaient plates, le dessin de sa mâchoire délicat ; quand elle devenait songeuse, sa bouche tombait un peu et elle prenait une expression d'enfant délaissée, semblable selon Ronald à une petite fée exilée. Il lui trouvait des qualités intéressantes.

Quant à Ellen, l'aînée, elle aussi avait une personnalité à elle, bien que plus floue que celle des deux autres, moins aisée à définir. Elle n'avait ni la nature fantasque et exubérante de Barbara ni le romantisme rêveur et mélancolique d'Althea. Elle était tout simplement belle... belle et rayonnante : sa chevelure d'un splendide châtain doré comme celle d'Althea semblait une véritable source lumineuse ; ses yeux gris eux aussi brillaient d'un doux éclat et sa peau dorée par le soleil était radieuse de santé et de propreté. Les trois sœurs se complétaient parfaitement : chacune semblait apprécier les qualités spécifiques des autres et s'en réjouir ; chacune prenait également plaisir à jouer son propre rôle ; Barbara était la charmante « enfant gâtée » ; elle était censée manifester son caractère aventureux, effronté et ardent bien qu'en réalité elle fût bien différente ; elle se pliait, ce faisant, à un jeu affectueux auquel les trois sœurs s'adonnaient avec entrain. De la même manière, Althea était le poète de la famille, la rêveuse, celle qui était capable des inventions les plus étranges tandis qu'Ellen était la fille innocente, irréaliste qui débordait d'amour et de générosité.

Trois jours plus tard, les Wood s'installèrent définitivement au 572 Orchard Street et la maison fut à tout jamais dépouillée de son calme. La famille Wood vivait dans un tourbillon perpétuel, tous ses membres travaillaient à rajeunir et égayer l'austère vieille demeure. Pour Ronald c'était la fin de sa quiétude : des conversations sans intérêt venaient troubler le cours de ses méditations ; il ne pouvait plus dormir, manger ou tirer la chasse d'eau quand bon lui semblait ; il lui fallait toujours attendre que ces intrus fussent sortis ou endormis. Il en ressentait certes de l'irritation mais il ne pouvait s'empêcher en même temps d'être captivé, fasciné, par ces demoiselles. Il ne les voyait jamais assez à son gré ; c'était pour lui un supplice de Tantale que d'assister à leurs allées et venues et il supportait malaisément de ne pouvoir les suivre partout ; leurs activités les plus intéressantes se passaient hors de son champ de vision. Quel bonheur c'eût été pour lui de pratiquer des judas supplémentaires dans les murs des chambres à coucher !

Tout en pestant contre leur présence, il se prit d'intérêt pour tout ce qui concernait les Wood. Il faut dire qu'il n'avait guère le choix, il vivait au milieu d'eux et était au courant, bon gré mal gré, de leurs problèmes et de leurs intérêts. Il ne tarda pas à être informé sur toutes les modalités de leur existence. Ben Wood travaillait à la compagnie du téléphone depuis qu'il avait quitté l'armée, c'est-à-dire depuis vingt ans. Il avait été muté de Los Gatos, une ville à mi-chemin entre San Francisco et Monterrey, à Oakmead. Cela n'avait fait plaisir à personne mais Ben ne pouvait se permettre de refuser cette possibilité de promotion. Ellen et Althea entreraient au collège secondaire de Oakmead à la rentrée de septembre et Barbara suivrait la neuvième chez les « Junior High[1] ». Aucun d'entre eux n'était ravi d'habiter Oakmead ; ils avaient acheté le 572 Orchard Street uniquement parce que la maison était à la fois bon marché et spacieuse et qu'en se donnant du mal ils pourraient en faire un

1. Junior High : école intermédiaire entre l'école primaire et l'école secondaire, destinée aux élèves de treize à quinze ans.

endroit agréable ; ils avaient tout le courage et l'enthousiasme nécessaires pour parvenir à leurs fins.

Ronald — encore une fois, il n'avait pas le choix — participait passivement à ce projet. La conversation portait exclusivement sur ces travaux de transformation : nettoyage, lessivage, grattage, peinture et plantations. Ben Wood dévasta le budget familial en achetant une cuisinière, un lave-vaisselle, un réfrigérateur, une machine à laver et une essoreuse. Il installa de nouveaux placards dans la cuisine, en refit le carrelage, enleva les vieilles lessiveuses installées dans la véranda derrière la cuisine et démolit le vieil appentis situé dans la cour. Et à qui croyez-vous qu'on fît appel pour transporter les choses dont on ne voulait pas ? A Duane Matthews ! De plus Ben loua un tracteur et défricha le terrain qui s'étendait derrière la maison ; les filles eurent leur jardin potager ; Marcia planta des arbres fruitiers et des rosiers ; Ben déclara que la pelouse qui allait orner le devant de la maison ferait pâlir de jalousie les Schumacher ; ceux-ci eurent-ils connaissance de ce défi ? Toujours est-il qu'ils mirent encore plus de diligence à arroser, tondre et tailler leur jardin.

L'extérieur de la maison resta pareil à lui-même, blanc tel un os décoloré par le soleil. Il était à leur programme de l'an prochain de la repeindre en vert foncé et blanc.

Tous ces travaux mobilisèrent la famille pendant la plus grande partie de l'été mais ils ne manquèrent pas de main-d'œuvre bénévole. Quand Duane vint pour emporter les objets mis au rebut, il fit la connaissance d'Ellen, ce qui fait qu'il vint prêter main-forte par la suite presque chaque jour. D'autres garçons collaborèrent eux aussi, plus ou moins régulièrement, aux divers chantiers. Mrs Wood prodiguait hamburgers et limonade. Quant aux filles, elles portaient des shorts susceptibles d'attirer les bonnes volontés masculines ! « Plus on est de fous, plus on rit, disait Ben

Wood, pourvu qu'ils mettent la main à la pâte ! »

Et Marcia de répondre : « Pour ce qui est de travailler, sois sûr qu'ils travaillent, les filles ne les laissent pas chômer.

— Ce sont de vrais gardes-chiourme, ces petites-là ! »

Ronald s'intéressa malgré lui à toutes ces activités estivales. Avec la constance et la ténacité d'un savant, il se tenait à son poste d'observation. Les filles éveillaient en lui un intérêt tout spécial : leurs jolies jambes lisses et hâlées, leurs petits arrière-trains bien ronds provoquaient de délicieux tourments. L'œil collé au judas, il n'en perdait aucune bouchée... et n'était jamais rassasié. Quand il voyait passer devant lui l'une d'entre elles, ses mains devenaient moites et il se parlait à lui-même. Il n'avait pas de préférence et savait apprécier les qualités de chacune. Si on lui avait demandé de faire un choix, certainement il eût mis longtemps à se décider, bien qu'il se fût fait une idée très nette de ce qui faisait le charme de l'une ou de l'autre. Barbara était la plus jolie et la plus séduisante ; Ellen la plus belle et la plus passionnée ; la personnalité romantique et rêveuse d'Althea lui donnait un charme étrange que Ronald trouvait absolument irrésistible. Il ne ressentait que mépris et antipathie pour les garçons qui venaient en visite — pour travailler — mais il avait une aversion toute spéciale à l'égard de Duane Matthews qui était tombé amoureux d'Ellen.

Un dimanche, à déjeuner, Duane mentionna l'affreux Ronald Wilby l'assassin. Les Wood furent très impressionnés d'apprendre le drame.

« J'ai toujours trouvé qu'il y avait une atmosphère maléfique dans cette maison, dit Althea d'une voix étranglée, je l'ai senti dès que j'ai mis les pieds ici. C'était vraiment oppressant.

— Ça s'est évaporé maintenant, rétorqua Barbara,

les mauvais esprits s'enfuient quand on remet tout à neuf.

— Ce n'est pas si sûr que ça, s'écria Steve Mullins, vous avez entendu parler des ondes néfastes ? Si elles sont assez fortes, elles peuvent donner naissance à des fantômes.

— Ah ? dit Ellen, qu'est-ce que vous en savez ?

— Sinon, d'après vous d'où viendraient les fantômes ?

— Je ne sais même pas si cela existe.

— Il y a beaucoup de gens qui jurent en avoir vu.

— Il y en a encore plus qui disent que cela n'existe pas.

— Et même s'ils existent, dit Barbara, il n'y en aurait pas ici, il hanterait plutôt la vieille propriété !

— Ne parle pas comme cela, dit Duane, il s'agit de ma petite sœur !

— Pardonne-moi, je ne voulais pas te faire de la peine. »

Duane se força à sourire : « Ça ne fait rien ! Il ne faut pas que je sois obnubilé par cela. Enfin ! Peut-être qu'un jour je mettrai la main sur lui. »

A deux mètres de là, Ronald Wilby avait l'œil collé au judas. Plus que tout homme au monde, il abhorrait ce Duane Matthews, un vilain garçon sans aucune allure dont le père était le patron d'un bar. Comment Ellen (ou n'importe qui d'autre) pouvait-elle s'éprendre d'un type aussi malfaisant ? Cela le dépassait... Tout le dégoûtait en lui, aussi bien au physique qu'au moral : ses traits anguleux et sévères, son corps dégingandé, ses épaules pointues, ses immenses bras, ses jambes maigrichonnes, ses mouvements saccadés et sa voix bourrue ; ce qu'il détestait par-dessus tout, c'étaient son esprit pratique et son assurance qu'il prenait pour de l'arrogance et un contentement béat de soi-même. Il n'avait qu'un an ou deux de plus que Ronald et avait la prétention de se conduire en adulte ! Et le comble c'était que les filles se pâmaient devant lui ! Pas plus tard qu'hier Ronald les avait entendues jacasser à son sujet en usant de leurs hyperboles habituelles mi-sincères, mi-ironiques, langage dont elles se servaient entre elles et dont personne d'autre ne pouvait pénétrer le sens véritable.

« Il ressemble à un cow-boy ancien style, disait Barbara, originaire du Texas, naturellement.

— Oui, il est très vieux jeu, renchérit Althea, on dirait un personnage de film d'autrefois.

— Un cow-boy d'un vieux film.

— Si tu veux, le prix des places est le même.

— Il a des yeux magnifiques, soupira Ellen. Mon Dieu ! Comme j'aurais aimé avoir des yeux verts ! »

Des yeux de serpent, pensa Ronald. Carol aussi, il se le rappelait, avait des yeux verts.

« Je regarderai dans mon bouquin de psychologie astrale pour voir ce que signifient les yeux verts, dit Althea, ça veut peut-être dire des choses affreuses et nous serons obligées de le mettre dehors, le pauvre !

— Maman l'aime, lui, ses yeux, etc. Cela nous en dit plus sur les gens qui risquent de se faire flanquer dehors qu'un vieux bouquin à couverture mauve.

— Alors je regarderai dans mon livre rouge sur la chiromancie.

— Pour ses yeux ?

— Non, pour ses mains.

— Il n'a pas les mains vertes. »

Althea prenait une intonation spéciale, un peu nasillarde, quand elle énonçait un paradoxe : « Duane a de sérieux défauts. Il est de tout repos, on peut lui faire confiance. Avec un type comme lui, une fille peut se détendre, elle peut même de temps en temps faire un somme. »

Ellen eut un sourire mélancolique : « Il n'y a que les goujats qui ont le don de te tenir éveillée ?

— Avec des goujats, je *reste* éveillée, dit Althea, mais ne te fais pas d'illusions sur mon compte, je ne suis pas bigote, il y a des goujats parmi mes meilleurs amis. »

Barbara s'apprêtait à riposter, mais Althea lui coupa la parole : « Je t'en prie, tais-toi ! »

Telle avait été la conversation de ces demoiselles, hier matin. Aujourd'hui Duane eut l'air intrigué quand Althea l'appela: « Tex » mais, trait typique de son comportement, il s'abstint de la questionner sur l'origine de ce sobriquet. Après le déjeuner, ils montèrent tous les cinq pour repeindre la chambre à coucher qui donnait sur le devant de la maison : Ellen, Althea, Barbara, Duane et Steve Mullins, un des nombreux flirts de Barbara qui appréciait ses folies. Ronald pouvait entendre leurs voix animées, ils avaient l'air de bien s'amuser.

Il ferma ses judas, alluma l'électricité et s'assit sur son lit pour réfléchir. La conversation, et notamment l'échange de propos le concernant directement, avait assombri sa journée. Il se sentait déprimé et frustré, sans envie de faire quoi que ce fût de ses activités habituelles... Il faut dire que sa routine quotidienne était quelque peu perturbée depuis un certain temps. Il soupira et grommela. Il n'allait tout de même pas permettre à ces tordus de l'empêcher de vaquer à ses occupations ! Il se leva et se mit à faire nonchalamment ses exercices de gymnastique ; à présent il ne faisait plus son jogging sur place quand ils étaient à la maison, c'était trop risqué. Comme de coutume, l'exercice lui ouvrit l'appétit. Pour son dîner il ouvrit une boîte de haricots et y ajouta un biscuit salé qu'il recouvrit d'une bonne couche de beurre de cacahuètes ; ce repas médiocre le laissa sur sa faim d'autant plus que Mrs Wood dans le même moment servait à sa famille, réunie autour de la table, un repas dominical spécialement soigné, où figuraient au menu : crème de champignons, salade d'avocats, un merveilleux jambon glacé au jus d'ananas avec une garniture de patates douces et de brocolis frais.

Ronald les regarda d'un œil morne dévorer leur dîner. Tous étaient pleins d'entrain ; à l'intérieur de la maison les travaux de peinture étaient achevés ; il ne restait plus à faire que le tour des portes et des fenêtres qui exigeait de la laque. Comme Marcia Wood l'avait annoncé, la vieille maison en était totalement métamorphosée et les nouveaux habitants appréciaient maintenant l'agrément de vivre dans ces pièces spacieuses et victoriennes.

« Si nous ajoutions des tourelles et des balcons et que nous disposions dans le jardin quelques urnes de marbre, cela ferait un vrai petit château, dit Ellen.

— Un manoir gothique comme on les appelle dans les films d'horreur, ajouta Althea.

— Cette remarque est trop proche de la réalité pour ne pas faire peur — cette fois c'était Barbara qui mettait son grain de sel — rappelle-toi que les gens qui nous ont précédés, on n'aurait pas aimé les rencontrer au coin d'un bois... Je ne pense pas qu'ils aient laissé des revenants derrière eux mais on ne sait jamais.

— J'espère que non, dit Ben Wood, notre maison ne vaudrait plus grand-chose sur le marché.

— C'est peut-être la raison pour laquelle nous ne l'avons pas payée cher.

— Nous aurions toujours la ressource de faire passer une petite annonce dans les journaux spirites, dit Althea. Un bon fantôme bien fidèle, c'est peut-être une attraction.

— Cela nous ferait une belle jambe d'avoir de l'argent si on nous retrouve tous morts sur nos lits avec d'affreux rictus !

— Barbara, comme toujours tu ne dis que des absurdités ! »

Ellen fit la grimace : « Je ne te prendrais pas au sérieux si la maison ne me donnait pas une impression *étrange.*

— Allons, ne soyez pas ridicules, déclara Mrs Wood.

— De temps en temps, je t'assure que j'entends des bruits bizarres, je suppose que ce sont des rats. »

Ben Wood affirma d'un ton rassurant : « Toutes les vieilles maisons sont pleines de craquements et de bruits bizarres.

— Tu dois savoir mieux que nous, Papa. »

Ce sujet de conversation n'était pas pour plaire à Ronald. Il se sentait trop directement concerné par certaines de ces remarques. Franchement, ils pourraient arrêter leurs radotages sur cette vieille histoire. Ils n'avaient pas le droit de le juger, étant donné qu'ils n'écoutaient qu'un seul son de cloche, celui de Duane... Après tout tant pis ! Ce qui était d'un intérêt plus immédiat, c'étaient ce délicieux jambon et cette platée de patates douces. Rien qu'à les voir il se sentait à nouveau une faim de loup ! La cachette avait ses avantages mais aussi ses mauvais côtés puisqu'on pouvait assister aux festins d'autrui sans être convié à les partager. Pour dessert, Mrs Wood leur servit une extraordinaire tarte meringuée au citron. Ronald en fut presque malade de convoitise. Désormais il se garderait bien de les regarder prendre leurs repas, c'était une torture inutile. Ronald revint immédiatement sur cette décision prise trop impulsivement ; il fallait être plus réaliste que cela.

Les filles bavardaient, bavardaient ; elles échangeaient leurs idées sur la décoration, les couleurs. Ellen avait choisi pour sa chambre du blanc agrémenté de vert pâle et de bleu lavande ; Althea : du gris, du bleu pâle et du bleu foncé avec un tout petit peu de blanc. Barbara avait examiné de long en large l'éventaire d'échantillons de couleurs dans le magasin : « Je veux un décor dramatique, s'était-elle écriée, quelque chose de vivant, d'intense, d'excitant ! » Ronald murmura : « Je t'en donnerai de l'excitation, tu ne perds rien à attendre, ma petite ! » C'est elle qu'il trouvait la plus sexy, à cause de ses mines provocantes, de sa propension au flirt. Il n'avait jamais vu de gamine si portée sur les garçons. En tout cas elle avait mis dans sa chambre du blanc, du jaune, du bleu très pâle, du vert pistache avec des touches de rouge feu et de bleu foncé. Après avoir installé ses affaires et accroché ses posters, elle constata qu'elle avait parfaitement réussi à donner à son domaine cette atmosphère d'exubérante frivolité qu'elle désirait.

Vers la mi-août, les travaux de restauration du 572 Orchard Street furent définitivement achevés au grand étonnement des Wood qui s'étaient résignés à l'idée d'avoir à récurer, peindre et faire des travaux de jardinier-paysagiste jusqu'à la fin de leurs jours. Chaque pièce de la maison avait été remise à neuf. Le living-room originellement saumon et beige avec des boiseries foncées était à présent blanc cassé avec un plafond bleu pâle. Les boiseries étaient laquées blanc ainsi que les briques de la cheminée et un tapis bleu vif recouvrait le plancher.

Ronald n'aimait pas tous ces changements ; il avait toujours trouvé la décoration de leur maison à son goût et le zèle avec lequel les nouveaux occupants avaient transformé les lieux l'agaçait ; ils avaient l'air de leur donner une leçon de goût à sa mère et à lui. Ces Wood, ronchonnait-il, ce sont des fignoleurs et des prétentieux par-dessus le marché ! pensez, un lustre dans le hall ! Des gravures d'art pour orner de haut en bas la cage d'escalier ! Sur le mur de la cuisine un réveil excentrique avec des aiguilles gigantesques ! Sans oublier les marmites mexicaines pleines de géraniums sous la véranda, devant la maison ! Oh ! quelle importance !... De toute façon la maison ne lui disait plus rien, ils pouvaient bien la transformer en tripot chinois, il s'en souciait comme d'une guigne.

Ses provisions de nourriture ayant atteint un seuil critique, il avait dû se résoudre à puiser dans le réfrigérateur des Wood, dans leur huche à pain et dans le compotier de fruits. Aux premières heures du jour, il sortait à pas de loup de sa cachette pour chercher pâture : un morceau par-ci, une bouchée par-là ; une pomme, une orange, une tranche de pain, un bout de fromage, une gorgée ou deux de merveilleux lait frais. A l'occasion, quand il y avait d'abondants restes de dessert, il s'en offrait une petite portion... jamais nourriture ne lui avait semblé aussi savoureuse. Il attendait toujours que la maison fût plongée dans l'obscurité et dans le plus profond silence pour s'aventurer dans le garde-manger puis dans la cuisine. Silencieux telle une ombre, sans faire craquer le parquet, il glissait jusqu'au réfrigérateur qu'il ouvrait avec mille précautions et là, étincelants dans la lumière pâle comme des pierres précieuses dans leur écrin capitonné de velours noir, l'attendaient les délicieux reliefs du repas dont il avait été témoin six heures auparavant. Il savait qu'il lui fallait se montrer extrêmement discret mais parfois quel effort, mon Dieu ! pour se retenir de dévorer tout le contenu du réfrigérateur...

Une fois il entendit Mrs Wood s'écrier sur le ton de la plus grande stupéfaction : « C'est vraiment bizarre ! J'aurais juré que j'avais mis de côté sept œufs durs, je n'en vois plus que cinq. L'une de vous en a-t-elle pris ?

« Pas moi », « pas moi », « pas moi ».

— Alors c'est moi qui deviens folle, dit Mrs Wood, pourtant je me souviens avec tant de précision... Peut-être que votre père a eu faim avant d'aller se coucher, hier soir. »

Elle n'y pensa plus et elle oublia d'interroger son mari sur cette énigme, à son retour du bureau. Mais le soir même, quand Ellen déposa sur chaque assiette à salade un œuf dur, Barbara dit à brûle-pourpoint à son père : « Dis donc, papa, c'est toi qui as mangé les deux œufs durs hier soir ? Sans ça Maman croira qu'elle est devenue piquée. »

Ben Wood écarquilla les yeux puis répondit avec calme : « Je suis prêt à me reconnaître coupable de tous les crimes pour l'empêcher de se croire folle.

— Hou, hou, c'est toi le coupable !

— Est-ce que je peux plaider non coupable sans que ta mère en perde la raison ?

— Ecoute, dit Marcia, je n'y comprends rien, j'étais persuadée d'avoir mis ces sept œufs durs au frigidaire et, ce matin, je n'en trouve plus que cinq !

— Moi, je crois que ce sont des rats, dit Babs.

— Ou des fourmis, suggéra Ellen.

— Ou des fantômes, murmura Althea.

— Je vous en prie, ne dites pas de bêtises, j'ai dû me tromper, c'est tout. »

Soudain une idée lui traversa l'esprit : « Et Duane, n'était-il pas ici hier soir ? dit-elle en regardant Ellen.

— Non, c'était avant-hier soir.

— Je perds vraiment la mémoire. Il faut dire qu'il passe son temps à entrer et à sortir, j'en perds mon latin. »

Ben Wood avait de la peine à se résigner à ce que les filles sortent de l'enfance. Il prit un air grognon pour dire : « Voilà où ça nous mène d'avoir des filles pas trop vilaines... Tous les Roger Bontemps de la ville rappliquent chez nous et il faut nourrir tout ce beau monde. C'est à se demander si c'est l'amour ou la faim qui les amène ici.

— Papa, tu es vraiment trop injuste, protesta Ellen. Duane a fait un travail fou dans cette maison ; n'oublie pas que c'est lui qui a dû transporter toutes les vieilleries et les ferrailles qui nous embarrassaient. C'est lui aussi qui nous a apporté du gibier, des poissons-chats et des abricots. N'oublie pas qu'il a poussé ton auto pour la faire démarrer, qu'il a arrangé le chaperon près de la cheminée qui...

— Mea culpa, mea culpa, cria Ben, je reconnais que Duane est le meilleur de tous les garçons, qu'il est une présence absolument indispensable, j'irai même jusqu'à dire qu'il vous serait plus utile que je m'en aille et qu'il vienne prendre ma place.

— Où dormirait-il ? demanda naïvement Barbara, avec Maman ?

— C'est un charmant garçon, déclara Marcia. Je ne souhaiterais qu'une chose, c'est qu'il n'ait pas l'air toujours aussi grave. Quelquefois cela me rend mal à l'aise quand je me trouve avec lui.

— Tu serais grave aussi si un voyou avait assassiné ta petite sœur », dit Babs.

Derrière son judas, Ronald pinça les lèvres.

« Je suis bien contente que ce soit Ellen qui ait pris la chambre de ce sale type et pas moi », dit Althea.

Ellen fit la grimace : « Je l'échangerais volontiers contre celle de Babs.

— Certainement pas ! J'ai transformé ma chambre à mon idée et je ne me suis pas donné tout ce mal pour te la céder maintenant. »

Ben intervint : « Cette maison est très ancienne, il y a des chances pour que beaucoup de mauvais garçons aient couché dans toutes les chambres.

— En tout cas je crois que je ne regarderai plus jamais de films d'horreur, lança Babs. Je commence à croire tout ce qu'ils racontent. »

Mrs Wood l'admonesta : « C'est stupide. Les gens du cinéma choisissent justement les procédés qui feront dresser sur leurs têtes les cheveux des petites filles crédules.

— Je le sais mais il faut bien qu'ils aient pris leurs idées quelque part, cela ne leur tombe pas comme ça du ciel.

— Moi, dit Ben, je croirai à toutes ces histoires-là quand je les verrai de mes yeux. Les aventures surnaturelles, cela arrive toujours aux autres.

— Je n'en suis pas si sûre que ça, glissa Althea, l'histoire des œufs durs, j'appelle ça une intervention du surnaturel ! »

Dans son antre, Ronald se livra à des mimiques très expressives ; il avait horreur des allusions trop directes à sa personne ou à ses activités.

« Désolée d'abîmer votre mystère, dit Marcia, mais en fait il n'y avait que cinq œufs durs. »

Ronald gloussa dans sa barbe : les œufs étaient délicieux mais on ne l'y reprendrait plus à dérober des denrées qui pouvaient être dénombrées.

Tout le brouhaha qui avait suivi l'épisode des œufs le troubla au point de l'empêcher, deux nuits de suite, de quitter sa cachette. Quand il osa recommencer ses expéditions, il se borna à chaparder deux tranches de pain, un tout petit peu de beurre, une tranche de rôti froid, deux olivettes bien mûres et un brin de persil. Dans le compotier trônaient quatre avocats qu'on laissait mûrir à point ; il adorait les avocats... Fruit défendu ! Il ne se permit qu'un regard de concupiscence. De retour au logis, il mangea le sandwich et la maigre salade puis il but un verre de lait reconstitué. Tout avait si bon goût qu'il eut envie de s'offrir une seconde tournée et qui sait ? peut-être prendrait-il cette fois le plus mûr des avocats. Il y avait bien des chances que personne ne s'en aperçût... Allons donc ! Tu as déjà oublié l'aventure des œufs durs, se dit-il. Il était temps qu'il apprît à contrôler son appétit. Oui, bien sûr, mais il ne pouvait esquiver le problème de son approvisionnement qui était d'une importance cruciale. Il eut une idée : il fallait changer de méthode. Jusqu'à maintenant il avait pris quelques restes du repas du soir et il continuerait quand les circonstances seraient favorables. Mais, pour minimiser les risques, il ferait bien de prendre des denrées crues : une pomme de terre, un oignon, une tasse de farine, un œuf, une ou deux tranches de bacon. S'il savait s'y prendre en montrant du jugement et de la pondération, il parviendrait à se nourrir très convenablement sans que personne n'en sût rien. Ce serait un véritable triomphe sur l'adversité, un triomphe d'ingéniosité et de savoir-faire et aussi de présence d'esprit.

Pour aboutir au meilleur rendement, il lui fallait établir un plan d'approvisionnement pour ne pas risquer de prendre trop de certaines choses dont l'absence risquait de se faire remarquer. Le mieux serait de tenir à jour un carnet où il noterait ce qu'il ferait entrer et ce qu'il consommerait. Non, il valait encore mieux faire un diagramme. Ronald se félicita de cette idée. Sa mère lui avait bien des fois répété que le planning et la prévision sont une garantie de succès dans tout ce qu'on entreprend. Il se rendait compte de la justesse de cette affirmation. Il commença par faire des brouillons pour arriver à déterminer les dimensions et l'échelle de son graphique ; ensuite il le mit au propre sur une belle feuille de papier à dessin. Il emploierait des encres de couleurs différentes pour représenter les divers éléments de son régime alimentaire et, de ce fait, pour avoir à sa disposition les renseignements précis et immédiatement utilisables sur ce qu'il pourrait appeler ses « rentrées ». En corollaire il pourrait tracer un second graphique pour représenter sa consommation ou si l'on veut ses « dépenses ». Et pourquoi pas un troisième qui indiquerait les ressources encore disponibles ou « inventaire » ? Ces graphiques seraient précieux ; ils permettraient d'avoir sous la main toutes les informations nécessaires et d'organiser rationnellement ce qui, sans cela, n'aurait été qu'entreprise purement hasardeuse ; sa mère aurait sûrement apprécié ces méthodes.

Il n'eut lui-même qu'à se féliciter. Un simple coup d'œil sur ces courbes soigneusement tracées lui offrait une vision claire des provisions qui allaient manquer ou de celles qu'il venait de faire entrer. Evidemment cela lui prenait du temps, mais, comme disait sa mère, il ne faut pas ménager sa peine si on désire vraiment atteindre son but. De plus il en tira un certain nombre de lignes de conduite et de principes dont les plus importants pouvaient se formuler ainsi :

Ne jamais prendre de nourriture dans un récipient plein, presque plein ou presque vide.

Prendre de très petites quantités des produits coûteux.

Ne pas prendre de boîtes de conserve à moins qu'elles n'aient été reléguées au fond d'un placard et oubliées.

Son nouveau mode de vie exigeait de sa part un plus gros effort que par le passé. Il était à présent obligé de cuisiner : soupes, ragoûts, crêpes qu'il recouvrait de fromage, gelée ou beurre de cacahuètes. En outre il était obligé de faire très attention à cause des odeurs de cuisine ; il ne préparait ses repas que lorsqu'il ne risquait pas de trahir sa présence par ces fumets de toutes sortes. Il choisissait donc le moment où les Wood étaient couchés ou bien celui où Mrs Wood officiait elle-même dans la cuisine.

Il accrocha ses graphiques bien en ligne sur le mur à côté du W.-C., juste au-dessous du judas donnant sur le living-room, seul espace qui ne fût consacré à Atranta. Dispositif impressionnant qui témoignait de la logique remarquable et de l'impartialité complète avec lesquelles il apportait une solution à des problèmes qui eussent dérouté le commun des mortels. Ronald en conclut qu'il avait le bonheur de posséder (au bas mot) deux personnalités qui, bien qu'opposées, savaient en lui se combiner harmonieusement : à la haute rationalité du philosophe il associait les pouvoirs de synthèse de l'artiste ; fort peu d'humains pouvaient se flatter d'opérer en eux cette étonnante combinaison !

Peut-être que la présence sous son toit de la famille Wood lui donnait l'occasion ou jamais de développer une approche encore plus scientifique de la réalité, d'affiner son esprit de recherche, à proprement parler. Grâce à sa situation actuelle, il était en mesure d'étudier de près les activités d'une famille typiquement américaine vivant de nos jours. Il pourrait observer dans les plus infimes détails leurs évolutions et leurs usages tel l'entomologiste, l'œil rivé à son microscope. Il pourrait procéder à des investigations avec le même soin qu'un anthropologue vivant au milieu d'une tribu sauvage ; il serait capable de codifier leurs occupations, leurs comportements, leurs inter-relations et leurs idiosyncrasies. Qui sait ? Il serait peut-être un jour en mesure d'écrire un ouvrage sur eux qui enthousiasmerait au même titre le profane et le sociologue professionnel. Ce serait d'un comique prodigieux si les Wood eux-mêmes tombaient par hasard sur ce livre (intitulé *Le Spectateur Caché* ou bien *Secrètes Investigations* ou bien *Regards intimes,* par Ronald Norbert).

Voilà un projet qui méritait qu'on se mît immédiatement à la tâche ! Toute bribe d'information devrait être passée au crible, chaque mot noté, chaque geste analysé pour en tirer la signification symbolique. Il enregistrerait les humeurs et relations entre tous les membres ; il explorerait les courants souterrains d'orgueil et de jalousie; il mettrait au jour des secrets dont personne dans la famille ne se doutait. Les trois filles de la maison : Babs l'exubérante, Althea la rêveuse, Ellen la lumineuse, seraient ses principaux sujets d'étude. Il apprendrait à connaître leurs goûts et leurs craintes, leurs points faibles et leurs préjugés, leurs élans et leurs découragements ; par cette analyse pénétrante et impartiale (pas tout à fait) il parviendrait à les connaître mieux qu'elles ne se connaissaient elles-mêmes. Enfin... la recherche scientifique, c'était très bien mais disons qu'une étude vraiment « personnelle » de chacune d'entre elles serait infiniment préférable... ce qui n'empêcherait pas de se livrer également à une étude intime de toutes à la fois, la tête en bas ou dans n'importe quelle position... Ah, ah, ah ! gloussa Ronald. Mais oui, monsieur ! Mais oui !

Voilà un projet qui méritait qu'on se soit enthou-siasmé à la décrire ; cette tâche d'information devrait être passée au crible, chaque mot écrit, chaque geste [illegible] pour en tirer la signification symbolique. Il enregistrerait les humeurs et relations entre tous les membres ; il explorerait les contours [illegible] l'originalité de chacun, il mettrait à jour des secrets dont personne dans la famille ne se doute. Les pro-blèmes de la maison [illegible]. Allons [illegible] [illegible] la lumière sur [illegible] ses principaux sujets d'étude. Il n'y aurait rien à connaître leurs atti-tudes [illegible], leurs points faibles et leurs premiers [illegible] et leurs découragements ; par cette analyse patiente et impartiale de tous [illegible], il parvien-drait à les connaître mieux qu'elles ne se connaissent elles-mêmes. [illegible] le regard scientifique c'était très bien [illegible] qu'une chose vraiment [illegible] de chacune d'entre elles [illegible] [illegible] et qui [illegible] [illegible] une étude [illegible] [illegible] [illegible] [illegible].

CHAPITRE XII

Toute la journée du lendemain, il ne fit que penser à son nouveau projet. C'était un samedi. Mais un facteur qu'il n'avait pas prévu vint compliquer la situation : les vacances d'été allaient s'achever ce dimanche ; lundi c'était la rentrée des classes et les trois filles ne passeraient plus que la moitié du temps à la maison : Ronald en conçut un vif ressentiment. Elles avaient consacré tout l'été à la restauration de la maison et par contrecoup, sans le vouloir, à Ronald et maintenant les voilà qui allaient s'envoler, porter loin de lui leurs rires, leurs humeurs, leurs aventures, en un mot leur vie alors que lui restait confiné dans sa cachette. Et le comble était qu'elles se réjouissaient ouvertement à cette perspective. Le dimanche soir, Ronald pleura à la fois de tristesse et de rage en songeant à son triste sort de délaissé. Ces filles si dures de cœur, si impitoyables, étaient la source de cette détresse ; elles le lui paieraient, il fallait qu'elles souffrissent comme elles l'avaient fait souffrir : ce désir de vengeance n'était peut-être pas motivé, Ronald n'en avait cure ; rien d'autre n'apaiserait sa hargne. Il y réfléchit à loisir, allongé dans le noir. Laquelle d'entre elles l'attirait le plus ? Babs avec sa gaieté, ses mines provocantes, peut-être naïvement provocantes ? Althea, avec son charme exotique et un peu étrange ? — en voilà une qui s'intéresserait certainement à Atranta — Ou bien Ellen, la beauté radieuse ?

Quel lundi maussade que ce jour de rentrée scolaire ! Ronald s'abandonna aux idées noires durant toute la journée dans une maison lugubre et silencieuse. Quand elles revinrent tard dans l'après-midi, il se sentait si déprimé qu'il n'eut même pas envie de se poster à l'un quelconque de ses judas. Qu'elles en fassent à leur tête ! Il ne se dérangerait pas pour elles. Bien au contraire, il se draperait dans sa dignité et les laisserait choir ; il irait peut-être jusqu'à renoncer à ses intentions d'observations psychologiques. Pourtant à l'heure du dîner, la curiosité l'emporta sur les griefs et il condescendit à coller l'œil au judas. S'étant ainsi mis au courant des événements de leur journée, il se sentit rasséréné car aucune d'entre elles ne semblait apprécier leurs nouvelles écoles. Barbara trouvait ses camarades sans intérêt ; elles étaient ternes, bizarres ou mijaurées et les garçons étaient de vrais gosses. Althea décrivit ses professeurs comme de vieilles ganaches dont les principes pédagogiques étaient vieux d'un siècle. Ellen était du même avis que Barbara mais exprimait sa pensée en termes plus modérés.

Ben et Marcia écoutèrent ces sentences avec amusement, sans paraître s'en inquiéter. « Vous finirez bien par découvrir des filles et des garçons sympathiques, dit Ben. Il me semble que vous n'avez pas manqué de copains cet été, si j'en juge par tous ces garçons qui entraient et sortaient par toutes les portes !

— Parlons-en ! grommela Barbara, ce nigaud de Jeff... le gros Peter, Steve Mullins.

— Je croyais que tu l'aimais bien ce Steve ? »

Barbara haussa les épaules : « Je m'en passe fort bien. »

Marcia intervint, placide : « Si j'étais vous, je ne me ferais pas de souci à cet égard ; vous n'avez jamais manqué d'amis jusqu'à maintenant, je ne vois pas pourquoi cela changerait ici. »

Ellen ricana : « J'ai entendu une fille dire : "Ce sont elles qui habitent la vieille maison des Wilby" comme si c'était quelque chose de honteux.

— Il ne faut pas faire attention, à mon avis, à ce genre de sornettes.

— Nous n'avons aucunement l'intention de déménager, tenez-vous-le pour dit, déclara Ben.

— C'est le genre des gens d'ici, s'écria Barbara indignée. Nous sommes chez nous, cette maison est à nous et nous nous fichons de ce que les autres peuvent dire !

— Si seulement elle n'avait pas ce style, disons gothique, soupira Althea, elle n'est vraiment pas jolie d'architecture.

— Ça suffit sur ce sujet, interrompit Ben d'une voix sèche. C'est une vieille maison très agréable ; quand les Hunter Green auront poussé et qu'elle sera bien recouverte de verdure, quand les arbres seront grands et le jardin en fleurs, tu m'en diras des nouvelles !

— Allie est bien trop sensible aux atmosphères, décréta Ellen.

— Si elle ne fait pas attention, elle risque de se retrouver psychiatre un de ces jours, dit Barbara qui n'appréciait guère cette profession.

— Je n'y peux rien, expliqua Althea. Il y a des moments où la maison semble avoir sa vie à elle. Vous n'avez jamais remarqué, quand on monte la rue, que les fenêtres vous regardent curieusement comme si elles étaient des yeux ?

— Toutes les maisons ont des visages, décréta Barbara, j'en ai vu qui pleuraient, qui riaient ; il y en a même qui font les gros yeux, on dirait qu'elles sont furax.

— Qu'elles sont très en colère, rectifia Marcia dans un souci de purisme.

— Rappelle-toi la vieille maison des Ettinger avec sa ligne de cyprès sur le devant... On avait l'impression qu'elle priait.

— Oh ça, c'est parce que les Ettinger étaient des Holy Rollers[1], dit Ellen. Finalement une maison prend l'allure des gens qui y habitent.

— A moins que ce ne soient les gens qui prennent le genre de leur maison », remarqua Althea.

Barbara gloussa : « Tu vois ça ! Papa avec des marches qui descendraient sur son ventre comme si c'était un perron et Ellen avec des ardoises en guise de cheveux !

— Et toi peinte en vert foncé comme notre maison l'an prochain ! »

Marcia Wood changea de conversation : « Et pour vos loisirs, vous avez choisi déjà ?

— Non, ce sera jeudi seulement qu'on décidera, dit Ellen qui ajouta : ça ne m'intéresse pas. Cela vous étonnera peut-être mais je pense surtout à l'Université.

— Oh non ! cria Barbara, tu t'en iras sans doute à Berkeley où il n'y a que des hippies, tu es fichue d'en épouser un et de filer en Turquie ou aux Indes.

— Il y a peu de chances, dit Ellen, je ne pense pas aller à Berkeley mais j'aimerais beaucoup aller en Inde.

— Berkeley est tout de même plus près, on te verrait plus souvent », fit remarquer Althea.

Barbara déclara avec solennité : « On ne devrait jamais se quitter. Engageons-nous à ne jamais nous en aller, à vivre toujours avec Papa et Maman. Si un type veut se marier avec l'une de nous, qu'il vienne habiter ici avec le reste de la tribu.

— Très bonne idée ! s'écria Ben mais je tremble en pensant aux notes d'épicerie ; il me faudra pour le moins deux jobs supplémentaires.

1. Holy Rollers : secte religieuse dans les Etats du Sud.

— Et moi, dit Marcia, je trouve que c'est une charmante idée, ce serait merveilleux si cela se passait comme cela... A propos de job, je suis très tentée d'aller travailler à mi-temps à l'hôpital.

— Non, nous ne voulons pas que tu ailles travailler dehors !

— Mais ce ne serait qu'un travail à mi-temps, matin ou après-midi ou peut-être seulement un ou deux jours par semaine, juste pour mettre un peu de beurre dans nos épinards. Pensez au prix de la vie, je me refuse à servir des spaghettis cinq soirs par semaine et des hamburgers les deux autres jours. Nous avons de la chance qu'aucune de vous n'ait eu besoin d'appareil pour redresser ses dents !

— Pour l'amour du ciel, s'écria Ben, que personne ici ne nous oblige à des dépenses supplémentaires ! »

Ronald ricana intérieurement : « Tiens, ce serait rigolo de les mettre enceintes, toutes les trois. On l'entendrait gémir sur la dépense, le vieux ! »

Finalement Mrs Wood alla travailler le mardi et le jeudi, parfois le mercredi aussi. Ces jours-là Ronald se retrouvait tout seul au logis. L'aversion que les filles continuaient à ressentir envers leurs écoles respectives lui donnait meilleur moral et il reprit ses expéditions de ravitaillement avec entrain. Il attendit le jeudi, troisième jour d'absence de Mrs Wood, pour s'aventurer hors de sa cachette. Il entrouvrit sa porte secrète avec mille précautions pour jeter un œil, prêta l'oreille et rampa jusque dans le garde-manger. Il se remit sur ses pieds et entra dans la cuisine, reniflant l'odeur de peinture fraîche, de vinyle encaustiqué, de rideaux qui venaient d'être lavés et repassés ; dans le compotier, oranges et bananes dégageaient un parfum alléchant. De nouveaux rideaux en chintz rouge et vert masquaient en partie la fenêtre et devaient gêner la curiosité de Mrs Schumacher. Il trouva que c'était une nette amélioration.

Il demeura deux minutes complètement immobile à écouter et à regarder, très excité par cette escapade aventureuse. Il alla entrouvrir le réfrigérateur pour se faire une idée de son contenu et, jugeant qu'il méritait de s'offrir un agréable casse-croûte, en sortit du lait et de la crème glacée ; il en mélangea une bonne quantité dans un bol, y ajouta du sucre, une banane coupée en rondelles ainsi qu'un chapeau de crème fouettée. Tel un fin gourmet digne disciple d'Epicure, il savoura ce léger repas de milieu de matinée, il en soupira de plaisir. Quand il eut fini, il lava bol et cuiller, prit la peau de banane et s'assura que tout était bien dans l'état où il l'avait trouvé quoique, dans cette maison au train de vie large et généreux, personne ne semblât remarquer la disparition de broutilles.

Il passa ensuite dans la salle à manger. Mrs Schumacher venait de sortir pour changer de côté son appareil d'arrosage. Heureusement, là encore, de nouveaux rideaux le protégeaient contre son regard fureteur. Bien des fois il avait regardé cette pièce par son judas mais y entrer et se tenir près de son ancienne place à table, voilà une curieuse expérience ! Entre ces murs si familiers, tant de nouveautés s'étaient introduites ! Les vieilles boiseries si sombres avaient été laquées en beige pâle, un peu couleur noisette ; table et chaises étaient en bois clair, de style moderne, très agréables à regarder avec la coupe de soucis au centre de la table. Trois marches en pente douce menaient au hall d'entrée. L'escalier conduisant au second étage attira son regard comme un aimant avec son tapis rouge tout neuf. Là-haut il y avait les chambres de ces demoiselles... il jeta un coup d'œil hésitant à la porte d'entrée par laquelle pouvait déboucher à l'improviste n'importe lequel des cinq membres de la famille Wood. Que faire ? Il avait envie de visiter le living-room et plus encore d'explorer les chambres du haut mais cette porte d'entrée le dévisageait d'un air menaçant comme si elle n'attendait qu'une imprudence de sa part pour livrer passage à Dieu sait qui ! Il opéra une prudente retraite jusque dans la cuisine où il s'arrêta pour reprendre son calme. Il ne fallait pas prendre ce tremblement intérieur pour un simple enfantillage ; il valait toujours mieux tenir compte de ces vagues prémonitions. De plus, le risque de voir débarquer sans crier gare un des nouveaux habitants du 572 n'était absolument pas illusoire. S'il se risquait à monter jusqu'au second étage, il lui faudrait prévoir une cachette en cas d'urgence, par exemple sous un lit. Cette perspective n'était pas pour lui déplaire, le tout était d'oser...

Pas aujourd'hui, en tout cas. Cette fichue porte d'entrée lui avait donné le frisson, le plus sage était de renoncer à tout autre exploration pour le moment. En compensation, il s'offrit un sandwich exquis bien fourré de beurre de cacahuètes et de gelée. Il l'arrosa d'une tasse pleine jusqu'au bord de lait frais. Pour cacher ce dernier larcin il remplit le berlingot en y versant une tasse d'eau. Cela fait, il retourna dans son antre.

Vendredi s'écoula puis le week-end. Le mardi, Mrs Wood retourna à son travail et Ronald fut à nouveau seul dans la maison. A neuf heures précises, il émergea de son réduit. Il resta planté au beau milieu de la cuisine pendant quelques minutes, aux aguets. Puis il avisa le réfrigérateur où il prit une bonne ration de compote de pommes, de fromage blanc et une bouchée ou deux de salade de haricots verts (ce dernier mets par un souci de diététique !). Pour son dessert, il ouvrit la boîte de gâteaux secs et s'adjugea trois gâteaux au gingembre. Pour faire passer le tout, il se permit deux gorgées de lait. Il ne pouvait se permettre d'en boire davantage. Déjà jeudi soir, en regardant l'emballage de la glace, Mrs Wood s'était écriée : « J'aurais juré qu'il y en avait davantage. On ne peut jamais garder assez de crème glacée dans cette maison.

Vous avez de la veine de ne pas être plus rondouillardes, toutes les trois ! »

Ragaillardi par ce bon petit déjeuner, Ronald se promena dans la salle à manger et le hall d'entrée. Contrairement aux habitudes de sa mère, les Wood ne fermaient jamais à clé en partant. Les cambriolages étaient inconnus à Oakmead et les Wood confiants par nature. Ronald eut l'intelligence, par mesure de sécurité, de tourner la clé dans la serrure. On ne pourrait ainsi le surprendre ; il était désormais à l'abri d'une arrivée à l'improviste. Si quelqu'un essayait d'entrer, il l'entendrait et pourrait se mettre à couvert. Avec une certaine témérité, il entra dans le living-room. Il passa près d'une heure à examiner tous les objets dignes d'intérêt ; par exemple, il regarda dans le tiroir où Mrs Wood gardait ses livres de comptes, les chèques annulés et les lettres auxquelles répondre. L'album de photos familial le fascina : il y étudia la famille Wood à toutes les étapes de son existence. Sous ses yeux les filles passèrent du stade de bébés dans leurs berceaux à celui des premiers pas... il vit les garçons manqués devenir de gracieuses adolescentes. Pique-niques, goûters d'anniversaire, bains de mer, randonnées en montagne : pas une photo ne manquait ; certains visages lui étaient inconnus : parents, voisins, relations de la famille ; il contempla leur ancienne maison de Los Gatos, leur école d'autrefois ainsi que de nombreuses photos de classe. Il rangea l'album et fit une dernière inspection des lieux. Par pur hasard il jeta un regard distrait par la fenêtre qui donnait sur le devant de la maison et vit une auto s'arrêter au bas du perron : il reconnut la Chevrolet grise de Ben Wood. Le cœur battant, il se précipita vers la porte d'entrée, tourna la clé et traversa en courant la salle à manger pour regagner sa cachette. Juste au moment où il abaissait le panneau de sa porte secrète, Ben Wood entra dans la maison, grimpa en courant jusqu'à sa chambre où il ne resta qu'une minute ou deux ; apparemment il y avait oublié un objet ou un papier ; puis il redescendit et sortit. Ronald tapi dans sa cachette écouta décroître le bruit de ses pas. Ouf... Il l'avait échappé belle ! Sa panique était justifiée. La porte fermée à clé l'aurait protégé dans tous les cas ; n'empêche que cela démontrait à quel point il fallait se tenir sur ses gardes.

Il consacra son après-midi à l'exécution de ses graphiques nutritionnels. L'étude scientifique de la famille Wood qu'il avait projetée ne lui disait plus rien ; c'était un travail exigeant et monotone. En fait il était obsédé par ces chambres du haut... Pourquoi ne pas aller se cacher sous un lit ? Personne ne le verrait et il aurait droit à tous les spectacles possibles. Hélas, l'objection se présentait immédiatement à son esprit, c'était terriblement risqué. Malgré la force de la tentation, il demeurait prudent ; tant d'événements fâcheux pouvaient survenir... avec la grande et irrémédiable catastrophe au bout ! Pourtant... Pourtant... Ronald se sentait tiraillé entre le désir et la crainte. La pensée de ces jeunes corps souples et des choses fascinantes à accomplir le poussait à tenter la galante aventure mais le prix à payer était trop élevé, beaucoup trop. Où pourrait-il se réfugier s'il venait à perdre sa cachette ? Il n'avait ni argent ni asile...

Le samedi soir, Duane Matthews emmena Ellen au cinéma, ce qui déplut souverainement à Ronald. A beaucoup de points de vue Ellen lui semblait la plus désirable des trois sœurs, il ne voulait la voir courtisée par personne, c'était un privilège qu'il voulait se garder. Il tendit l'oreille toute la soirée ; peu avant minuit Duane la raccompagna chez elle. Ronald entendit la voiture s'arrêter ; il les entendit également monter les marches du perron. Ils s'arrêtèrent un moment à la porte et il se douta qu'ils étaient en train de s'embrasser. Ronald grimaça de colère et montra les dents. Il n'était absolument pas d'accord et entendait que ces simagrées cessassent immédiatement.

Le dimanche, les trois sœurs allèrent se baigner en compagnie de Duane et de deux autres camarades garçons. Ronald demeura seul à ruminer sa rogne et sa déception. Pour le dîner Mrs Wood fit rôtir deux poulets : nouveau supplice de Tantale pour le pauvre prisonnier qui humait de loin l'alléchant fumet. Elle prépara également deux merveilleuses tartes à la crème de cacahuètes. On retint Duane à dîner et Ronald, à sa grande indignation, le vit dévorer d'énormes portions de tous les plats, ce qui signifiait qu'il n'y aurait pour ainsi dire plus de ces restes sur lesquels il était accoutumé à compter. Il était totalement impuissant devant cette impardonnable gloutonnerie. Il lui fallut contrôler et refouler sa rage tandis que l'autre bâfrait cette nourriture délicieuse que lui, Ronald, considérait comme son bien légitime. Enfin le repas s'acheva et Duane finit par regagner ses pénates. Tout le monde se coucha, la maison sombra dans l'obscurité et le silence.

Ronald surgit presque aussitôt de son repaire. Comme il l'avait pressenti, le poulet avait été entièrement englouti ; pas le moindre petit morceau pour lui ! Rien d'intéressant à signaler sinon la moitié d'une tarte. Ronald irrité s'en coupa une large tranche : jamais il n'avait mangé quelque chose d'aussi délicieux ! Il ne put s'empêcher de s'en tailler une autre part, personne ne s'en apercevrait. Pourtant le lendemain matin, Mrs Wood s'en aperçut et fit une remarque à Ellen au sujet du prodigieux appétit manifesté par son ami. Ellen s'écria étonnée : « Il n'a pas repris de la tarte après le dîner !

— Il faut bien qu'il en ait repris, rétorqua Mrs Wood. Je sais qu'il en restait la moitié d'une quand j'ai desservi et ton père n'en a pas mangé. »

Ellen secoua la tête, la mine perplexe : « Je suis convaincue que ce n'est pas Duane qui l'a mangée.

— Cela n'a bien sûr aucune importance, dit Marcia. Je suis ravie qu'il apprécie ma cuisine et il peut en manger autant que le cœur lui en dit. Cela m'étonne tout de même un peu. »

Ronald surprit sur le doux visage d'Ellen une expression douloureuse qui ne lui était pas habituelle. Il se racla la gorge discrètement. Peut-être bien qu'elle ne mettrait plus Duane sur un piédestal maintenant qu'il avait mérité cette réputation de gloutonnerie.

CHAPITRE XIII

D'après ce que Ronald avait pu observer, Marcia et Ben Wood ne châtiaient jamais leurs filles. Cette absence de sanctions n'était pas seulement due au caractère tolérant des parents mais aussi à la conduite des trois sœurs qui ne donnait lieu à aucun blâme. Il arrivait parfois que Barbara laissât sa chambre dans un affreux désordre ; Althea était toujours prête à partir en guerre contre les idées arrêtées et les sacro-saints principes ; Ellen n'était pas toujours ponctuelle ; mais de tels délits n'encouraient au pire qu'une exclamation peinée de Ben ou une remarque un peu sèche de Marcia.

En ce qui concernait les garçons et les sorties, les parents étaient sensés et compréhensifs. Les filles savaient ce qu'on attendait d'elles et quelles heures de retour étaient permises. Il leur arrivait rarement de les transgresser et si oui, elles se donnaient la peine d'expliquer ce qui s'était passé et de s'en excuser. En général les Wood comptaient sur l'intelligence de leurs filles et sur leur bonne entente pour les garder d'éventuels dangers, Ben ne donnait pas de conférence sur les maladies vénériennes ni Marcia de sermons mettant en garde contre des mariages trop précoces ou des grossesses indésirables. Entre elles, les filles parlaient quelquefois des questions sexuelles, de leur bizarre évolution et de l'importance croissante qu'elles prenaient dans la vie de la société. Il était rare de voir les Wood contester la justesse des raisonnements de leurs filles mais cela leur arrivait parfois avec Barbara, la plus téméraire et entreprenante des trois. Ellen et Althea méprisaient les hippies et ce qu'on appelle communément la « contre-culture » ; Barbara imaginait qu'ils étaient sauvages et étranges, un peu à la manière des gitans. Pour Halloween[1] on l'invita en week-end à Lake Tahoe mais pour une fois Ben et Marcia posèrent leur veto. Barbara eut beau expliquer que les parents de Tamlyn les chaperonneraient, que Lake Tahoe était un endroit qu'elle avait toujours rêvé de connaître, que les garçons et les filles qui avaient accepté l'invitation étaient très comme il faut, elle ne parvint pas à les convaincre.

Ben dit : « Trop de choses peuvent arriver et des mauvaises. Je ne connais pas du tout ces Rudnick, il peut conduire en état d'ivresse ou être un Démocrate. Qui me dit qu'ils ne décideront pas tout à coup d'aller dans une maison de jeux en laissant les gosses faire la foire de leur côté. Un des gars peut fiche du L.S.D. dans le punch !

— Papa, tu es en train de raconter des sottises.

— Pas du tout, je me fie aux statistiques, il n'y a qu'à les consulter : deux conducteurs sur cinq ont conduit sur les autoroutes en état d'ivresse et un sur vingt est mort alcoolique. Trois adolescents sur dix fument de la marijuana et un sur dix est intoxiqué par du L.S.D., de la marijuana ou d'autres cochonneries. Un homme sur cent est un bandit, un escroc ou un type capable de violer. A Lake Tahoe, le pourcentage est encore plus élevé. Cinq pour cent des femmes...

1. Halloween : veille de la Toussaint.

— Papa, tu es en train d'inventer tout cela !

— Je t'assure que j'exagère à peine. Disons qu'il y a neuf chances sur dix que tu rentres saine et sauve et cela ne me suffit pas.

— Peuh ! Je peux aussi bien tomber dans ma baignoire ou manger une mauvaise boîte de conserve qui m'intoxiquera. J'ai toujours entendu dire que pour les enfants la maison est l'endroit le plus dangereux.

— C'est possible mais à la maison nous avons des pansements, des pompes stomacales, des père, mère et sœurs. Allez, c'est tout décidé, pas de Lake Tahoe ! »

Le lundi et le vendredi étaient les jours les plus mornes de la semaine. Mrs Wood restait à la maison, ce qui empêchait toute sortie pour Ronald, et les filles ne rentraient de classe que tard dans l'après-midi. Les « Juniors » sortaient trois quarts d'heure plus tôt que le collège secondaire aussi Barbara était-elle en général la première arrivée à la maison bien qu'elle flânât volontiers en route, taquinant les garçons, bavardant avec les filles. Quand elle était en retard Ronald était sur les nerfs. Il la trouvait enfant gâtée, irréfléchie, capricieuse et franchement adorable. Elle avait plus conscience de ses charmes que ses sœurs, ce qui la rendait encore plus désirable. Ronald l'aimait et la détestait à la fois, ce qui lui était déjà arrivé avec Laurel Hansen.

Le mardi, Mrs Wood attrapa froid ou souffrit d'une allergie, elle ne savait pas exactement ; toujours est-il qu'elle n'alla pas à son travail. L'indisposition persista encore le mercredi, ce qui obligea Ronald à rester enfermé deux jours de plus. Le jeudi, elle recommença à travailler et la porte se fermait à peine que Ronald sortait en trombe de sa cachette. Il ne se tint aux aguets que dix ou quinze secondes puis marcha droit au réfrigérateur où il ne trouva que de la purée de pommes de terre froide et quelques choux de Bruxelles. Allait-il oser se faire des œufs au bacon ? Pendant trois minutes, il tergiversa malgré une faim de loup. Mais le bacon était enveloppé dans un emballage non ouvert et il n'y avait plus que quatre œufs ; on ne manquerait pas de remarquer les larcins. Ronald se borna à manger un sandwich au beurre de cacahuètes et une orange ; il n'osa même pas boire le lait qui restait dans un berlingot presque vide.

Il avait fait le plan de son exploration du jour. Il se rendit dans le living-room, regarda dans la rue puis tourna les talons et grimpa aux étages supérieurs. Il reconnut à peine le haut de la maison ; le couloir était d'un blanc éclatant ; les murs étaient ornés de gravures florales très pimpantes et au lieu des anciennes marches peintes en marron et du mince tapis vert, il y avait un moelleux tapis plein, d'un rouge qui rappelait les tapis d'Orient. Il resta planté deux minutes en haut de l'escalier à jouir du silence. Une auto roula dans Orchard Street ; Ronald pétrifié ne retrouva son souffle que lorsque le bruit du moteur se fut estompé dans le lointain. Si quelqu'un revenait à l'improviste, il pourrait toujours se cacher sous un lit mais ce ne serait pas si confortable ni sûr. Il traversa le couloir, jeta un coup d'œil dans ce qui avait été la chambre de sa mère et eut un gloussement de mépris pour la nouvelle décoration. La chambre d'Ellen était de l'autre côté du couloir ; sur l'arrière de la maison, après la salle de bains et la chambre de débarras, se trouvaient les chambres d'Althea et de Barbara. Par où commencer ? Pourquoi ne pas faire un tour dans les trois ?

Dans la chambre d'Ellen le blanc était la note dominante mais le plafond était couleur lavande et elle avait choisi un tapis vert pâle. Dire que c'était sa vieille chambre à lui ! Jamais, au grand jamais il n'aurait pu la reconnaître ! Il regarda dans la glace et y aperçut une tête également bien différente de celle de l'ancien Ronald. Le contraste entre son ancien et son nouveau visage lui donna une impression étrange comme s'il était victime d'amnésie ou de réincarnation. Sur la coiffeuse trônait une photo de Duane. Ronald jeta un œil mauvais à cette physionomie austère, à ce visage tout en os. Il faillit céder à l'envie de la déchirer ou tout au moins de la gribouiller avec un bâton de rouge à lèvres mais il réussit à se contrôler. Ce ne serait pas du tout astucieux. Il se tourna du côté du placard : les robes d'Ellen y étaient soigneusement suspendues. Ronald tendit la main et caressa ces exquis vêtements qui avaient touché ce corps non moins exquis. Un courant électrique lui parcourut le bras. Il quitta la penderie pour la commode, ouvrit un tiroir et se pencha pour examiner les sous-vêtements de la jeune fille. Quelle intimité ! Il en frissonnait d'aise. Il finit par refermer le tiroir et demeura immobile. Il respirait lentement et profondément, laissant l'atmosphère de la pièce envahir tout son corps. Partout ici il sentait la présence d'Ellen ; la glace avait reflété sa nudité, ici sur cette chaise elle avait brossé sa lumineuse chevelure ; cette couche avait connu la chaleur de son jeune corps et le flux brillant de ses rêves.

Il s'approcha de la coiffeuse. Sur le dessus il trouva un flacon de parfum fruité très discret avec une touche de violette et un rien de verveine. Il s'en mit quelques gouttes sur le dessus de la main ; le flacon bascula et avant qu'il eût pu le redresser, la moitié du contenu se répandit. Ronald en resta bouche bée de stupéfaction horrifiée. Il s'empara d'un Kleenex et essuya fébrilement le dessus de la coiffeuse. Que faire ? Il reboucha le flacon et le coucha, Ellen penserait que le parfum s'était échappé. Il jeta le Kleenex dans la cuvette du W.-C. et tira la chasse d'eau. Sur le palier flottait encore l'odeur du parfum. Tant pis ! A l'heure où elles rentreraient, cela se serait sûrement dissipé.

Ronald se sentait mal à l'aise et irrité ; son aventure n'avait plus aucun charme magique. Il redescendit et par pur dégoût entra dans le living-room et se laissa choir dans un fauteuil pour s'y abandonner à une rêverie lugubre. Comme il était en danger ! Combien il était vulnérable ! Il n'avait pas même pris la précaution de fermer à clé la porte d'entrée ! Avec un sentiment de culpabilité il bondit sur ses pieds et trotta d'un pas élastique se réfugier dans son domaine. Une fois en sécurité il s'allongea sur son lit. Il était poursuivi par ce parfum d'Ellen qui maintenant ne lui apportait plus aucun plaisir, bien au contraire. Il alla se laver les mains, se frottant le poignet le plus fort possible, et il réussit à se débarrasser presque complètement de l'odeur. Quand il se regarda dans la glace, la bizarre sensation de contempler un inconnu — qu'il avait éprouvée dans la chambre d'Ellen, tout à l'heure — ne revint pas. Il retrouvait le Ronald ordinaire.

Il sommeilla jusqu'à une heure puis se cuisina un déjeuner de thon et de crêpes à l'oignon frit. Jugeant que pour sa santé il avait absolument besoin d'une tomate des Wood, il retourna fouiller dans le réfrigérateur et en profita pour boire une gorgée de lait à même le berlingot. Il se rendormit jusqu'à ce que la porte d'entrée craquât et qu'il entendît des pas légers. Encore engourdi de sommeil, il alla coller l'œil au judas mais Barbara — il avait reconnu son pas — était montée directement dans sa chambre. Il se mit à réfléchir : en haut Barbara ; en bas Ronald. Il s'était déjà trouvé en pareille situation mais il ne pouvait rien entreprendre, tout étant trop risqué. Il retourna s'asseoir sur son lit et essaya de lire. Nouveaux pas sur le perron, la porte s'ouvrit livrant passage aux deux autres sœurs. Elles jetèrent leurs livres de classe et leurs cahiers sur la table du hall et montèrent en courant. Barbara leur lança un joyeux salut. Il entendit un bruit confus de conversation qui se termina brusquement.

Mrs Wood puis son époux rentrèrent au logis. Marcia servit un repas simple et rapide de sandwiches au hamburger. L'atmosphère à table n'était pas comme d'habitude. Les filles n'ouvraient pas la bouche, on voyait bien qu'elles avaient dû se disputer. Ben finit par demander : « Alors qu'est-ce qui se passe ? C'est un règlement de comptes en privé ou peut-on s'en mêler ?

— Il n'y a pas de règlement de comptes, c'est un simple malentendu », dit Ellen.

Barbara intervint : « Ce n'est pas non plus un malentendu. Ellen croit que j'ai renversé son flacon de parfum, je n'y ai pas touché, je ne suis même pas entrée dans sa chambre. »

Mrs Wood conclut calmement : « Si tu dis que ce n'est pas toi, c'est vrai. Ellen doit le savoir aussi bien que moi.

— Elle ne me croit pas.

— Mais si ! Je te crois, Bobby, mais c'est tellement bizarre ! Je jurerais que quelqu'un est entré dans ma chambre. Cela m'est bien égal mais on a *renversé* mon parfum ; cela sent même dans la salle de bains. Je sais que Bobby n'y est pour rien mais alors qui est-ce ? Ce matin, le flacon était plein.

— Il arrive de drôles de choses, tu sais. Il y a peut-être eu un léger tremblement de terre ou bien tu as fermé le tiroir trop fort. Il peut y avoir bien des explications. »

Ellen hocha la tête d'un air sceptique.

« Je suis sûre qu'elle croit encore que c'est moi, dit Barbara maussade. Tout au fond, elle en est persuadée, et dire que je ne suis même pas venue près de sa chambre !

— Ecoute, Barbara, maintenant cela suffit ! Ne fais pas ta mauvaise tête, s'écria Mrs Wood. Ellen sait bien que tu ne raconterais pas des mensonges pour une pareille imbécillité, pas plus qu'elle ne te mentirait à toi. C'est vraiment absurde !

— C'est vrai, Bobby, dit Ellen. Tu penses que je te connais, depuis le temps ! D'abord tu es bien trop franche. »

Barbara se mit à pleurer et, se levant de table, s'en alla dans le living-room. Ellen l'y rejoignit pour tâcher de la consoler.

Ben Wood déclara : « C'est tout Babs. Sous son aspect exubérant, c'est la plus sensible des trois. »

Althea se mit à rire : « On croit que je suis sensible mais au fond je me fais rarement du souci. Ellen s'en fait mais c'est une fille calme. Pauvre petite Babs !

— Il faut avouer que c'est étrange, dit Ben Wood.

— Nous avons peut-être un poltergeist[1] dans la maison, dit Althea. Il paraît qu'il y en a souvent là où vivent les adolescents. »

Marcia eut une moue sceptique : « Jusqu'à maintenant je n'ai jamais vu d'objets se déplacer tout seuls ; je n'ai d'ailleurs pas du tout envie d'en voir, cela ne m'intéresse pas.

— Moi, ça m'intéresse, repartit Althea, j'aimerais faire des expériences qui sortent de l'ordinaire. Les aventures de ce genre, ça arrive toujours aux autres, jamais à moi. »

Sur ces entrefaites, Ellen et Barbara reprirent tranquillement leurs places à table et achevèrent leur dîner.

Althea dit avec entrain : « Vous savez, nous avons la solution de l'énigme : il s'agit tout simplement d'un poltergeist !

— Non, dit Ellen, maintenant je me rappelle très bien ce qui s'est passé : j'ai fermé le tiroir de la coiffeuse trop fort ce matin, cela a dû ébranler les flacons et celui-là s'est renversé.

— Oh, quel dommage ! J'étais si contente que nous en ayons un. » Ellen sourit et l'espace d'une seconde eut une expression aussi moqueuse que celle de Barbara dans ses meilleurs jours : « Ne t'en fais pas !

1. Poltergeist : mot allemand adopté par les Américains, signifiant revenant, esprit bruyant et malfaisant qui hante certains endroits.

Cela ne m'étonnerait pas que nous en hébergions un ou une. Rappelle-toi ce que nous a dit Duane.

— C'est drôle, dit Mrs Wood, qu'un garçon comme Duane qui a l'air d'avoir les pieds sur terre soit superstitieux.

— Il tient de sa mère. Après la mort de Carol, elle est allée voir un médium pour qu'il tâche de la mettre en relation avec l'âme de Carol ou son fantôme, enfin avec ce qu'elle est devenue. »

Plus intéressée qu'elle ne voulait se l'avouer, Mrs Wood demanda : « Et alors ?

— Duane ne sait pas très bien : sa mère pense avoir reçu un message mais lui trouve que cela pouvait s'appliquer à n'importe qui. Il voudrait qu'elle retourne le voir et pose des questions auxquelles seule Carol peut répondre, ce qui permettrait peut-être de mettre la main sur l'assassin. Comment s'appelle-t-il déjà ?

— Roderick Wilson ou quelque chose comme ça.

— Ronald Wilby, dit Barbara.

— Elle est décidée à poser ces questions ?

— Il faut d'abord qu'elle accepte de retourner chez le médium, il habite Stockton.

— Vous savez, il n'y a pas de quoi rire. J'ai souvent entendu parler de médiums qui aidaient la police. Il y a un Hollandais par exemple, je ne sais plus son nom, qui a découvert la vérité sur six meurtres dans son pays. Ce sont des cas dignes de foi. »

Ronald siffla entre ses dents : enfin quand est-ce que ces gens finiraient de ressasser cette vieille histoire ? Il ne voulait plus en entendre parler. S'il n'avait pas, par suite d'une stupide négligence, laissé traîner la bicyclette sur la route et son blouson dans les fourrés, jamais personne n'aurait su ce qui s'était passé... sauf lui et l'âme de Carol ou son fantôme ou Dieu sait quoi.

Vendredi : un des jours les plus assommants mais

aujourd'hui Ronald était content de rester tranquillement allongé sur son lit. Le samedi il était mieux mais, à son grand désappointement, les filles se rendirent à un match de football et revinrent à cinq heures ; juste le temps de prendre une douche et de se changer et elles s'envolèrent à une soirée. Ronald passa son temps à ruminer des griefs, son humeur était plus noire qu'un tas de boue. On l'abandonnait tout seul comme un rat mort dans une affreuse solitude et ces demoiselles s'en allaient papillonner gaiement... sales petites égoïstes ! Il faudrait inventer une bonne vengeance pour qu'ils soient quittes. Il avait ressenti le même besoin à propos de Laurel Hansen jusqu'à l'histoire de Carol Matthews qui, d'une façon indirecte, lui avait permis de passer l'éponge.

Le dimanche, Mrs Wood et ses filles allèrent voir des parents à San Jose. Mr Wood resta à la maison pour rattraper du retard dans ses dossiers et regarder à la télévision un match de football. Encore un jour d'ennui à tirer pour Ronald. Il fit de la gymnastique pendant la première partie de l'après-midi ; depuis quelque temps il avait négligé son entraînement physique et en outre les commentaires bruyants qui accompagnaient la partie masquaient le peu de bruit qu'il pouvait faire. La journée était chaude, il transpirait à grosses gouttes aussi se dévêtit-il complètement puis il s'allongea sur son lit et fit un somme jusqu'au retour de la mère et des filles. Elles montèrent se coucher immédiatement et il dut se contenter, sans enthousiasme, de travailler à sa carte d'Atranta.

Le lundi, Mrs Wood partit faire ses courses. Ronald émergea de sa cachette pour inspecter le contenu du réfrigérateur mais ne trouva rien à son goût. Découragé, il prit des noix dans le compotier et une poignée de caramels dans un sac en papier puis alla dans le hall jeter un regard nostalgique sur l'escalier. L'épi sode du parfum répandu devenait anodin à ses yeux et puis, fort de cette expérience, il s'arrangerait désormais pour ne plus laisser de traces de son passage. Vraiment il mourait d'envie de monter mais Mrs Wood pouvait débarquer à tout moment et il ne voulait pas courir le risque d'être pincé hors de sa cachette. Une auto remontait la rue, Ronald se hâta de regagner son domaine.

L'après-midi s'écoula, il attendait fiévreusement le retour des filles. Mais Mrs Wood alla chercher Barbara à l'école pour la conduire chez le dentiste. Quant aux deux autres elles s'attardèrent au tennis aussi n'arrivèrent-elles toutes qu'à six heures.

Mrs Wood alla travailler le mardi. Dès que la porte d'entrée se fut refermée derrière elle, Ronald sortit en rampant de son réduit. Il prêta l'oreille, immobile dans le garde-manger, mieux valait être trop prudent ! Le silence n'était troublé que par le bourdonnement d'une mouche contre le carreau de la cuisine. Sus au réfrigérateur ! Il y découvrit un salami en tranches dans son emballage, un bol plein de thon en salade et des oignons verts : ce qui lui permit de se confectionner sur-le-champ deux délicieux sandwichs qu'il fit passer en buvant une bonne quantité de lait frais, somme toute un petit déjeuner honorable. Et maintenant ? Une longue journée s'étendait devant lui... Ronald se dirigea d'un pas décidé vers le living-room. Un coup d'œil par la fenêtre lui permit de voir qu'aucun péril ne se présentait du côté d'Orchard Street, il grimpa jusqu'au second étage. Pour aujourd'hui quelle chambre serait au programme ? Celle d'Althea ou celle de Barbara ? Il opta pour la première.

Le décor était fort différent de celui choisi par Ellen : aux murs étaient collés des posters Art Nouveau [1] et sur les étagères il y avait des livres que

1. Art Nouveau : en français dans le texte.

Ronald n'avait jamais vus, notamment plusieurs romans fantastiques et des ouvrages de science-fiction. Des trois filles, Althea était sûrement celle dont les goûts se rapprochaient le plus des siens. Elle serait enthousiasmée de savoir qu'ici même une épopée comme celle d'Atranta avait vu le jour. Ronald s'amusa à imaginer la lettre qu'il pourrait lui écrire. Le problème serait de la poster... il lui faudrait se faufiler dehors en pleine nuit et la mettre dans la boîte aux lettres au coin de la rue... Cette opération nécessiterait également qu'il dérobe une enveloppe et un timbre dans le bureau du living-room. Oh... Cela ne valait peut-être pas la peine !

Il fouilla dans les tiroirs de son secrétaire en faisant très attention, cette fois, de ne pas manipuler quelque chose susceptible de couler ou de se renverser en laissant des traces. Tiens ! Qu'est-ce que c'est ? Il extirpa un cahier relié en vert, imitation cuir, fermé par une petite serrure. Au recto il était écrit en lettres d'or : *Journal*. Ronald le tourna dans tous les sens, essaya de faire jouer le déclic mais en vain. Il le remit en place et chercha la clé ; il y avait peu de chances que la jeune fille la portât sur elle. Il fouilla à fond tous les tiroirs, passant le doigt entre les rainures, sur les moulures ; regarda dans la boîte à bijoux, examina le lit, les sièges : toujours pas de clé ! Perplexe, il reprit le cahier qui laissa entendre une sorte de musique silencieuse dont il ne devinait pas l'origine. Où diable était cette maudite clé ? Il regarda dans la table de chevet, secoua le petit cochon en poterie mexicaine qui servait de tirelire, renversa le vide-poches qui se trouvait sur la tablette de la fenêtre : rien, toujours rien ! Nouvel examen approfondi du cahier, il tira plusieurs fois sur la languette pour tenter de la dégager de la serrure. Il désentortilla un trombone et en introduisit l'extrémité dans le trou de la serrure et le tourna. Il eut l'impression que quelque chose cédait, il tourna vigoureusement et le trombone se cassa, abandonnant un morceau dans la serrure. Il jura entre ses dents. Pas moyen de le déloger. Il apercevait le petit bout mais ne pouvait l'extraire. Bien ! Comment faire ? Il savait qu'il était débrouillard et inventif, c'était le moment ou jamais de faire montre de ces qualités. Il pourrait peut-être démonter la serrure et la remettre en état, la serrure ne devait pas être difficile à détacher de son similicuir. Oui, mais il n'avait aucun outil sous la main. Il restait la possibilité de cacher le cahier. Althea était une fille distraite, du moins c'est ce que toute la famille, elle y comprise, pensait ; avec un peu de chance elle ne s'en apercevrait peut-être pas avant un mois. Non, idée absurde ! Un journal intime, par définition, cela s'écrit au jour le jour. En louchant par l'entrebâillement du cahier, Ronald voyait bien qu'elle en écrivait un peu chaque jour.

Les choses n'étaient pas si simples que ça ! S'il avait à sa disposition un autre cahier semblable, il pourrait essayer d'échanger les reliures. Ce qui ne résolvait rien puisque, dans ce cas, la clé d'Althea ne lui servirait plus à rien... à moins que ce ne soit le même genre de clé qui ouvre tous les « journaux intimes ». Pas la peine d'ergoter à ce sujet, il n'avait rien de semblable dans ses affaires.

Profondément découragé, il tenta encore une fois, à l'aide d'une lime à ongles, de déloger le bout de trombone, peine perdue ! Il ne réussit qu'à rayer le nickel de la serrure et à tordre le rebord de l'ouverture. Suant à grosses gouttes, il s'évertua à réparer les dégâts. Bah ! Althea n'y verrait que du feu. Ni les unes ni les autres ne semblaient particulièrement observatrices. N'empêche que cela lui ôterait une fameuse épine du pied s'il réussissait à enlever cette cochonnerie de trombone ! Et s'il essayait d'enlever la petite plaque de métal ? Il n'arriverait jamais à la remettre en place. Il reprit le reste du trombone et tripota furieusement de toutes les façons possibles... sans aucun résultat valable. Il remit le cahier à sa place sans faire de bruit. Il était profondément dégoûté de tout. Althea serait peut-être intriguée mais cela ne durerait pas, elle n'était pas fille à se compliquer la vie pour des broutilles. Il se pouvait même qu'elle ne s'aperçût de rien. Qui sait ? Quand elle tournerait sa clé, le petit bout partirait peut-être de lui-même. Il lissa le couvre-lit sur lequel il s'était assis, ferma tous les tiroirs et redescendit de fort méchante humeur.

Il était près de midi ; Ronald se servit un bon morceau de hamburger, deux tartines de pain beurré, un demi-oignon et une tomate. De retour dans sa cachette, il fit frire la viande dans une poêle et la dégusta entre les deux tranches de pain... délicieux sandwich ! A dire vrai il ne dirait pas non si on lui en proposait un second. Tant pis ! Il ne pouvait se risquer à prendre plus de viande. Heureusement il avait également subtilisé une bonne portion de crème glacée sur laquelle il avait délicatement déposé de la confiture de fraises ; pour couronner le tout : un chapeau de crème fouettée !

Maintenant il fallait occuper l'après-midi ; il retourna au salon d'où il pouvait surveiller la rue. Il se pouvait qu'aujourd'hui Barbara fût de retour de bonne heure. S'il montait dans sa chambre et se cachait dans le placard de sa chambre, il pourrait la surprendre en train de se changer ; quand elle irait suspendre sa robe, il serait là... Ce ne serait pas si mal s'il arrivait à passer une journée ou une demi-journée avec elle. Il ferait semblant d'être un étranger qui se serait introduit par hasard dans la maison et elle ne devinerait jamais qu'il était Ronald Wilby. Hum, hum... Ce n'était peut-être pas si irréalisable que ça ! Il l'attacherait au lit, descendrait, claquerait la porte d'entrée, se cacherait en vitesse dans son réduit, ni vu ni connu ! Oh la la ! Quel boucan cela ferait ! il n'en perdrait pas une miette. Dans un mois, rien ne l'empêcherait de remettre ça ! Malheureusement, Ellen et Althea rentraient trop tôt à la maison, c'était le seul obstacle sinon son projet ne présentait aucun danger. Et cette petite polissonne de Barbara très portée sur le sexe ne ferait certainement pas grande résistance. Dans le cas contraire, eh bien on aviserait !

Deux heures. Il ferait mieux de regagner sa cachette. On ne sait jamais, peut-être un de ces jours Barbara resterait seule à la maison ou Althea ou Ellen.

Il s'allongea et se plongea dans une intense méditation. Depuis qu'il avait entrepris ces explorations à l'étage supérieur, il avait tout négligé : graphiques, gymnastique, Atranta. Il tenait à reprendre son travail sur Atranta car il lui restait beaucoup à faire en ce domaine. Peu avant quatre heures, Barbara fut de retour et courut immédiatement dans sa chambre pour enlever sa tenue de classe. Presque aussitôt le téléphone sonna et Barbara dévala l'escalier en soutien-gorge et petite culotte. Ronald, l'œil au judas, en soupira d'extase. Il n'avait jamais contemplé un spectacle aussi affriolant... sauf une fois. Il était mis à rude épreuve. Il poussait de petits gémissements en penchant la tête à droite et à gauche pour améliorer son angle de vision. Si seulement il avait du temps à sa disposition et une occasion favorable... il était prêt à prendre tous les risques !

Pendant vingt minutes elle bavarda au téléphone. Pour commencer, elle s'assit sur le bras du sofa puis se renversa en arrière contre les coussins, les genoux au menton ; ensuite elle leva une jambe vers le plafond. Dans son coin, Ronald en eut le souffle coupé. Elle pivota et s'assit à la turque ; pour finir elle resta vautrée sur le dos, les jambes traînant par terre. Il dut se mordre les lèvres pour contenir un soupir rauque. L'entendit-elle ? Toujours est-il qu'elle se leva d'un bond, regarda en l'air avec une drôle d'expression mais c'est parce qu'elle avait entendu une auto. Tenant toujours l'écouteur et tournant le dos à Ronald, elle regarda par la fenêtre. Enfin la communication prit fin, elle raccrocha et remonta dans ses appartements.

Ronald debout ouvrait et fermait les poings ; il dut s'asseoir sur son lit tant il se sentait faible.

La porte d'entrée livra passage aux deux autres filles de la maison.

« Hé ! cria Ellen, il y a quelqu'un ? Qui est là ? »

D'en haut vint une voix, celle de Barbara : « Ce n'est que moi mais ça suffit ! » Ellen se rendit illico dans la cuisine : « Je meurs de faim, je me demande s'il reste encore des petits gâteaux. » Elle ouvrit le réfrigérateur, il y eut un moment de silence puis Ronald l'entendit appeler d'une drôle de voix : « Althea ! Viens voir. »

Celle-ci accourut : « Regarde, c'est tout de même dégoûtant ! Il faudrait faire une réclamation !

— Il n'y a qu'à le jeter.

— Non, il ne faut pas tout gâcher ; si je coupe là ce sera O.K. Après tout il n'y a que la partie supérieure du carton où il y avait les cheveux.

— Tu crois qu'on ne peut pas se plaindre, vraiment cela me dégoûte !

— Sur chaque miche de pain, il y a toujours au moins 1 % de saletés. Ce n'est pas la peine de faire des chichis pour la bonne raison que cela ne sert à rien.

— Tout de même ! dit Ellen. Quand je pense que nous payons presque quatre dollars pour dix pains ! La moitié de 1 %, cela fait deux cents[1]. Donc chaque fois que nous achetons dix pains nous avons deux cents de saletés !

— Evidemment ce n'est pas avantageux. »

Les filles retournèrent dans la salle à manger.

« Je crois que je vais aller faire mon français, dit Althea, comme ça j'en serai débarrassée et je serai tranquille après le dîner.

— J'ai promis à Maman que j'arroserais la pelouse,

1. Cent : petite monnaie américaine.

il faut qu'on soit à la hauteur des Schumacher ! Je vais d'abord me changer. »

Elles montèrent et Ronald n'entendit plus qu'un babil inintelligible. Puis ce fut le silence. Au bout de quelques minutes Ellen redescendit et sortit arroser la pelouse. Marcia arriva, suivie de près par Ben qui alla dans le living-room boire son cherry en lisant le journal. Marcia servit le dîner à six heures trente, l'atmosphère fut calme et l'absence de bavardages animés entre les jeunes se fit sentir d'une façon pesante. Ben demanda d'une voix inquiète : « Alors qu'est-ce qui se passe ? Pourquoi faites-vous ces têtes-là ?

— Non, il n'y a rien, nous sommes simplement occupées à manger, répondit Althea.

— J'adore les tacos [1], dit Ellen, ce soir j'en mangerais bien une douzaine.

— Je vous en prie, dit Ben, pas de mystère ! Je vois bien qu'il y a quelque chose qui cloche.

— Moi je vais vous le dire, déclara Barbara d'une voix altérée, Allie croit que j'ai voulu lire son journal intime.

— Je n'ai pas dit ça, rétorqua Althea non sans une certaine nervosité, j'ai simplement dit que quelqu'un avait essayé d'ouvrir la serrure.

— Tu pensais bien que c'était moi puisque tu as dit qu'hier soir tout était normal et que maintenant la serrure était cassée. Alors étant donné que c'est moi qui suis rentrée la première, c'est comme si tu m'accusais. Je n'y suis absolument pour rien et j'en ai par-dessus la tête d'être tout le temps accusée injustement. Je ficherai le camp de cette maison et j'irai rejoindre les hippies si on continue à me traiter comme si je serai une sale hypocrite.

— Comme si *j'étais*, corrigea doucement Ellen.

— Je n'ai pas l'habitude de faire les choses par en dessous, ton journal, je m'en moque éperdument et

1. Taco : galette farcie de viande et garnie de tomates.

si je m'y intéressais, je n'aurais pas une seconde l'idée de le regarder derrière ton dos. Ce n'est pas moi non plus qui ai tripoté le parfum d'Ellen... dans ces conditions je ne vois pas pourquoi je resterais ici à me faire accuser de tous les péchés d'Israël ! »

Ben intervint pour essayer de rétablir l'harmonie entre ses filles :

« Allons, allons, ne t'emballe pas et explique-nous tranquillement ce qui s'est passé.

— Je n'ai vraiment pas envie d'en parler, dit Althea avec dignité, je regrette de l'avoir mentionné.

— Vous voyez bien ! s'écria Barbara, elle soutient que c'est moi qui ai voulu lire sa prose en cachette.

— Non, je ne dis rien de pareil. Personne n'a regardé dans mon cachier mais quelqu'un a *essayé* de l'ouvrir. »

Ellen conclut d'un ton où le sérieux l'emportait sur l'ironie : « Et s'il s'agissait vraiment d'un poltergeist ?

— En tout cas, dit Mrs Wood, ce ne peut être des enfants du voisinage, il n'y en a pas dans les parages. Mrs Schumacher s'en apercevrait sûrement si quelqu'un entrait chez nous. »

Ben suggéra : « A moins que ce ne soit elle, il y a des vieilles dames qui font des choses pareilles.

— Avec son arthrose de la hanche et son mari alité, cela ne me paraît pas très vraisemblable.

— Ce n'est plus la peine d'en parler », dit Ellen qui n'ouvrit plus la bouche et le dîner s'acheva dans une atmosphère tendue.

Pendant ce temps Ronald était assis sur son lit, la tête dans les mains, les coudes sur les genoux. Althea s'en était donc bien aperçue et tout était retombé comme l'autre fois sur le dos de la benjamine... C'était aussi bien comme ça. Cette petite mijaurée, cette enfant gâtée de Barbara, qui faisait toujours des excentricités, qui se dandinait comme si elle était la reine d'Hollywood pour exhiber sa croupe... au moins ça lui rabattait le caquet ! Il n'y avait pas de quoi en faire un drame. Pendant un ou deux jours ils seraient intrigués et puis ça passerait, l'incident serait oublié... Barbara ! A vrai dire il était obsédé par cette fille, il la voyait tout le temps dans sa minuscule culotte. Il y avait vraiment de quoi tourner les sangs à un homme normal. C'est ce qui s'était passé pour lui, il ne se sentait plus du tout dans son assiette, à la fois fiévreux et engourdi, bon à rien en un mot.

Mercredi matin : petit déjeuner peu animé. Ellen est pensive ; Althea lointaine ; Barbara silencieuse et boudeuse. Marcia et Ben essaient d'alléger l'atmosphère ; ils parlent de l'imminente promotion de Ben qui va passer à l'échelon 15, ce qui le qualifie pour la direction d'un service ; ils parlent aussi d'une éventuelle excursion en montagne pour le week-end mais leur gaieté est un peu forcée et il y a des temps morts. Quant aux filles, elles restent bouche cousue.

La veille au soir, quand Marcia et Ben étaient restés en tête à tête dans leur chambre, ils avaient parlé de l'incident et en avaient conclu que sans doute Barbara, très émotive et connue pour ses excentricités et ses blagues, avait voulu jouer un de ces tours dont sont friandes les adolescentes, que cela avait échoué et que, par amour-propre, elle n'avait pas voulu le reconnaître. Pourtant ils étaient tous deux d'accord pour la juger extrêmement franche ; ce n'était pas son genre que de vouloir mettre son nez dans le journal intime de sa sœur ; si elle voulait savoir quelque chose, elle pouvait, sans gêne aucune, le demander directement à Althea qui lui répondrait de bon cœur. Toute l'affaire était ridicule, Barbara était incapable du comportement dont on la soupçonnait.

De leur côté, Ellen et Althea étaient parvenues à la même conclusion. Mais si Barbara était hors de cause, quel était l'auteur de cette indiscrétion ou de cette mystification ? Les soupçons d'Ellen se portaient sur Joël Watkins, un garçon qui poursuivait Althea de ses assiduités — au grand dam de cette dernière. Il était connu pour son impudence et son manque de réflexion mais irait-il jusqu'à pénétrer dans leur maison et tenter de lire le journal intime d'Althea ? C'était peu probable, sans compter qu'il avait passé toute la journée de jeudi à l'école et n'avait donc pu, de ce fait, s'introduire chez les Wood en leur absence.

Bon ! Alors qui ?

Elle ne pouvait soupçonner ses parents. C'était par trop absurde mais cet incident n'était-il pas profondément stupide et même un peu effrayant ! La personne qui en souffrait le plus était cette pauvre petite Bobby qui se montrait étrangement silencieuse depuis lors. Elle se savait la suspecte n° 1 et supportait mal cette situation fausse.

Le matin, en allant en classe, Ellen eut la possibilité d'en toucher un mot à sa petite sœur : « Ecoute, je sais que tu te fais du mauvais sang pour cette stupide histoire, c'est idiot, tout le monde sait bien que tu es incapable d'y avoir touché.

— Non, répliqua Barbara, personne n'en est sûr. Quand on en parle, personne n'ose me regarder ; je donnerais tout ce que j'ai pour savoir le fin mot de l'affaire. »

Le jeudi matin, Ronald se sentait à bout de nerfs et tendu pour une raison encore à demi inconsciente mais qui passerait le seuil de sa conscience quand il en aurait besoin. Il avait même de légères nausées, tel l'athlète qui va affronter une compétition où son titre est en jeu. Un événement important se préparait, il en avait une sorte de prémonition.

Quand Mrs Wood partit au travail, il ne bondit pas immédiatement dans la cuisine mais resta assis sur le bord de son lit, l'œil fixé sur le plancher. Avec la vigilance d'un médecin ou d'un chercheur scientifique, il prenait note de ses symptômes : paupière battante, sensation de fragilité au niveau de l'estomac, légers troubles de l'équilibre : perceptions insolites mais pas désagréables. Il poussa un gros soupir et tenta de mettre de l'ordre dans ses idées... sans succès. Les pensées qu'il essayait d'arrêter au passage lui échappaient des mains tel un voleur qui détale ; d'autres s'amassaient dans son subconscient sans vouloir montrer leur nez. Si c'est comme ça, dit Ronald, laissons le subconscient faire la besogne ; à lui de réfléchir et de contrôler l'action. A cette idée, il pinça les lèvres. Excellente idée ! L'histoire regorge de gens qui tremblent et ne peuvent prendre de décisions. D'une profonde expiration il chassa de son esprit tous les doutes et toutes les frayeurs. Ouf ! Cela allait bien mieux maintenant ! En fait, c'était facile. Que ce qui doit être soit ! Pensée bénie... la destinée coulait tel un fleuve puissant. Ronald, lui aussi, était semblable à un courant impétueux. Si la destinée et lui tentaient de couler vers des buts opposés, il y aurait des tourbillons effrayants qui briseraient tout, engloutiraient tout, ravageraient tout. Il fallait, soit que la destinée prît sa direction à lui, soit qu'il rebroussât chemin pour se joindre à elle. Cela épargnerait bien des discussions et économiserait du temps si lui, Ronald, se montrait le plus souple. Voilà ! C'était l'unique solution. Il voguerait sur les flots de la destinée, allègre et libre, sans regarder ni à droite ni à gauche, ni devant ni derrière, ignorant passé et avenir. Il n'y avait plus pour lui que le moment présent. Rien d'autre ne pourrait plus exister à ses yeux. Le Temps, la Destinée et Ronald Arden Wilby, les trois vecteurs fondamentaux convergeant vers un point central, un peu comme l'emblème de la Mercedes-Benz. Trois qui n'en font qu'un, un qui est en trois ; voilà le chemin à suivre.

Ronald se leva : un courant électrique d'une puissance étonnante lui courait dans les veines. Il ouvrit la porte secrète, rampa jusque dans la cuisine, rongea un morceau de poulet froid, se faufila dans le living-room et s'assit sur un siège d'où il avait vue sur la rue. La porte d'entrée était fermée à clé et la clé était cachée sous une marche. Aujourd'hui Ben Wood devait en faire faire des doubles pour que chacun des membres de la famille en eût une. Ensuite la maison serait toujours fermée à clé.

Pour lui cela ne changeait rien ; sa mère avait toujours fermé la porte à clé... Sa mère ! Il y avait un certain temps qu'il n'avait pas pensé à elle. Chère vieille maman ! Citoyenne d'un autre âge, d'un âge terriblement lointain, comme la reine Victoria.

Les heures s'écoulaient avec lenteur. Il se sentait calme mais avec tous les sens en éveil, comme s'il avait pris une drogue qui lui ferait tout voir au ralenti. Des images passèrent devant ses yeux : Barbara en mini-sous-vêtements. En voilà une qui aimait les montrer, les balancer, les tortiller, ses seins ! Posséder de tels charmes et en faire un si piètre usage, c'était une provocation inexcusable. Tant pis pour elle, tant pis ! Une fille comme elle s'offrait au tout-venant ? Eh bien on saurait la prendre... et on s'occuperait bien d'elle !

Les douze coups de midi sonnèrent à la pendule du salon. Ronald fila à la cuisine et se fabriqua un sandwich fourré au beurre de cacahuètes, mayonnaise et banane. Il se sentait la tête froide et avait la satisfaction de constater que ses mouvements étaient parfaitement précis et bien coordonnés, ce qui était dû, se dit-il, au fait qu'il entrait dans ce qu'on pourrait appeler la phase 3. Il était totalement indépendant, capable de s'assumer tout seul : lui contre le monde, oui, voilà où il en était, que ce qui doit arriver arrive. Il n'avait rien à craindre : son bastion était inaccessible tant qu'il n'y ferait aucun bruit... D'une certaine façon, il avait l'impression d'être refait à neuf ou plutôt de voir se révéler sa véritable personnalité : un homme désentravé, libéré de ses chaînes, indomptable. Une fois que l'on était un avec... avec la « Destinée » ? Non, ce n'était peut-être pas le terme qui convenait, disons le Destin ? Le Cosmos ? Tant pis, peu importe le nom. Donc chaque fois qu'un individu s'unissait à cette force formidable — quel que soit son nom — tout devenait possible, tout rêve devenait réalisable. A une condition évidemment : demeurer réaliste, pas question de s'envoler ou de faire deux kilomètres en trente secondes. Mais une action ordinaire ne connaissait plus aucune sorte d'empêchement.

Bien sûr la seule témérité ne suffisait pas, il fallait lui adjoindre l'habileté et la prévoyance. Ronald replaça soigneusement le pain dans la huche, la margarine et le pot de beurre de cacahuètes dans le réfrigérateur ; il rinça et essuya le couteau et le remit dans le tiroir. Il était une heure. Ronald regagna sa cachette, toujours électrisé par cette vitalité toute neuve. Les graphiques accrochés au mur attirèrent son attention : cela appartenait à une période dépassée et ennuyeuse de son existence. Il se leva et les décrocha. A la bonne heure, c'était bien mieux à présent. Un peu de gymnastique ? Non, pas maintenant, il n'était pas en humeur de s'agiter. Il préférait s'étendre et s'abandonner aux nouvelles sensations qu'il commençait à expérimenter.

Trois heures. Il avait la bouche un peu pâteuse ; il se brossa vigoureusement les dents. C'est à des précautions de ce genre qu'on reconnaissait un gentleman, sa mère le lui avait assez souvent répété. Il fronça le sourcil en examinant ses ongles ; il devrait y consacrer un peu de son temps, encore une recommandation de sa mère ; des ongles propres et bien taillés, c'est important. Pour le reste, il n'était pas disposé à trop s'inspirer des préceptes maternels. Une femme merveilleuse au demeurant, peut-être un peu vieux jeu, un tantinet conventionnelle. Ronald s'étira et se gratta la joue. Il ferait peut-être bien de se raser ? Il laissa la question sans réponse mais il se brossa les cheveux ; il avait une tignasse assez en désordre. Bah ! Les cheveux longs sont à la mode, alors qu'est-ce que ça peut bien faire ?

Trois heures vingt : Ronald rampa dans la cuisine, entra sur la pointe des pieds au salon et s'approcha de la fenêtre. Le sang bouillonnait gaiement dans ses veines, jamais il ne s'était senti aussi en forme, aussi plein d'assurance... Et si Barbara restait tard en classe ? Cela pouvait fort bien arriver ; dans ce cas ? Assez embêtant... Ah ! la voilà ! En jupe gris-bleu très courte et pull-over rouge foncé. Il battit en retraite dans l'escalier et s'arrêta sur le palier où il se blottit dans l'ombre.

Le loquet tourna sans résultat ; la jeune fille avait oublié que la porte était fermée à clé, elle retourna la chercher. La porte s'ouvrit. Barbara entra dans la maison avec moins de désinvolture que de coutume. Elle erra dans la salle à manger, laissa choir ses livres sur la table, tourna la tête comme si une odeur insolite ou un bruit bizarre avait attiré son attention. Au bout d'un instant elle alla dans la cuisine et prit dans le réfrigérateur une pomme et un verre de lait. Elle décida de s'asseoir en bas jusqu'à l'arrivée de ses sœurs. Après tous les étranges phénomènes dont elle avait été le théâtre, la maison n'offrait plus la même sécurité que pendant l'été dernier. Elle referma le réfrigérateur, et quand elle se retourna en direction de la salle à manger, elle se trouva nez à nez avec Ronald qui franchissait le seuil.

« Salut ! » lui dit-il.

Elle le fixa éberluée.

Il eut un sourire bon et modeste : « Vous ne me connaissez pas mais moi, je vous connais. »

CHAPITRE XIV

Barbara se dit : il ne faut surtout pas que je perde mon calme ; il ne faut pas que je montre que j'ai peur ; ça excite ces gens-là. Faisons comme si de rien n'était. Elle demanda d'une voix presque normale :

« Ah oui ? Alors qui êtes-vous ? »

Ronald gloussa : « Je pourrais m'appeler n'importe comment, par exemple Norbert, duc de Kastifax.

— C'est un drôle de nom. Qu'est-ce que vous fabriquez dans notre maison ? Vous feriez bien de filer si vous ne voulez pas que mon père vous surprenne.

— Il ne rentre pas avant deux heures. Bois ton lait.

— Mon lait ? » Et Barbara regarda son verre, perplexe.

Si elle le lui jetait à la tête et s'échappait par la porte de derrière ? Ronald fit deux pas vers elle. Elle recula jusqu'à l'évier. Pour le tenir à distance elle leva son verre et se força à boire deux gorgées. Ronald, avec un charmant sourire, tendit la main pour saisir le verre mais elle le mit hors de sa portée en criant d'un air indigné : « Laissez-moi finir ! » Tout ce manège pour gagner du temps, ne fût-ce que quelques minutes. Elle sirota de nouveau son lait mais Ronald n'était pas homme à se laisser mystifier de la sorte. Il lui arracha le verre des mains, le vida dans l'évier, le rinça et le remit sur l'étagère. « Viens », dit-il à la jeune fille. Celle-ci secoua la tête : « Il faut que je fasse mon travail. » Elle ajouta d'une voix assez assurée : « Prenez donc un peu de glace et après vous pourrez me donner un coup de main pour mes maths.

— Par ici, se contenta-t-il de répliquer.

— Non, je ne veux pas. »

Cette fois la voix de Barbara tremblait. Elle essaya de s'échapper en courant vers la salle à manger mais Ronald lui prit le bras et la tira brutalement. Le contact soudain entre leurs corps opéra en Ronald un complet bouleversement : son sourire disparut, elle le sentit tressaillir et se raidir ; quant à elle, elle n'arrivait plus à se dominer, elle hurla. Ronald lui plaqua instantanément la main sur la bouche. Un moment ils restèrent ainsi nez à nez, sans bouger, dans un état de tension extrême. Il lança un regard par la fenêtre : personne à l'horizon, le cri de Barbara n'avait éveillé aucun écho ; il se sentit soulagé et se tourna vers Barbara : « Tâche de faire bien attention à ce que je te dis ! Les choses vont mal tourner pour toi sans ça. Tu m'entends ? »

Il la secoua : « Tu m'entends, dis ? »

Elle inclina la tête, trop angoissée pour articuler un son.

Ronald enleva sa main : « Tu fais exactement ce que je te dis, sinon... enfin je ne veux rien dire. Tu me comprends ?

— Oui, balbutia-t-elle.

— Viens avec moi dans le garde-manger.

— Non, non, gémit Barbara — quelle absurde idée ! — pourquoi dans le garde-manger ?

— T'occupe pas. Fais ce que je te dis. Marche à quatre pattes.

— Oh non, non, je vous en prie ! »

Ronald la frappa à la figure, Barbara en resta la

bouche ouverte de terreur. Elle comprenait enfin les dimensions du drame qui se jouait. Elle se trouvait dans une situation où sa vivacité d'esprit et son charme étaient totalement inopérants. Oui, oui ; elle ferait n'importe quoi pour se protéger de... — le mot ne voulait même pas affleurer au seuil de sa conscience. Elle se mit à quatre pattes et pénétra ainsi dans le garde-manger, absolument stupéfaite d'apercevoir la porte secrète entrouverte qui laissait passer la lumière du réduit.

« Entre ! » lui intima la silhouette sombre derrière elle. Elle trembla en percevant l'excitation qui vibrait dans sa voix.

« Assieds-toi sur le lit. »

Il lui tendit une feuille de papier, un stylo-bille, et lui posa un livre sur les genoux : « Maintenant écris ce que je vais te dicter. »

Barbara, presque aveuglée par les larmes, écrivit sous sa dictée. Il relut : « Bon, ça va à peu près. Maintenant reste tranquille, ne bouge surtout pas, je reviens. » Il s'accroupit et s'apprêta à sortir mais auparavant il se retourna une dernière fois vers la jeune fille : « Je ne veux pas t'effrayer mais je veux bien me faire comprendre : tu fais exactement ce que je te demande, sinon ça va se gâter. »

Elle inclina la tête, la mine lugubre, et laissa ses larmes couler librement. Il hésita puis finit par se relever en marmonnant : « Mieux vaut ne pas prendre de risques, tu pourrais faire des bêtises, couche-toi.

— Qu'est-ce que tu vas faire ? » cria Barbara d'une voix entrecoupée. Ronald la renversa sur le lit ; Barbara perdit tout contrôle et se mit à le battre des pieds et des poings. Ronald la souffleta sur les deux joues comme il l'avait vu faire aux mauvais garçons dans les films. Barbara hoqueta et prit son souffle pour crier de toutes ses forces mais Ronald fit un geste menaçant et elle se tint coite. L'espace de quelques secondes, ils se regardèrent puis Ronald baissa lentement la main. Barbara s'allongea sans dire un mot, comme hypnotisée.

Il l'attacha au lit par les chevilles, lia ses poignets l'un à l'autre et la bâillonna avec un chiffon.

« C'est peut-être inutile, dit-il d'une voix rauque, mais je ne veux pas prendre de risques. »

Il se remit à quatre pattes et s'esquiva avec le mot écrit par la jeune fille. Elle tira sur ses liens mais ils tenaient solidement. Désespérée, elle regarda de tous les côtés. Quel étrange réduit ! Chaque centimètre carré était recouvert de dessins, de cartes, de portraits aux couleurs vives. Il revint, ferma à clé la porte secrète ; elle n'osait même pas le regarder, elle savait qui il était : Ronald Wilby, l'assassin... et elle savait également qui avait renversé le flacon de parfum d'Ellen, qui avait cassé le fermoir du cahier d'Althea.

Il tomba à genoux à son chevet, lui enleva le bâillon. Barbara se tenait tranquille, tout juste si elle osait respirer. Pendant dix ou quinze secondes, il scruta son visage puis dit d'une voix douce : « Si tu fais du bruit ou si tu essaies d'attirer l'attention, tu sais ce que je te ferai ? »

Elle murmura : « Vous me tuerez. »

Ronald fit oui de la tête et commença à la détacher : « Il le fallait bien, je ne voulais pas mais j'étais obligé. Quand il y aura quelqu'un dans la maison tu restes allongée et tu ne fais pas le moindre bruit parce que ça risquerait d'être le dernier... Je ne veux pas te faire peur mais il faut bien que tu saches à quoi t'en tenir.

— Tu dis tout le temps que tu ne veux pas me faire peur mais j'ai terriblement peur ! Je ne veux pas rester ici. Qu'est-ce que tu veux me faire ? »

Ronald redevenu courtois une fois de plus sourit : « Devine !

— Non.

— Allons, dit-il d'un ton badin, ne fais pas de difficultés. — Il réfléchit une seconde — Tu vois, c'était une vieille cachette à moi quand j'étais gosse. Je suis revenu, il y a quelques jours, pour voir ce qu'était devenue la maison. Dans quelques jours je repartirai et tu feras ce que tu voudras. Tu pourras venir avec moi si ça te plaît. Peut-être qu'on s'aimera bien à ce moment-là. » Barbara se mordit la lèvre pour ne pas éclater d'un rire hystérique. Il reprit : « Nous n'avons pas beaucoup de temps pour bavarder parce que tes sœurs vont rentrer et qu'il faudra rester tranquille. Déshabille-toi. »

C'était le moment qu'elle attendait avec appréhension. Pourtant, en comparaison de l'autre menace, c'était moins terrible. Quel cauchemar ! Réveille-toi, je t'en prie, Barbara, réveille-toi. Les portraits avec de bizarres visages, les châteaux grotesques dont les chambres étaient colorées en rouge foncé, violet, noir et vert... Irréel ! Cauchemardesque !

« Déshabille-toi, dit Ronald d'une voix douce, tu es si belle ! Attends, je vais t'aider. »

Les doigts de Barbara ne lui obéissaient pas. Gauchement, lentement, le plus lentement possible, elle se dévêtit. Elle n'arrivait pas à se décider à enlever ses sous-vêtements ; Ronald les fit glisser, sifflant entre ses dents tandis qu'elle gardait les yeux obstinément fermés.

Il se débarrassa de ses vêtements sales, jeta un coup d'œil au réveil. Dix minutes, un quart d'heure tout au plus avant que quelqu'un d'autre n'arrivât à la maison. Il se pencha au-dessus d'elle, la caressa, l'embrassa. Barbara hoqueta. « Attention ! Je t'ai dit pas un bruit ! »

Ellen et Althea rentrèrent. « Hou hou ! cria Ellen. Il y a quelqu'un ? »

Althea cria : « Barbara ! » puis dit à sa sœur : « Non, elle n'est pas encore rentrée.

— Elle a dû passer au tennis, la coquine ! Barbara ? »

Pas de réponse. Elles allèrent dans la salle à manger et là, sur la table, il y avait la feuille de papier. Ellen s'en saisit et lut : « Oh, mon Dieu !

— Qu'est-ce qu'il y a ? »

Ellen lui montra le mot. Althea le lut et les deux jeunes filles se regardèrent consternées.

« Mais enfin, c'est incompréhensible ! cria Althea, nous lui faisions absolument confiance, pauvre petite Babs !

— Il vaut mieux téléphoner immédiatement à Papa. »

Elles coururent au salon. Ellen fit à toute vitesse le numéro de son père. « Mr Wood, s'il vous plaît... Papa ? C'est Ellen, nous venons de rentrer, Althea et moi: Barbara n'est pas là. Elle a laissé un mot. Ecoute, je te le lis.

« Chers tous,

Personne ne me fait confiance, je ne peux plus le supporter. Je pars rejoindre les hippies, je reviendrai dans quelque temps. Ne vous faites pas de souci pour moi, tout va bien.

Barbara. »

Comme elle n'entendait rien à l'appareil sinon le bourdonnement de la ligne, Ellen cria : « Papa, tu m'entends ? »

Ben Wood répondit d'une voix rude : « Tu crois que c'est encore une blague ?

— En tout cas, elle n'est pas là. Tu sais comme elle paraissait bizarre ces temps-ci, j'espère que c'est une plaisanterie.

— Je reviens tout de suite. As-tu prévenu ta mère ?

— Non, pas encore.

— Téléphone-lui puis préviens la police. Je suis là dans un instant. »

Cinq minutes plus tard, Ben Wood montait en courant les marches du perron. Ellen et Althea avaient d'autres informations à lui communiquer : « Elle n'a pris aucune de ses affaires, aucun vêtement, et elle a laissé tout son argent dans la tirelire mexicaine ; elle n'a rien emporté ! »

Marcia arriva en courant et pendant quelques minutes ce fut une vraie tour de Babel, tout le monde parlait en même temps. Ben téléphona de nouveau à la police et apprit qu'on avait notifié la disparition à la patrouille de l'autoroute. Marcia décida d'aller voir à la gare des cars. Elle prit une photo de la jeune fille pour la montrer aux vendeurs de tickets et partit. Ellen et Althea téléphonèrent aux amis et amies de Barbara pour savoir s'ils étaient au courant de ses projets. Ben prit sa voiture pour faire la tournée des endroits où l'on pouvait faire de l'auto-stop sur la périphérie de la ville et voir si quelqu'un avait aperçu la jeune fille.

A huit heures du soir, Marcia et Ben revinrent bredouilles. Ellen fit chauffer une boîte de potage à la tomate, fit des toasts et insista pour que ses parents acceptent de se nourrir un peu. Le dîner improvisé fut boudé par tout le monde. Ils étaient anxieux et parlaient d'une voix tendue. Quel démon avait bien pu pousser l'espiègle petite Barbara à un geste aussi désespéré ? La situation était incroyable et personne ne pouvait croire à sa réalité. Pourtant il fallait bien constater qu'elle avait disparu.

« C'est une gosse qui s'emballe ou se déprime facilement mais elle n'est pas folle, dit Ellen. Je ne peux pas croire qu'elle ait pris une décision pareille. En fait, elle n'aime pas les hippies plus que nous. »

Marcia la regarda consternée : « Tu crois qu'elle est partie de son plein gré ?

— C'est une éventualité à envisager. »

Ben dit sceptique : « Il n'y a aucune trace de lutte.

— J'ai ramassé une pomme par terre dans la cuisine, il y avait des traces de dents. »

Ben Wood retourna dans le living-room et rappela la police. Il revint à table en jurant à mi-voix : « Ils prennent les choses avec une sacrée désinvolture, je ne pense pas qu'ils fassent quoi que ce soit ! »

Marcia eut un sourire amer : « Ils sont tellement habitués aux fugues. Ça arrive tous les jours et les familles doivent leur raconter chaque fois la même chose.

— Mais notre famille n'est pas comme les autres, s'écria Ellen, s'ils ne nous croient pas, j'irai le leur dire moi-même !

— Pas la peine, grommela Ben, cela ne servirait à rien.

— J'ai une meilleure idée, déclara Althea. Si elle est partie de son plein gré, elle a dû aller en direction de Berkeley. J'ai envie d'y aller et de faire toute la Telegraph Avenue, je parie que je tombe sur elle tôt ou tard ! »

Sa mère mit son veto à ce projet.

« Il faut tout de même faire quelque chose, cria Althea, on ne peut pas rester ici à se tourner les pouces !

— Si je vois quelque chose à faire, je le ferai », dit Ben.

On sonna à la porte. Ellen courut ouvrir et revint avec Duane à qui elle avait déjà communiqué la nouvelle.

« Je ne sais pas si je peux vous être utile à quelque chose, dit-il, mais je suis à votre disposition.

— Merci, Duane, nous savons que nous pouvons compter sur vous », dit Marcia.

Ellen expliqua : « Nous sommes là à nous tourner les pouces ; si seulement nous avions un indice ; si nous savions avec qui ou chez qui elle a pu partir... Mais il n'y a rien de rien.

— Et Los Gatos ? Est-ce qu'elle aurait pu avoir envie d'y retourner ?

— Je ne vois pas pourquoi, dit Ben, mais comme on n'a aucun point de départ rationnel, Los Gatos n'est pas une idée plus mauvaise qu'une autre.

— Je ne comprends vraiment pas, ajouta Duane. Babs fait le clown quelquefois mais c'est une fille qui a du bon sens, elle ne s'enfuirait pas comme ça de chez elle ! »

Ben se renversa en arrière dans son fauteuil d'un air las : « J'ai entendu parler d'accès de folie ou d'une psychose qui survient tout à coup chez les adolescents et qui leur fait accomplir toutes sortes de choses bizarres. C'est peut-être ce qui est arrivé à notre petite Babs. »

Duane hocha la tête : « Elle n'est pas plus piquée que moi... et je ne suis pas piqué. Tout cela est étrange.

— Je voudrais arriver à comprendre, dit Ben en se levant. Nous n'en pouvons plus tous tant que nous sommes. Je crois que nous ferions mieux de nous coucher et d'essayer de prendre un peu de repos.

— Je ne pourrai pas dormir, déclara Althea, je penserai tout le temps à Babs. Il faudrait partir la chercher. Papa et Maman, pourquoi n'allons-nous pas jusqu'à Berkeley, même s'il n'y a qu'une chance sur un million de la trouver ? »

Ben secoua la tête, l'air découragé : « On a plus de chances de se faire tuer sur l'autoroute que de la trouver ! »

La conversation continua. Dans le réduit, Ronald et Barbara prêtaient l'oreille ; le premier avec indifférence, la seconde avec angoisse. Ronald avait pris des précautions pour empêcher tout cri même involontaire. Il lui avait mis un bâillon et une corde autour du cou avec un nœud simple sous le menton. Une extrémité de la corde était attachée à un gros clou enfoncé dans le mur près du lit, il tenait l'autre à la main. Si Barbara émettait le moindre son, il tirerait sur la corde et le nœud se serrerait... jusqu'à l'étrangler (si besoin était). Pour qu'elle ne s'agitât pas inconsidérément, il lui avait attaché les chevilles au lit.

Il se tenait assis, l'oreille contre le mur. Tant que son réduit était éclairé, il recouvrait son judas. Pourquoi n'allaient-ils pas se coucher ? Et Duane Matthews, pourquoi ne s'occupait-il pas de ses propres oignons ? Ses offres de service, c'étaient des boniments ; il cherchait uniquement une occasion d'être avec Ellen. Finalement les Wood se décidèrent à aller se coucher. Ellen et Duane bavardèrent un moment sur le perron puis elle monta également dans sa chambre. Ronald enleva le bâillon, détacha le lien des chevilles ; elle le regardait faire avec appréhension ; il s'assit sur le lit à côté d'elle. « Tu n'imagines pas combien j'avais envie de faire ça depuis si longtemps ! »

Barbara chuchota craintivement : « Vous aviez dit que vous veniez de rentrer. »

Ronald eut un petit rire indulgent : « Je vais et viens mais ici je suis chez moi, c'est mon univers, mon univers personnel ! Vois tout ce que j'ai créé sur les murs. »

La jeune fille jeta sur ses œuvres d'art un regard indifférent : « Qu'est-ce que cela signifie ?

— C'est le pays magique d'Atranta, déclara Ronald d'une voix emphatique : tu vois la carte ? Elle indique où se trouvent les six duchés et Zulamber, la Cité des Perles bleu-vert. Là ce sont les portraits des ducs ; voilà Norbert qui vient de Vordling et qui a vaincu le duc Urken. Je les connais aussi bien que moi-même. Pour moi, ils sont aussi réels que toi. Ça t'intéresserait que je te raconte l'histoire d'Atranta ? »

Barbara ferma les yeux. Plus il dépenserait d'énergie à parler, moins il lui en resterait pour le plaisir. Peut-être il s'exciterait et on l'entendrait ; peut-être il relâcherait sa surveillance et oublierait de nouer la corde autour de son cou. « Oui, dit-elle, racontez-moi.

— Tout à l'heure, dit Ronald avec adresse. Pour l'instant tu m'intéresses davantage, j'aime te regarder ; tu as le plus beau corps que j'aie jamais vu, je ne pensais pas que quelque chose d'aussi merveilleux pouvait exister ! »

Barbara se passa la langue sur ses lèvres sèches. Il était fou, du moins elle le croyait tel, peut-être qu'il ne l'était pas. Elle ne pouvait pas en tout cas lui tenir tête. Elle pourrait arriver à supporter qu'il fît l'amour avec elle mais si jamais elle lui échappait — quand elle serait libre — elle se laverait elle ne savait combien de fois, à grande eau ; jamais elle ne pourrait se laver assez à son goût : bains, douches, gargarismes, tout y passerait et pourtant elle devinait que jamais plus elle ne se sentirait complètement propre. Il faudrait tout de même qu'elle inventât des ruses mais pas maintenant, Ronald tenait à lui faire l'amour.

Ronald était allongé près d'elle, dans une sorte de béatitude léthargique. Elle haïssait le contact de son corps ; sa peau lui paraissait collante, graisseuse, et il exhalait une curieuse odeur musquée analogue à celle de bâtons de cire ; il sentait aussi la vache, la morue et les caisses de pin dans lesquelles voyage la morue, ajoutez-y une senteur d'étable, de hangar... Il ne devait pas souvent se laver ! Pour l'instant il semblait assoupi ; elle avait des crampes mais n'osait faire un mouvement de peur de le réveiller et d'avoir à subir de nouveaux assauts amoureux ; pourtant ce n'était pas plus pénible que le reste, cela rendait même la vie moins monotone.

Quelles étaient ses intentions ? Il ne pouvait tout de même pas la garder enfermée dans ce réduit à perpétuité ! Ils n'auraient pas de quoi manger. D'autre part, jamais il n'accepterait de la laisser partir... à moins qu'elle ne puisse s'échapper ou qu'on ne parvienne à la délivrer. On ne pouvait envisager d'autre issue avec son père et sa mère si près. De toute façon, s'il lui fallait faire montre d'énergie et d'inventivité, c'était maintenant ou jamais. Tant qu'elle lui plairait et ferait tout ce qu'il lui demanderait, elle pourrait échapper au pire... Comment pourrait-elle arriver à envoyer un signal à ses parents sans éveiller les soupçons de Ronald ? Tiens, il y avait peut-être un moyen.

Elle appela à voix basse : « Ronald ! »

Il se réveilla instantanément ou peut-être n'avait-il pas dormi du tout.

« Ouais ?

— Combien de temps allez-vous rester ici ? »

Ronald gloussa : « Pourquoi tu me demandes ça ? Tu ne te plais pas ?

— On est un peu à l'étroit !

— Je ne trouve pas. Regarde ces portraits et la carte : tout de suite tu profites du grand pays d'Atranta ; je suis Norbert et toi, Fansetta. Dans la Grande Histoire d'Atranta, on dit qu'elle a envoyé une armée de trolls noirs et jaunes et ils l'ont fait prisonnier grâce à une chanson qui n'a pas de fin. Quand on commence à la chanter, on ne sait plus où s'arrêter. Tu vois, ils l'ont emmené par ce sentier-là — il étendit la main pour le lui désigner sur la carte — qui fait le tour des Trois Rochers et qui mène à Glimmis. Il y a un château ici sur la Lande des Brumes. Comme il n'a pas voulu se marier avec elle, elle l'a enchaîné à une vieille statue de cuivre noir et l'a fouetté avec un fouet dont les lanières étaient faites de queues de scorpions.

— Je n'ai aucune envie d'être cette Fansetta, jamais je ne ferais une chose pareille. Il n'y a pas quelqu'un de plus gentil que je pourrais être ? »

Ronald réfléchit un moment : « Mersilde est une sorcière-nuage, elle est cruelle mais très belle. Il y a également Darrue, une fille qui est à moitié fée, à moitié "ghowan"...

— Qu'est-ce que c'est qu'une "ghowan" ?

— C'est une sorte d'elfe qui vit dans les grottes, très pâle et d'une grande beauté. Un ghowan a des cheveux comme de la soie blanche, ses yeux sont pareils à des billes de verre pleines d'étoiles scintillantes. Darrue aime Norbert mais elle n'ose se montrer à lui parce que si un ghowan embrasse une mortelle, il attrape une fièvre mortelle. Et Darrue ignore si elle est plus fée que ghowan.

— J'aimerais mieux être quelqu'un de beau mais qui n'a pas tous ces soucis.

— Hum... je n'en connais pas. »

Il était à présent tout ce qu'il y a de plus éveillé et conscient du corps couché à côté de lui. Il se mit à la caresser et Barbara se laissa faire. Il s'arrêta dans ses activités pour lui demander : « J'aime ça et toi ? »

Barbara chercha désespérément la réponse adéquate et finit par émettre un de ses bons mots inattendus : « En tout cas, c'est gratuit ! » Elle réalisa que ce n'était pas assez louangeur, or elle devait absolument flatter sa vanité pour ne pas risquer d'éveiller son agressivité. Elle ajouta donc : « C'est... excitant ! »

Ronald dit d'une voix haletante : « Tu ne peux imaginer comme j'avais envie de faire ça... avec toi... et maintenant... »

Barbara ferma les yeux et détourna la tête pour ne pas avoir les cheveux de Ronald dans les yeux. Elle se laissa aller.

Un moment après, il demanda : « Ça te plaît ? »

Ne se fiant pas à sa voix, la jeune fille fit oui de la tête.

« Quelle impression ça te fait ?

— Je ne sais pas très bien expliquer, dit Barbara cherchant désespérément à refouler l'hystérie qui la gagnait et qui ne ferait qu'exciter dangereusement Ronald.

— Qu'est-ce que tu penses de moi, à présent ? » dit-il en essayant de jouer à l'homme du monde. Avant qu'elle eût eu le temps de formuler une réponse, il ajouta : « Je sais que nous nous sommes rencontrés dans des circonstances bizarres ; j'ai dû agir comme je l'ai fait pour t'amener ici mais maintenant que nous avons fait l'amour ensemble... eh bien ! Tu dois ressentir quelque chose pour moi, non ?

— J'aurais aimé vous... te rencontrer dans d'autres conditions, répondit-elle prudemment.

— Oui, mais alors nous n'aurions pu aller aussi loin, coucher ensemble sans rien sur nous. »

Barbara se demandait jusqu'où irait la crédulité de son compagnon :

« Peut-être que si ! Moi, je crois que ce serait bien si nous pouvions aller tous les deux quelque part où on serait plus au large, dans la montagne par exemple. On pourrait camper sous les arbres. »

Il se redressa sur un coude et elle sentit tout de suite qu'il se méfiait : « Oui, mais comment ? Nous n'avons pas d'argent, en tout cas, moi, je n'ai pas un sou. Et toi ?

— J'ai juste ce qu'il y a dans ma tirelire, environ douze dollars.

— Avec ça on ne pourrait pas aller très loin. »

La jeune fille se tut, la perspective était sombre. Elle fit mine de se lever. Ronald, immédiatement en alerte, demanda : « Qu'est-ce que tu fais ?

— Je voudrais utiliser le W.-C.

— Bon, mais ne tire pas la chasse d'eau, il faut attendre que quelqu'un se serve de celui du haut.

— Ah ?

— Surtout ne fais pas de bruit... je ne regarde pas. »

Barbara trouva cette délicatesse d'attention plutôt comique mais elle n'osa en rire, elle n'aurait peut-être pas pu s'arrêter.

La nuit s'écoula. Ronald avait insisté pour qu'elle dormît du côté du mur, elle avait à peine de place et était pleine de courbatures. Elle finit par s'endormir mais se réveilla très souvent. Pour le petit déjeuner, Ronald servit des œufs à la coque, des toasts avec de la margarine et de la confiture. Elle se garda de demander d'où venaient ces provisions. Quand sa famille redescendit au rez-de-chaussée, il l'obligea à se rallonger avec la corde autour du cou.

« Je suis ennuyé de faire ça, chuchota-t-il, mais il n'y a pas moyen de faire autrement. S'il te venait brusquement l'idée de hurler. »

Mon Dieu ! Si la moindre occasion se présentait, s'il avait une minute de défaillance, comme elle crierait, son père entendrait et elle ferait de son mieux pour lutter contre Ronald... Oui, mais son père ne pourrait peut-être pas découvrir la cachette à temps...

Ronald les regarda prendre leur petit déjeuner. Barbara, le front en sueur, était toute crispée en pensant aux semaines et aux mois où elle avait vécu libre et sans souci sous le regard avide de ce garçon. Althea s'était souvent plainte de l'atmosphère oppressante de la vieille maison. Ils avaient tant de fois plaisanté au sujet des fantômes qui la hantaient !

Marcia Wood n'alla pas travailler ce jour-là car elle désirait pouvoir répondre aux coups de téléphone éventuels. Les deux jeunes filles allèrent en classe de mauvais gré et Ben Wood se rendit au poste de police pour demander ce qu'il pouvait faire pour aider à retrouver sa fille.

La présence de Marcia dans la maison gênait Ronald, l'obligeant à être toujours sur le qui-vive. En plus, il avait aussi mal dormi que Barbara et son humeur s'en ressentait. Après le départ de Ben et de ses deux filles, il ferma le judas et alluma l'électricité. Que pensait-elle de lui, cette fille ? Elle avait fait beaucoup moins d'histoires qu'il ne s'y attendait. Elle semblait aimer faire l'amour avec lui ou tout au moins c'est ce qu'elle disait ; pour quelle raison aurait-elle menti ? Son idée de partir tous les deux n'était pas mauvaise en théorie mais c'est ici que se trouvait Atranta ! Peut-être aussi qu'il ne se plairait pas ailleurs, surtout à présent qu'il avait cette délicieuse créature pour lui tout seul... Il se pencha sur elle et l'embrassa. Elle se sentit incapable de lui rendre son baiser ; elle avait horreur du contact de ses joues poilues. Ronald remarqua sa réticence et la regarda, soupçonneux : « Qu'est-ce que tu as ? grommela-t-il, il y a quelque chose qui ne te plaît pas ?

— Je n'aime pas cette corde qui me serre le cou, chuchota la jeune fille.

— C'est une précaution nécessaire mais je vais te l'enlever si tu promets de te tenir tranquille.

— Je te le promets. »

Ronald détacha la corde, qui d'ailleurs le gênait dans ses ébats amoureux : « Ça va mieux comme ça ? » Barbara fit signe que oui tout en se frottant le cou. Il l'embrassa de nouveau. Bien qu'elle en eût la nausée de dégoût et de colère, elle se força à lui rendre ses baisers. Les effusions de Ronald se firent encore plus passionnées et humides ; Barbara s'abandonna sans réaction et il continua.

Pendant ce temps, la mère de Barbara faisait la vaisselle ; elle monta ensuite faire les lits. A midi, Ben revint escorté d'un homme solide et brun, le sergent Howard Shank du bureau du shérif ; sa voix douce et polie contrastait avec l'expression de son visage qui révélait plutôt un scepticisme désabusé avec un brin d'aigreur. Ronald se hâta de passer à nouveau la boucle au cou de sa compagne et entortilla l'extrémité de la corde autour de sa main. D'une simple saccade, il la réduirait au silence. Elle essaya de protester mais il ne voulut pas l'entendre : « Peut-être bien que tu ne hurlerais pas mais je ne veux prendre aucun risque ! » Il éteignit et colla l'œil au judas.

« ... n'a pas de sens, disait Ben ; nous sommes une famille très unie et nous trouvons tous que c'est invraisemblable.

— C'est possible, n'empêche que ça arrive tout le temps.

— Ecoutez, ne vous faites pas des idées avant de nous avoir entendus, dit Marcia. Nous connaissons tout de même notre fille, elle a beaucoup de bon sens et nous témoigne beaucoup d'affection. »

Shank haussa les épaules d'un air sceptique : « Alors, selon vous, que s'est-il passé ?

— Je pense qu'on l'a droguée ou effrayée ou menacée ; on l'a forcée à écrire ce mot et on l'a emmenée.

— C'est son écriture, vous en êtes sûrs ?

— Certains. »

Shank hocha la tête d'un air de doute : « Ce sont peut-être des choses qui arrivent mais je ne l'ai jamais vu dans ma carrière, tandis que j'ai recherché des centaines de filles qui étaient parties de chez elles de leur plein gré. Parfois c'est un garçon qui leur monte la tête, parfois elles s'ennuient ou on leur a fait de la peine. Evidemment, cela montre toujours que la confiance ne règne pas dans ces familles. Il n'y a rien d'autre à signaler ? »

Ben et Marcia pincèrent les lèvres : même grimace au même moment. Shank leur trouva une grande ressemblance : tous deux grands et maigres, avec des visages agréables sinon remarquables. Ils faisaient partie d'une catégorie qu'il surnommait « le sel de la terre » ; sa phrase sur le manque de confiance les avait visiblement troublés.

Ben Wood répondit : « Il y a eu des incidents assez bizarres dont nous n'avons pas encore découvert la signification. Un flacon de parfum appartenant à notre fille Ellen s'est renversé — Ellen est notre aînée — notre seconde fille Althea rédige un journal intime dans un cahier dont le fermoir a été cassé. La seule personne susceptible d'avoir touché aux deux était Barbara. Elle a nié énergiquement pour le parfum et pour le cahier ; bien sûr nous l'avons crue, mais qui d'autre soupçonner ? Alors elle s'est imaginé que nous ne lui faisions plus confiance, ce qui était absurde... Depuis ce jour-là, je vous dirai que nous fermons à clé la maison en nous en allant.

— Je vois, dit Shank. Barbara a-t-elle un boy-friend attitré ?

— Non.

— Est-elle... est-elle très portée sur les garçons ?

— Ce n'est pas ce que je dirais. Elle aime qu'on fasse attention à elle et, comme elle est très jolie, elle ne passe pas inaperçue. C'est avant tout une fille qui a du bon sens.

— Est-ce qu'elle fume ?

— Jamais.

— Aucun indice de drogue ?

— Pas le moindre.

— Elle n'a rien emporté comme affaires, vêtements ?

— Elle a laissé tout son argent et est partie — ou a été enlevée — en tenue de classe.

— Je vois — Shank se leva — avez-vous une photo récente ?

— Nous les avons déjà données au poste de police mais cela n'a pas eu l'air de les intéresser.

— A franchement parler, ils ne peuvent pas faire grand-chose. Ils ont envoyé un avis de disparition par télétype mais, vous savez, quand un gosse arrive à Berkeley ou à San Francisco, il est littéralement englouti... à moins qu'il n'ait des ennuis ou qu'il ne se décide à donner signe de vie chez lui... pour nous c'est un problème insoluble et je ne peux pas vous laisser beaucoup d'espoir. »

Marcia Wood cria : « Mais nous sommes sûrs qu'elle n'a pas fait une fugue ! Nous sommes persuadés qu'elle a été kidnappée ! »

Shank haussa les épaules pour bien exprimer son impuissance et dit : « Je vais aller voir à son école, il est possible qu'elle ait confié ses projets à ses camarades.

— Nous avons déjà fait notre enquête, répondit Ben d'une voix défaite. Personne n'est au courant de quoi que ce soit. D'ailleurs, elle avait retenu un court de tennis aujourd'hui. »

Cette dernière précision eut tout de même l'air d'influencer Shank malgré son scepticisme. Avec plus d'élan il déclara : « Je vais faire mon possible pour essayer de la retrouver mais je ne suis pas très optimiste. »

Le policier parti, Ben et Marcia burent leur café dans un silence lugubre. Pourquoi parler puisque chaque idée, chaque hypothèse, avait déjà été formulée des dizaines de fois ?

Barbara gisait sur le lit de Ronald dans un état de surtension atroce ; au moins à six reprises, elle faillit prendre son souffle pour hurler mais à chaque fois il devinait son intention et tirait un petit peu sur la corde d'un air menaçant. Tout effort d'amabilité de sa part avait disparu. Il approcha le visage de son oreille et lui glissa : « Je sais à quoi tu penses, ne t'avise pas de broncher, tu n'aurais même pas le temps de regretter ton imprudence. Moi, je ne m'en fais pas, j'ai un moyen de sortir d'ici que tu ne connais pas. Si quelqu'un fracture la porte, il ne me trouvera pas ; il n'y aura que toi. » La jeune fille avait la gorge si serrée par l'angoisse qu'il lui fallait faire un énorme effort pour articuler un son : « S'il te plaît, Ronald, ne me fais pas de mal.

— C'est de ta faute, tu m'as promis de ne faire aucun bruit et cinq fois de suite tu as failli crier.

— Mais non, j'essayais de respirer, cette corde me serre trop, je n'arrive pas à trouver mon souffle.

— C'est exprès que c'est serré ; il n'y a qu'à tirer un bon coup en une fois et tout est réglé !

— Ne parle pas comme ça, fit Barbara d'une voix enrouée.

— Chut ! Ne parle pas si fort ! »

Barbara chuchota : « Je pensais que nous allions bien nous entendre.

— Je ne peux faire confiance à personne.

— Si, tu peux me faire confiance à moi. Si tu me laissais en liberté, je viendrais tous les soirs, je t'apporterais de la glace et toutes sortes de bonnes choses, on s'amuserait comme des fous ! Ce serait tout de même plus drôle que de me ficeler comme ça, non ? »

Ronald grimaça : « Non.

— Mais pourquoi pas ? Je t'assure, ce serait plus chouette, plus excitant.

— Je ne t'aurais plus pour moi tout seul. En ce moment tu es à moi.

— Partons tous les deux. On pourrait aller jusqu'à Berkeley par exemple, on vivrait comme les hippies, personne ne nous trouverait.

— Pas d'argent !

— Pour l'argent, je me débrouillerais, je pourrais travailler ou même voler. Tout vaudrait mieux que ce réduit minuscule.

— Je ne suis pas de ton avis ; ici c'est Atranta.

— Je suis sûre que si tu écrivais ton histoire d'Atranta, ça aurait un succès fou et tu gagnerais énormément d'argent. Tu deviendrais célèbre et moi je serais rudement fière de toi. »

Ronald déclara avec solennité : « J'y ai déjà pensé. »

Barbara crut discerner un certain adoucissement dans son attitude.

« Ça me serait égal de quitter la maison, continua-t-elle, avec toi ça me plairait. Tu as vu comment ça se passe ici, on m'accuse de choses que je n'ai jamais faites et puis mes parents sont trop sévères, ils ne me laissent pas faire ce que je veux. Toi et moi, on aurait une vie très chouette tous les deux mais pas ici.

— Moi, ma vie me plaît pour le moment, dit Ronald, pas toi ?

— Pas toujours. Je n'aime pas avoir cette corde autour du cou, cela me rend nerveuse. »

Ronald eut un large sourire : « C'est ce que je veux.

— Il y a autre chose : nous n'avons pas grand-chose à manger ici. Et il n'y a pas moyen de s'en procurer davantage. Pense à toutes les bonnes choses que nous pourrions nous offrir si nous allions ailleurs : des steaks, de bonnes petites côtes de porc à la sauce barbecue, des hot dogs à la moutarde, du poulet frit, des frites, des milk-shakes. »

Ronald se pourlécha les babines : « Ça coûte cher !

— Nous n'avons qu'à aller à Lake Tahoe, on trouverait du travail dans un des hôtels ou bien tu en trouverais dans une station-service.

— Je n'aime pas ce genre de travail.

— Qu'est-ce que tu aimerais ?

— Je n'en sais rien, je n'y ai jamais beaucoup pensé. Je crois que j'aimerais être un artiste.

— Tu as sûrement les dons qu'il faut. Il y a peut-être une école d'art à Lake Tahoe et à Berkeley il y en a certainement des tas.

— Tout ça, ça coûte très cher. »

Barbara se tut. Peut-être que l'une ou l'autre de ces absurdes idées allaient tenter Ronald et germer dans son subconscient ; elle arriverait peut-être à l'entraîner à l'air libre... Et alors comme elle détalerait ! Avec ou sans vêtements, cela lui était bien égal, elle filerait dans la rue, en pleine ville, n'importe où, pourvu qu'elle fût libre !

Elle entendit la sonnerie du téléphone ; sa mère alla répondre. Elle ne pouvait bien saisir ce qui se disait mais comprit que ce devait être quelqu'un de l'école. Sa mère fit quelques réponses polies mais brèves et conclut la communication aussi vite que possible. Pendant ce temps, il lui vint une idée mirobolante : « Ronald !

— Chut ! Veux-tu te taire, ne recommence jamais à parler aussi fort. » Elle continua une octave plus bas : « Je viens d'avoir une idée épatante. »

D'un air sévère il marmonna : « Quel genre d'idée ?

— Eh bien ! Tu as dit que nous n'avions pas

d'argent, je crois que j'ai trouvé le moyen de résoudre le problème.

— Ah, et comment ? demanda-t-il d'un ton indulgent et sceptique.

— Supposons qu'on fasse de l'auto-stop jusqu'à Lake Tahoe ou Berkeley. Je pourrais de là-bas téléphoner à la maison et leur dire que j'ai un besoin d'argent pressant ; je sais que mes parents m'en enverraient tout de suite. »

Elle attendit une réaction qui ne vint pas et ajouta d'une voix enjouée : « Comme ça, on pourrait faire absolument ce qu'on veut.

— Je ne veux pas partir d'ici, je te dis.

— Mais pourquoi ? On est si bien dehors ! »

Il se borna à répondre : « Dehors, ce n'est pas le monde réel. C'est Atranta qui est le monde réel et Atranta, on l'a ici.

— Mais non, Ronald ! Atranta, tu l'as en toi. Tu l'emporteras partout où tu iras et tu écriras de merveilleuses histoires comme les contes de fée de la série des Oz[1]...

— Ceux-là sont écrits pour les gosses, dit Ronald dédaigneusement.

— Non, tout le monde les lit et les aime. Leur auteur est devenu follement riche, toi aussi tu pourras devenir célèbre et riche. Tu n'as qu'à écrire ton histoire et à l'illustrer. Je pourrais t'aider, ça me plairait de devenir riche. »

Ronald laissa échapper un son mi-reniflement, mi-gloussement qui se voulait dédaigneux : « Qu'est-ce que tu pourrais faire pour m'aider ?

— Je taperai à la machine, je m'occuperai de la maison ; tu verras, je ne suis pas du genre empruntée.

— Hum... Tu veux vraiment savoir ce que je pense ? Eh bien, je n'ai pas confiance en toi. »

1. Oz : série de livres de contes de fées écrit par l'auteur américain Lyman Frank Baum.

Barbara garda le silence : « Ce n'est pas la peine que je m'évertue à te donner des idées, finit-elle par déclarer, tu n'en tiens aucun compte. Moi, j'aimerais aller vivre à Berkeley ou à Mexico.

— On ne nous laisserait jamais passer la frontière sans passeports.

— Il y a aussi l'Arizona, c'est très joli. Ma grand-mère habite près de Scottsdale. Tu sais à quoi je pense ? Nous pourrions très bien aller vivre chez elle. Elle a une magnifique maison et elle ne demandera pas mieux que de nous recevoir. »

Ronald accueillait ces suggestions avec une sorte de supériorité amusée, comme s'il assistait aux ébats désordonnés d'un chiot.

« Tu penses ! Elle s'empresserait de téléphoner à tes parents !

— Non, elle ne le ferait sûrement pas si je lui demande de ne pas le faire. Et puis même dans l'hypothèse où elle les préviendrait, je leur dirais que je n'ai pas envie de rentrer chez eux pendant un certain temps.

— Ah oui ? Et alors ?

— Je ne sais pas, moi. Ma grand-mère t'aiderait peut-être à rentrer dans ton école d'art si je le lui demandais.

— Elle est riche ? demanda Ronald, soudain intéressé.

— Oh oui ! Elle a une très grosse fortune. »

Ronald, sur ce, lui tourna le dos et resta muet tandis qu'il fixait sa carte d'Atranta collée au plafond. Elle retint son souffle ; il ne parlait toujours pas. Elle se mit à trembler : que deviendrait-elle si Ronald perçait à jour ses pauvres petits stratagèmes ? Mon Dieu ! Que pouvait-elle faire ? Il fallait qu'elle décidât quoi et quand. Mais elle avait si peu de choix avec lui toujours en alerte, toujours méfiant. Avec une affreuse sensation de vide au creux de l'estomac, elle arbora un grand sourire : « Tu n'as pas faim ? J'aimerais un "cheeseburger[1]" et des pommes frites.

— Pas si fort !

— Je crois que ma mère est sortie.

— Je n'ai pas entendu la porte d'entrée claquer. »

Il prêta l'oreille : la maison paraissait en effet silencieuse. Il alla coller l'œil successivement à tous ses judas. Pendant ces quelques secondes, la jeune fille aurait pu profiter de ce qu'il était occupé ailleurs pour hurler mais en l'absence présumée de sa mère, qui l'entendrait ? Et même si sa mère était restée au logis, avant qu'elle eût pu découvrir d'où venait ce cri, Ronald aurait tout son temps pour mettre à exécution son sinistre projet. Ronald se détourna du judas donnant sur la salle à manger pour annoncer : « Elle est en train d'écrire une lettre.

— Sans doute à Grand-mère. »

Il n'eut pas l'air intéressé par ce commentaire et revint s'asseoir sur le lit. Il posa les mains sur Barbara, ici, là, partout ; extasié, n'en revenant pas de cette chance qui était la sienne, d'avoir cette merveilleuse créature à sa disposition. Barbara se sentait glacée. Elle se força à être plus accueillante ; si elle montrait la moindre répulsion, la méfiance de Ronald en deviendrait encore plus redoutable.

A quatre heures, Ellen et Althea rentrèrent à la maison et Marcia dut leur annoncer qu'il n'y avait toujours rien de nouveau. Le dîner se déroula dans un morne silence. Les filles firent la vaisselle puis s'installèrent à la table de la salle à manger pour se consacrer à leur travail de classe. Ben et Marcia regardèrent une émission de télévision sans pouvoir s'y intéresser. A neuf heures trente, les deux sœurs allèrent se coucher ; une heure après les parents en firent autant. Ronald ouvrit presque aussitôt la porte secrète

1. Cheeseburger : sandwich à la viande et au fromage.

et regarda dans le garde-manger. Puis il tourna la tête pour fixer sa prisonnière qui lut dans ses pensées. Fermant la porte, il dit d'un ton bourru : « Je sors une minute ou deux mais je prends mes précautions d'abord ». Il l'attacha au lit par les chevilles et les poignets et lui mit le bâillon. Barbara resta seule, pétrifiée à l'idée que Ronald était bien trop méfiant pour s'aventurer hors de sa cachette : il n'y aurait ni Berkeley, ni Lake Tahoe, ni aucun autre point de chute. Tous les frais qu'elle avait faits, toutes les idées qu'elle avait lancées, ne servaient à rien ; il pouvait le cas échéant leur prêter une vague attention théorique mais jamais il ne se risquerait avec elle hors de ce réduit cauchemardesque... jamais.

Il se rendit dans la cuisine et en revint avec un oignon, deux tranches de viande froide, du pain et du beurre, deux tranches de céleri, une carotte et une bonne portion de crème glacée. Jamais il ne prenait tant à la fois mais ils étaient deux bouches à nourrir, du moins pour le moment. Il détacha les liens de la jeune fille et sentit à quel point elle était déprimée. Cela lui était assez égal mais il prit un ton de jovialité forcée : « Regarde les bonnes choses que je t'apporte, oh, miam miam, fameux ! Mange ta glace avant qu'elle ne refroidisse !

— Je n'ai pas très faim.

— Mange la carotte et le céleri, c'est bon pour le teint, tu sais.

— Mon teint, ça m'est égal ! — Barbara se mit à fondre en larmes — Je t'en supplie, Ronald, laisse-moi m'en aller, je ne peux plus rester ici, j'ai des crampes, j'étouffe. Laisse-moi sortir. »

Ronald, qui dégustait sa glace, la regarda d'un air étonné : « Tu veux t'en aller ? Quand nous nous amusons si bien ? C'est absurde !

— Je veux tout de même m'en aller. Tu ne veux pas me rendre heureuse ?

— Bien sûr que si, je sais comment te faire plaisir.

— Alors je peux sortir ? Je dirai à ma famille que j'ai décidé de revenir à la maison. Je te promets que je ne dirai pas un mot de ta cachette. Vraiment, Ronald, je t'en prie ! »

Ronald fonça le sourcil : « Cela ne me fait pas très plaisir. Moi qui croyais que nous commencions à bien nous entendre. Tu avais plein de projets, tu parlais de Lake Tahoe, de Berkeley, de ta grand-mère, et voilà que tout à coup tu veux t'en aller.

— Je ne peux plus rester ici. Si tu me laisses partir, cela vaudra mieux pour nous deux.

— Ah ! dit Ronald, la première chose que tu feras c'est de prévenir tes parents.

— Non, Ronald, je t'ai promis de ne rien dire. Nous pourrons encore être amis. »

Il acheva sa glace : « Tu es si jolie, spécialement quand tu es énervée comme ça. Tu as un corps merveilleux, tout est joli en toi.

— Je te remercie de tes compliments, Ronald, mais...

— Plus de "mais", embrasse-moi. »

Barbara appuya sa tête contre son épaule : « Quand on aura fait ça, je pourrai m'en aller ? »

Ronald hocha négativement la tête en souriant : « Non, j'aime trop ta compagnie.

— Mais je te verrai chaque jour, Ronald. Je rentre toujours tôt de l'école.

— Assez bavardé ! »

Barbara soupira et essaya de respirer à fond pour combattre l'oppression de l'hystérie qu'elle sentait monter en elle. Ronald s'affaira sur elle et elle demeura sans réaction, les larmes inondant ses joues. Enfin il se souleva, Barbara glissa du côté extérieur du lit, fuyant l'espace étroit entre Ronald et le mur. Il ne protesta pas mais s'assit pour la surveiller avec une intense vigilance. Au bout d'un moment il s'engourdit et son attention vacilla. Ses paupières retombèrent. Barbara ferma les yeux, faisant semblant de dormir elle aussi.

Il se mit à respirer fort et régulièrement. Elle tourna lentement la tête et examina des yeux la porte secrète : tourner le loquet, soulever le panneau et se glisser par l'ouverture. Elle écouta sa respiration : il dormait. Avec mille précautions elle commença à bouger : d'abord une jambe au sol ; ensuite un bras. Ronald ne bougea pas. Elle descendit du lit tout doucement, s'approcha de la porte, se pencha, tourna le loquet, souleva le panneau, les gonds gémirent légèrement. L'espace d'une demi-seconde, elle resta figée puis le leva complètement et commença à ramper au-dehors. Une main la saisit à la cheville ; elle entendit la voix de Ronald, un sifflement guttural comme jamais elle n'en avait entendu : « Affreuse petite garce ! »

A l'étage supérieur, Ben Wood se redressa sur son séant. Marcia demanda : « Tu as entendu quelque chose ?

— J'aurais juré que quelqu'un criait.

— Moi aussi j'ai entendu ou j'ai cru entendre, j'étais à moitié endormie.

— Tu sais ? Cela ressemblait à la voix de Babs. »

Marcia dit, sceptique : « Ce doit être Ellen ou Althea qui a eu un cauchemar. »

Ben bondit du lit, il traversa le couloir et ouvrit la porte d'Ellen : « Tu es bien ?

— Euh ! Qu'est-ce qu'il y a ?

— Bon, rendors-toi. »

Il fit le même test avec Althea, revint sur le palier où il attendit un instant, prêtant l'oreille : rien, le silence.

Il rentra dans la chambre : « Les petites dormaient, nous avons dû l'imaginer.

— C'était tout à fait la voix de Babs, je l'ai encore dans l'oreille. »

Ben restait planté au milieu de la pièce, ne sachant

que faire. Lentement, il regagna son lit : « C'est vrai que cela ressemblait à la voix de Babs. Je suppose que nous pensons tellement à elle... Un jour elle finira bien par nous revenir. »

Marcia pleurait, il lui mit le bras autour des épaules et l'attira contre lui. Marcia dit : « Où qu'elle puisse être, j'espère de tout mon cœur qu'elle ne se sent pas isolée et qu'elle n'a pas peur. »

CHAPITRE XV

La matinée du samedi fut sombre et humide. Dès neuf heures il commença à pleuvoir. Ben, Marcia et leurs filles prirent leur petit déjeuner assez tard. Aucune d'entre elles n'avait bien dormi et Althea se plaignit de cauchemars dont elle ne gardait qu'un souvenir imprécis : « Je me trouvais loin d'ici dans une contrée étrange ; il faisait noir et je ne voyais pas très bien le paysage, il me semblait que le sol était pierreux, avec de gros rochers çà et là ; il y avait un vent froid qui soufflait en rafales. Pour je ne sais quelle raison je devais marcher sur une piste, je n'en avais pas envie mais il le fallait... Je me rappelle le bruit du vent et des voix qui m'appelaient de très loin. Et avant cela, j'écoutais une musique terriblement triste... c'était peut-être le vent. Je ne rappelle pas, c'est tout embrouillé mais dans l'ensemble c'était à la fois étrange et triste. »

Ben dit : « Peut-être est-ce que... — il s'interrompit — je suis allé vers minuit dans ta chambre et tu avais l'air de dormir paisiblement.

— C'est si bizarre les rêves, dit Ellen d'un air pensif ; les psychologues disent qu'ils expriment nos craintes et nos vœux secrets mais moi je crois qu'ils représentent plus que cela.

— Les peuples primitifs croient que les rêves correspondent à une réalité, dit Marcia ; ils croient que l'âme quitte le corps pendant ce temps. »

Ben n'était pas d'accord avec ce point de vue : « C'est justement parce que ce sont des primitifs qu'ils ont cette croyance.

— Pourtant, dans ce domaine, ils en savent autant que nous.

— Sans doute plus », rectifia Althea.

Ben hocha la tête : « Pas forcément. Par exemple un ordinateur est bien moins compliqué qu'un cerveau humain ; eh bien ! leurs circuits s'embrouillent sans arrêt. Les sauvages ignorent tout des ordinateurs et des circuits détraqués. Ils ne se rapportent qu'à ce qu'ils voient et sentent ; à partir de ce qu'ils savent, ils trouvent des explications.

— Peut-être bien que nos cerveaux ne sont pas des ordinateurs, dit Ellen avec douceur, peut-être qu'ils ne fonctionnent comme eux que juste ce qu'il faut pour faire dérailler les savants.

— Hum... dit Ben, en voilà une somme de "peut-être" !

— Moi, je sais, déclara Althea, que j'ai au moins deux esprits en moi qui fonctionnent sans arrêt. Parfois je déconnecte celui du dessus pour pouvoir me rendre compte de ce que fera celui du dessous. Je vous assure qu'il se passe des choses très intéressantes. C'est un jeu que je vous conseille quand vous en aurez le temps.

— C'est ainsi que beaucoup d'artistes modernes font leurs tableaux, dit Ben. Malheureusement, je ne m'intéresse pas plus à leur âme qu'ils ne s'intéressent à la mienne.

— Une "âme", qu'est-ce que c'est ? demanda Ellen avec sérieux, cela existe-t-il ? »

Ben haussa les épaules : « Certains disent que oui, les autres disent que non.

— Il y a tant de phénomènes étranges qu'on ne peut expliquer », affirma Althea.

Marcia soupira et fit diversion : « Y a-t-il un match de football aujourd'hui ? Je plains les joueurs par ce temps !

— Le match a lieu à Barnett, dit Ellen, je ne veux pas y aller, surtout avec cette pluie.

— Alors, ça n'existe plus l'esprit de corps dans nos écoles au jour d'aujourd'hui ? » lança Ben avec une gaieté un peu forcée pour tenter d'alléger l'atmosphère.

Ellen esquissa un petit sourire mélancolique : « Je suis une réfugiée de Los Gatos ; je me contente de suivre les cours pour obtenir mon diplôme.

— Je n'irai pas non plus, j'ai décidé de rester à la maison pour lire *Titus Groan*, dit Althea.

— Tu vas lire *quoi* ? demanda son père.

— *Titus Groan*. C'est un livre qui parle d'un étrange vieux château et de ses habitants. Je crois que je ressemble assez à Fuchsia. C'est une belle jeune fille solitaire qui aime rêver dans le grenier où les Groan rangent toutes leurs vieilles affaires.

— Toi et ta Fuchsia, vous faites une bonne paire d'excentriques, conclut Ben.

— Douce-amère Fuchsia ! »

Ellen s'enquit : « Et qu'est-ce qui lui arrive ?

— Je ne sais pas encore, je n'en suis qu'à la moitié du livre.

— Moi, pendant les vacances de Noël, je veux lire *Souvenirs du Temps Passé*, tant pis si on se moque de moi. »

Ben Wood soupira mais garda le silence. Tous savaient à quoi il pensait. Il y a quinze jours la famille avait fait de beaux projets de voyage en Arizona pour les fêtes de Noël mais, en l'absence de la benjamine, le projet tombait à l'eau.

Vers midi, les parents allèrent faire les courses d'épicerie. Duane Matthews téléphona et arriva une demi-heure plus tard. Ellen fit des rôties au fromage et du chocolat chaud. Ils s'installèrent tous les trois autour de la table de la salle à manger. Duane avait quitté son job à la station-service et avait des loisirs forcés. Il parla avec un certain découragement des pressions que lui faisait subir sa famille : « Papa voudrait que je travaille au bar. Il installerait un four à pizzas si j'acceptais de m'en occuper. Je gagnerais beaucoup d'argent et prendrais la succession de Papa quand il se retirerait. Ma mère veut que j'aille à l'université pour apprendre un métier. Et moi, je n'ai pas d'idées pour mon avenir. Je n'ai pas tellement envie de devenir fabricant de pizzas bien qu'il n'y ait pas de sots métiers.

— Je croyais que tu voulais devenir vétérinaire, dit Althea, semblant suggérer qu'elle ne comprenait pas qu'on pût hésiter une seconde entre ces deux métiers.

— C'était une idée de ma mère. Mon oncle Ed est vétérinaire à Lodi. Il a une grosse maison avec piscine et une Lincoln Continental. Ma tante et lui voyagent chaque année en Europe. C'est sûr qu'on gagne bien sa vie là-dedans !

— Mais toi ? dit Ellen. Tu dois bien avoir une préférence. »

Duane tambourina sur la table : « Oh ça, oui ! Pas de problème, je veux être criminologiste.

— Criminologiste ? s'écria Althea en ouvrant de grands yeux. Pour quoi faire ?

— Il me semble qu'il y a de quoi faire ? Quand on pense que Ronald Wilby a pu assassiner ma sœur et disparaître à la cloche de bois sans y laisser une plume, il y a tout de même quelque part quelque chose qui va de travers !

— Mais qu'a fait la police exactement ? demanda Ellen.

— Simple besogne de routine : ils ont lancé l'alerte,

posé quelques questions à Mrs Wilby ; ils sont allés à la station des autocars pour demander si personne n'avait vu Ronald faire de l'auto-stop et c'est tout.

— Que pouvaient-ils faire d'autre ? Qu'aurais-tu fait à leur place ? s'enquit Althea.

— La mère de Ronald savait sûrement où il était parti. Ce n'est pas le genre de femme à ne pas être au courant et Ronald n'était pas non plus le genre de type à prendre des initiatives sans l'aide de sa maman. Elle a sûrement dû lui envoyer de l'argent. Voilà la question sur laquelle je me serais penché. J'aurais surveillé son courrier, contrôlé ce qu'elle faisait de son argent. Une chose est certaine : elle s'est tuée à la tâche et pourquoi ? Pour gagner l'argent dont son fils avait besoin.

— Ce ne sont que des hypothèses, dit Ellen. Il faudrait le prouver. Comment t'y prendrais-tu ?

— Je ne sais pas, dit Duane qui réfléchit un moment et finit par déclarer de mauvaise grâce : Je sais bien que cela ne changerait rien maintenant puisqu'elle est morte. Mais si j'avais été détective, je l'aurais arrêtée. J'en donnerais ma main à couper qu'elle a aidé son fils à décamper. »

Althea murmura d'une voix rêveuse : « Et pourtant on ne peut pas s'empêcher d'avoir pitié d'elle ; elle a dû souffrir autant que votre mère, peut-être davantage. »

Duane approuva tristement : « Maman en convient elle-même, je le crois aussi mais enfin je pense qu'elle a eu tort ; son fils méritait un châtiment et elle aurait dû le livrer à la police. »

Ellen demanda après quelques minutes de réflexion : « Toi, tu ne chercherais pas à couvrir ton fils s'il commettait un crime ?

— Je le livrerais à la police ; cela me serait très dur mais je le ferais. Mrs Wilby était stupide et égoïste par-dessus le marché. Elle ne jurait que par Ronald, cet affreux Ronald, et quand il a tourné mal, cela l'a tuée. »

Ellen et Althea demeurèrent un instant silencieuses. La sonnerie du téléphone retentit, Ellen se précipita dans le living-room et décrocha : « Allô... Oui, il est encore là... A la station-service Art ? Bon, je vais lui demander. »

Elle retourna dans la salle à manger : « Papa et Maman sont en panne, il y a quelque chose à la pompe à essence du break. Si tu pouvais passer les prendre. »

Duane se leva aussitôt : « Je sais où se trouve la station-service Art, dis-leur que je viens tout de suite. »

Ellen partit avec lui et Althea s'installa sur le divan avec son livre. La maison paraissait bien vide et silencieuse ; la jeune fille posa son livre et écouta tomber la pluie. Elle regretta soudain de ne les avoir pas accompagnés mais il fallait bien que quelqu'un restât au cas où Barbara appellerait. Mon Dieu ! comme ce serait merveilleux si elle appelait maintenant ! Tout le monde serait si heureux. Elle se concentra sur ce message télépathique : *Reviens, Babs, reviens vite ! Ou alors téléphone, fais-nous savoir où tu es. Babs, Babs, où es-tu ?*

Elle demeura immobile, réceptive, espérant qu'une communication mystérieuse allait s'établir... Rien. Du moins pas grand-chose : elle sentait l'humidité et entendait la plainte du vent ; ce devait être un reste du cauchemar de la nuit dernière. *Babs, Babs, reviens à la maison, reviens. Nous t'aimons tant et tu nous manques affreusement !* Althea ferma les yeux et tenta de vider son esprit de toute autre pensée à l'exception de son message.

« Je ne peux pas. »

Althea sursauta et ouvrit les yeux. La réponse était parvenue au moyen de petites vibrations cristallines et le timbre était semblable à celui de Barbara.

Althea se concentra de nouveau : *Babs, Babs, tu*

m'entends ? Est-ce toi qui as parlé ? Pourquoi ne peux-tu revenir à la maison ?

Silence... Silence que seuls troublaient le bruit des gouttes de pluie, le tic-tac de la pendule et le bois qui craquait dans la cuisine. Dans l'esprit d'Althea régnaient les ténèbres, le ululement du vent — comme dans son cauchemar — petit à petit s'infiltrait en elle une incroyable détresse.

Elle n'arrivait plus à se concentrer et cessa ces vains efforts. La maison lui parut s'emplir de bruits étranges qui la mirent très mal à l'aise. Avec un petit rire, elle se traita d'incorrigible rêveuse mais se leva du divan et se dirigea vers la porte d'entrée. Décidément ces vieilles maisons sont un peu effrayantes, se dit-elle, et elle resta sur le perron à attendre le retour des autres. La pluie tombait doucement, l'air était frais, caressant. Elle se sentait mieux. La chaleur était accablante à l'intérieur de la maison. Quelqu'un avait peut-être trop monté le thermostat. Soudain l'air lui parut glacé, elle frissonna. Elle serait mieux à présent à l'intérieur. Elle tourna le loquet en vain, elle s'était bouclée à l'extérieur et elle dut attendre encore cinq minutes le retour de ses parents.

Les jours s'écoulaient. Les Wood durent s'habituer à cette nouvelle existence bien morne. Personne ne faisait allusion à Barbara bien qu'elle fût sans cesse dans leurs pensées et que sa place vide à table leur fût à chaque fois un véritable crève-cœur.

Le samedi suivant, Ben et Marcia allèrent jusqu'à Berkeley. Ils ne donnèrent aucune explication mais les filles comprirent qu'ils avaient l'intention de faire des recherches et de s'adresser à tous les services qui s'occupaient des fugueurs et des isolés. Duane Matthews passa à la maison vers onze heures avec un paquet contenant des côtes de porc et une miche de pain français.

« Aujourd'hui, pour changer, ce n'est pas vous qui

allez me nourrir, c'est moi qui ferai le déjeuner pour vous !

— Tu nous fais des côtes de porc ? demanda Althea.

— Non, des sandwichs au porc sauce barbecue, j'aurais dû apporter de la salade de pommes de terre.

— Laisse-moi en faire, je n'en ai pas pour longtemps, proposa Ellen.

— Bon, je vous charge toutes les deux de la salade. Après le déjeuner, nous pourrions faire un tour du côté de Steamboat Slough, il y a un bateau au ponton de Pete que j'aimerais voir.

— Je ne peux pas venir, dit Althea, j'ai promis à Bernice de l'aider pour son costume.

— Moi non plus je ne peux pas ; j'ai une dissertation à faire sur "les raisons de l'irrésolution de Hamlet".

— Tu auras de la peine à faire quelque chose d'original, répliqua Duane.

— Si, si ! J'ai une idée, une nouvelle façon de traiter la question. Si Hamlet était capable de prendre rapidement une décision, la pièce serait finie en trois scènes.

— Point de vue original mais qui ne te vaudra peut-être pas une note sensationnelle !

— Ça m'est totalement égal, j'en ai soupé de l'école. Oh ! et puis au diable ma dissertation ! J'aime bien mieux aller à Steamboat Slough.

— Commençons par le commencement, c'est-à-dire notre salade, dit Althea : moi j'épluche les pommes de terre et toi tu haches les oignons.

— Merci bien !

— C'est moi qui le ferai, dit Duane, j'en ai besoin pour la sauce barbecue. »

Ellen alla en quérir dans le garde-manger : « Tu en veux combien ?

— Pour moi un, prends aussi ce qu'il faut pour la salade.

— Il n'en reste que trois, dit Ellen. Il y a quelqu'un ici qui doit apprécier les oignons, Maman en a apporté un sac la semaine dernière. Il faudra penser à acheter aussi des pommes de terre, il n'y en a presque plus. Enfin, je crois que pour aujourd'hui ça ira... juste. Comme toujours on est à court de tout ! »

Duane fit revenir les côtes de porc et les fit mijoter à feu doux dans la sauce barbecue ; pendant ce temps les pommes de terre cuisaient.

« La boisson qui conviendrait le mieux à notre menu, ce serait la bière, déclara Duane, justement j'en ai une caisse de six bouteilles dans la voiture.

— Va la chercher, dit Ellen, j'adore la bière !

— Je veux bien mais je ne voudrais pas que vos parents pensent que je corromps leurs filles.

— Oh la la ! C'est déjà fait, mon vieux ! C'est comme si tu fermais la porte de l'écurie une fois que les chevaux ont pris la clé des champs », dit en riant Althea.

Quant à Ellen, elle répliqua : « Aussi loin que je remonte dans mon passé, j'ai toujours été corrompue !

— Soit ! Je ne demande pas mieux si vous croyez qu'ils ne seront pas fâchés.

— Sûrement pas ! »

Les trois jeunes gens s'en allèrent, la maison retomba dans le silence. Dans le garde-manger, il y eut un faible grincement puis surgit de l'ombre une forme volumineuse : c'était Ronald qui pénétra lentement dans la cuisine. Il s'approcha du fourneau, attiré par un parfum délicieux : Duane avait bien fait les choses et il restait dans la marmite une bonne quantité de porc nageant dans une sauce odorante et onctueuse. Sa haine à l'égard de Duane le fit hésiter un instant puis, se coupant un bon quignon de pain français qu'il couvrit d'une épaisse couche de margarine, il s'attaqua au porc. Il se rappela la salade de pommes de terre qu'il trouva effectivement dans le réfrigérateur et s'en servit une platée : les filles seraient bien incapables de se rappeler s'il en restait des masses ou quelques cuillerées. Il y avait des jours et des jours qu'il n'avait fait un aussi bon repas ! Il le termina en s'adjugeant une part de glace à la vanille nageant dans une sauce au chocolat et coiffée de rondelles de bananes, de noix pilées... et par là-dessus un immense tortillon de crème fouettée synthétique. Ineffablement bon ! pensa Ronald. Il renonça à regret à une seconde portion de dessert et nettoya toute trace de son passage. Puis il retourna dans le living-room où il se posta près de la fenêtre.

Bernice et Wallace Thurston étaient les enfants du ministre de l'église méthodiste. Althea soupçonnait que le vieil adage concernant les enfants de pasteurs disait vrai. Ils n'avaient jamais rien fait d'osé en sa présence mais ils engendraient une atmosphère d'excitation qui pouvait favoriser certains débordements et qui rendait leur compagnie très attrayante. Althea trouvait pour sa part Wallace fort séduisant ; elle lui plaisait aussi et elle comptait bien qu'il allait l'inviter un de ces soirs. Ce jour-là elle flirterait du mieux qu'elle pourrait et essaierait de ne pas l'effaroucher par des remarques trop intelligentes.

Hélas ! Ce n'était pas son jour de chance : le professeur de piano de Bernice avait modifié son emploi du temps à la dernière minute et celle-ci avait une leçon à trois heures. Mrs Thurston ne tenait pas à laisser Wallace et Althea seuls à la maison, aussi déposa-t-elle la jeune fille au 572 Orchard Street en allant conduire sa fille à sa leçon. Althea, un peu agacée par l'attitude rigoriste de la bonne dame, espérait néanmoins que Wallace lui téléphonerait, elle le lui avait d'ailleurs suggéré. En attendant, elle se ferait les ongles et survolerait certaines lectures demandées par son professeur d'anglais. La clé était à sa place habituelle. Elle ouvrit la porte et entra dans la maison.

A cinq heures, quand Duane et Ellen rentrèrent à leur tour, la maison semblait vide. Sur la table de la salle à manger, Ellen trouva un mot de sa sœur :

Chers tous,

Pendant votre absence j'ai eu des nouvelles de Barbara, je vais la voir mais j'ai promis de ne pas divulguer l'endroit où elle est ; pardonnez-moi, je ne peux vous donner aucun détail.

Votre Althea qui vous aime.

CHAPITRE XVI

« Je n'y crois absolument pas, dit Ellen, c'est tout bonnement impossible. »

Duane lui prit vivement la feuille des mains et examina l'écriture de très près, comme s'il allait pouvoir y puiser des informations plus précieuses que celles données par les quelques mots sibyllins.

« Crois-tu qu'Althea garderait le secret si elle apprenait tout à coup où se trouvait Barbara et même si elle avait promis de ne rien dire ?

— Non, sûrement pas, moi non plus. D'ailleurs, elle ne doit rien savoir de plus.

— Pourquoi dis-tu cela ?

— Regarde l'écriture.

— Comment ? Ce n'est pas la sienne ?

— En gros si ! Mais d'habitude son écriture n'est pas renversée. » Duane examina à nouveau la lettre : « A quelle heure tes parents doivent rentrer ?

— Je ne sais pas, je pense qu'ils y passeront toute la journée.

— Il vaut mieux appeler la police. »

Elle téléphona au poste de police d'Oakmead pour prévenir de la disparition d'Althea. Elle dit à Duane : « Ils ne sont pas très contents.

— Evidemment, ils n'ont pas encore été fichus de retrouver Barbara. Quels sont les gens qui habitent à côté de chez vous ?

— Les Schumacher et les Bolton.

— Allons les voir. »

Ronald se détourna du mur où il avait l'œil au judas et lança à Althea un regard méprisant : « Alors, tu as essayé de me mettre dedans en changeant ton écriture ? »

La jeune fille garda le silence. Ronald ouvrit la bouche pour lancer une boutade sarcastique puis se ravisa : pourquoi se donner ce mal ? On ne pouvait faire confiance à aucune de ces filles, elles disent blanc et font noir. Pourtant il ne se serait pas attendu à une ruse pareille de la part d'Althea, il l'aurait crue différente. En fait, elle était bien plus froide et tendue que Barbara et elle n'avait même pas fait attention à ses dessins d'Atranta. Bon ! Il savait au moins à quoi s'en tenir ; si elle n'était pas gentille avec lui, il ne serait pas non plus gentil avec elle. Cela se passe comme cela dans la vie, il fallait qu'elle fût fixée sur ce point et tout de suite, pas la peine d'attendre. Il prit un ton solennel où se laissaient deviner la dignité blessée et les menaces voilées : « Tu feras bien de ne pas recommencer à me jouer des tours. »

Ni les Schumacher, ni les Bolton n'avaient remarqué le retour d'Althea. Ellen téléphona aux Thurston. Ce fut Wallace qui répondit : « Althea ? Elle est partie en même temps que Maman et Bernice un peu avant trois heures : elle n'est pas là ?

— Elle a dû faire des courses », répondit Ellen puis elle raccrocha : « Elle a quitté la maison des Thurston un peu avant trois heures, transmit-elle à son compagnon.

— Il est cinq heures, Dieu sait où elle a pu aller... Je sais que le message n'est pas vrai mais s'il n'y a qu'une microscopique chance qu'il le soit tout de même, allons voir sur l'autoroute. Si elle cherche à faire de l'auto-stop, elle y est peut-être encore.

— Althea ne ferait jamais de l'auto-stop, elle ne monterait même pas pour faire trois mètres avec un étranger. Attends une minute. » Elle courut à l'étage supérieur, entra dans la chambre de sa sœur et revint plus lentement : « Son argent est toujours là !

— Comme pour Barbara. »

Sur ces entrefaites, la police arriva. Les hommes examinèrent le papier et écoutèrent tout ce que leur raconta Ellen : « Vous ne pensez pas qu'elle dit la vérité ?

— Non, je suis sûre du contraire, l'écriture est renversée et ce qu'elle dit ne correspond pas à son caractère, à ses réactions. »

Le policier secoua la tête d'un air de doute : « Bien, je vais faire passer un avis de disparition à la radio. Où sont vos parents ?

— Ils sont allés à Berkeley pour tâcher de trouver Barbara.

— Pendant qu'ils vont en chercher une, l'autre disparaît, faut le faire ! »

Il regarda de nouveau la feuille : « Je suppose que vous avez promené vos mains dessus ?

— Oui, nous n'avons plus pensé aux empreintes digitales.

— Hum... c'est du papier machine ordinaire. »

Duane ne pouvait plus rester en place : « Vous ne pourriez pas faire quelque chose au lieu de rester ici à nous poser des questions ?

— Fiston ! Si je voyais quelque chose à faire, imagine-toi que je le ferais. Ce que je conclus de tout ça c'est que la première fille est allée rejoindre une communauté hippie au bord de l'eau et que la seconde en a fait autant pour tenir compagnie à sa sœur. Je vais aller voir par là et comme j'ai dit, je vais faire passer un avis de disparition.

— Vous perdez votre temps ! Quelqu'un l'a kidnappée comme Barbara avant elle.

— C'est toujours possible, je vais en parler au capitaine Davis. Comptez sur nous, on fera de notre mieux. »

La police partie, la maison retomba dans un silence froid et lugubre. Ellen se mit à sangloter, Duane lui passa le bras autour des épaules et lui tapota la main.

« O Duane, qu'est-ce que nous allons faire, je ne peux pas supporter l'idée d'avoir à l'annoncer à Papa et Maman ! »

Duane grommela : « Viens, on va tâcher de la retrouver, tout vaut mieux que de rester ici à se tourner les pouces. Mets un mot pour les prévenir que nous reviendrons dès que possible. »

Ellen gribouilla quelques lignes et mit la feuille à côté de celle d'Althea sur la table de la salle à manger. Puis ils sortirent en courant et le silence retomba.

Ronald desserra la boucle passée au cou de sa compagne.

« Maintenant, nous pouvons bavarder mais doucement. D'abord n'aie pas l'air aussi épouvantée, je ne vais pas te manger. Tu n'as qu'une chose à faire : obéir aux ordres que je te donne ; ce qui signifie : pas de bruit, pas d'agitation, pas de hurlements ! Ou gare à toi ! »

Ronald se fit encore plus menaçant pour dire : « Tu m'as bien compris ? »

Althea fit un signe de tête affirmatif et d'une voix enrouée demanda tout bas : « Où est Barbara ? »

Le jeune homme sourit, d'un sourire de grand seigneur plein de condescendance : « Elle est restée ici puis un beau jour, elle n'a plus pu y tenir ; elle a profité de ce que vous dormiez tous pour filer. Elle m'a dit qu'elle allait à Lake Tahoe, elle avait envie de s'amuser un peu avant de rentrer à la maison.

— Et moi ? demanda la jeune fille d'une voix tremblante, qu'est-ce que vous allez faire de moi ?

— Ne te fais pas de souci pour ça. Dans un bout de temps tu pourras t'en aller... si tu promets de ne rien dire.

— Laissez-moi m'en aller tout de suite ! »

Ronald hocha la tête en riant : « Nous avons beaucoup de choses à nous dire. Barbara n'était pas très bavarde. »

Althea le dévisagea sans mot dire puis éclata : « Qui êtes-vous ? » Au moment même où elle lui posait la question, la réponse jaillit en un éclair dans son esprit : c'était Ronald Wilby, Ronald Wilby le meurtrier !

Il répondit d'une voix douce, presque enjôleuse : « Mon nom n'a pas d'importance, appelle-moi Norbert. » Il désigna les murs d'un geste ample : « Que penses-tu de tout ça ? »

Althea regarda les dessins d'un œil vague : « Vous ne voulez pas me laisser partir ? Je vous en supplie ! Je ne veux pas rester ici. »

Ronald fronça le sourcil et elle se rendit compte qu'elle faisait fausse route. Il rétorqua : « Tu vas rester ici jusqu'à ce que je juge bon de te laisser partir. Comprends-moi bien : tu as intérêt à te conduire raisonnablement. Je suis un bon garçon mais je ne peux me permettre de prendre de risques. La moindre criaillerie de ta part quand il y a du monde à la maison et je tire sur la boucle... comme ça ? »

Il tira sur la corde et la boucle devint juste assez grande pour laisser passer un doigt. La jeune fille fut horrifiée.

Barbara, songeait-il, s'était mieux laissé faire, elle s'était montrée plus compréhensive, moins obstinée, moins nerveuse si on peut dire et pourtant elle était plus jeune. Althea était encore tout habillée, ce serait amusant de lui faire faire du strip-tease en prenant son temps. Mais d'abord, il fallait bien lui faire entrer dans la tête ce qu'on attendait d'elle. D'un ton de conversation mondaine, il demanda : « Tu comprends maintenant ce qui arrivera si tu fais le moindre bruit ? »

Elle ne put que lui lancer un regard hagard comme si elle était privée de raison.

Il se fit plus pressant : « Veux-tu te dépêcher de me dire si tu m'as bien compris ? »

Althea parvint à acquiescer d'un signe de tête. Ronald se détendit : « Je veux que nous soyons bons amis, nous allons vivre ensemble jusqu'à ce que tu veuilles partir...

— Je veux m'en aller tout de suite.

— ... et que j'accepte de te laisser partir. »

Elle chuchota : « Dites-moi où est Barbara ?

— Je te l'ai dit ; elle est à Lake Tahoe, du moins c'est ce qu'elle m'a dit. Elle a promis de ne pas me trahir et je crois qu'elle a tenu parole. Tu en feras autant. »

Althea se mit à pleurer : « Je vous promets de ne rien dire mais laissez-moi partir maintenant, soyez bon, je ne veux pas rester ici.

— Dommage ! dit Ronald avec un sourire faux, tu te plairas, tu verras. »

Elle hocha la tête : « Vous ne comprenez donc pas que vous serez dans de beaux draps quand la police vous arrêtera ?

— Si la police me pince, ce qui n'est guère probable. Je suis ici depuis... enfin, depuis lontemps. J'ai écrit l'histoire d'Atranta : ça t'intéresse ?

— Je ne connais pas.

— C'est un pays magique — Ronald pointa le doigt sur les portraits — ces hommes-là sont les six ducs et voici leurs châteaux. La fille s'appelle Fansetta, je n'ai pas très bien réussi son portrait. Peut-être que tu pourras poser pour moi, elle est censée te ressembler. » Il improvisa cette dernière remarque mais c'était vrai. Barbara ne correspondait pas du tout à son héroïne, elle avait un teint trop clair, et était trop exubérante. Althea, avec son air rêveur, avait un côté plus « fée » ; elle avait visiblement plus de sensibilité et d'imagination et se montrerait sans doute plus capable de passion que sa benjamine. Les réactions de cette dernière n'avaient pas été très excitantes, elle s'était contentée de s'allonger, inerte.

Il pencha la tête : « Il y a quelqu'un qui vient. » Il lui passa la boucle autour du cou en fixant comme précédemment une extrémité au clou et entortillant l'autre bout autour de sa main. « Rappelle-toi ce que j'ai dit : pas un son ! Sans ça tu n'aimerais pas ce qui t'arriverait. » La jeune fille ferma les paupières d'où jaillirent des larmes. Barbara à Lake Tahoe ? Si seulement c'était vrai ! Elle eut un frisson et Ronald la regarda d'un œil sévère : « Chut ! »

Ben et Marcia arrivèrent au logis, affamés, hagards, éreintés et totalement découragés. Ils lurent les deux notes et se regardèrent désespérés. Ben alla téléphoner à la police qui l'assura qu'on faisait tout le nécessaire. Il aurait voulu tempêter, menacer, tonitruer, mais n'avait aucune suggestion raisonnable à faire. Les deux jeunes gens revinrent ; Ellen à bout de forces et de courage, Duane plein d'une rage froide. Tard dans la soirée, ils restèrent assis autour de la table de la salle à manger à échanger leurs hypothèses, mais surtout les vaines questions qui les rongeaient. Duane se leva à onze heures et demie pour prendre congé. Ellen le raccompagna jusque sur le perron où il l'embrassa et la serra contre lui. Elle qui ne l'avait jamais encore encouragé à ces sortes d'effusions se laissa faire ; cette tendresse la réconfortait. Duane chuchota : « Promets-moi une chose, quelles que soient les circonstances, tu ne te lanceras jamais seule à la recherche de tes sœurs.

— Je te le promets.

— Quelles que soient les circonstances ?

— Quelles que soient les circonstances.

— Il se passe quelque chose d'affreux et d'étrange,

marmonna-t-il, si j'avais un grain d'intelligence, j'arriverais à résoudre cette énigme ; après tout, c'est moi qui me sens une vocation de criminologiste ! »

Ellen se dégagea de son étreinte : « Il vaut mieux que je rentre, mes parents se feraient du souci. »

Le lendemain était un dimanche. Ben Wood téléphona au bureau du shérif. Howard Shank avait son jour de congé, Ben laissa un message pour lui. Une heure plus tard, Shank rappela Ben et le mit au courant de la nouvelle disparition. « Nous ne pouvons le croire : Althea ne serait jamais partie dans ces conditions et toute seule par-dessus le marché ; c'est encore plus inconcevable que pour Barbara.

— Même si Barbara lui avait téléphoné pour lui demander de venir ?

— Dans ce cas, elle nous aurait donné des précisions.

— Relisez-le-moi.

C'est ce que fit Ben.

« Tout le monde dans la maison a dû tripoter la lettre ?

— Je crains que oui.

— Elle a laissé son argent ?

— Elle n'a rien emporté et est partie dans les vêtements qu'elle avait pour aller chez ses amis.

— Hum... Oui, évidemment, c'est bizarre. Je viens. »

Ben Wood eut un pauvre rire tremblant : « Je suis désolé de vous rogner votre temps de liberté dont vous avez tant besoin, mais nous sommes complètement déboussolés.

— Ne vous en faites pas pour moi, je me rattraperai. »

Howard Shank arriva ; il alla voir la chambre d'Althea, fit le tour de la maison à la recherche d'indices, de traces ; il se rendit en auto chez les Thurston et interrogea soigneusement Wallace et Bernice. Il passa ensuite voir les Schumacher et les Bolton puis Kathy Schmidt et Ernestine Long, des camarades qu'Althea aimait bien. Partout il se heurta au même manque d'informations. Chacun lui fit le même portrait de la jeune fille : une bonne petite qui menait une vie calme et heureuse, qui était douée d'une forte imagination et quelque peu rêveuse. Personne ne pouvait croire qu'elle aurait pu quitter de son plein gré sa famille à moins d'une terrible conjoncture, ce que ni la teneur de sa lettre ni son ton ne laissaient deviner.

« D'après tout ce qu'on vient de me dire, j'en conclus qu'elle a été kidnappée.

— C'est ce que nous avons dit quand Barbara a disparu, dit Ben d'une voix dure. Il leur est arrivé la même chose à toutes deux. » Glacial, Shank répondit : « Vous aviez peut-être raison ; d'ailleurs nous n'avons jamais exclu cette hypothèse mais le fait demeure : nous n'avons pas le moindre indice. Nous ne pouvons, hélas, faire de miracles ; je ne peux pas me mettre à fouiller toutes les maisons, ainsi que les hangars, les granges, églises, garages et motels du Comté St-Joaquin !

— Et les délinquants sexuels ? dit Marcia.

— Nous avons regardé notre liste, dit Shank ; il n'y en a pas à Oakmead. Le seul criminel de cette catégorie, ces dernières années, était Ronald Wilby qui habitait cette maison.

— Vous n'avez jamais mis la main dessus ? »

Shank hocha la tête : « Il a disparu purement et simplement, comme votre fille Barbara et votre fille Althea.

— Je me demande s'il n'y aurait pas un lien... »

Shank réfléchit quelques minutes puis répondit : « Vous savez, rien n'est impossible, c'est une chose qu'on apprend dans mon métier. Pourtant est-ce vraisemblable qu'il revienne à Oakmead où il a toutes les chances de se faire reconnaître ? Cela ne me paraît pas très logique ; que viendrait-il faire ici maintenant que sa mère est morte ?

— Evidemment, mais je ne crois jamais à de simples coïncidences.

— Pourtant cela arrive tout le temps. »

Marcia suggéra : « On pourrait peut-être faire passer dans les journaux les photos des petites en proposant une récompense pour tout renseignement donné.

— Ça ne peut pas faire de mal, dit Shank, je me charge de tout, je peux accélérer la procédure.

— Moi je reviens à ce Ronald Wilby, dit Ben. Il n'aurait pas dans les parages des amis ou des parents susceptibles de le cacher ?

— Nous n'avons jamais pu trouver d'amis à lui. Quant aux gens de sa famille, ils ne sont pas de cette région et ils le renient tous. »

Marcia laissa échapper un gémissement d'impuissance et frappa la table de ses poings : « C'est toujours le même refrain, personne ne sait quoi que ce soit et personne ne fait quoi que ce soit... Et pendant ce temps, Dieu seul sait ce qui peut arriver à mes pauvres petites filles. Cela me rend absolument folle.

— Croyez que je compatis à votre angoisse, Mrs Wood. Nous ferons tout ce que nous pourrons. Laissez-moi jeter encore un coup d'œil à ces papiers. »

Marcia les lui tendit et il les scruta quelques instants : « De deux choses l'une : ou ces messages sont véridiques et il faut nous mettre en quête de deux gamines écervelées qui n'en font qu'à leur tête...

— Ce qui n'est pas le cas !

— Ou bien, si elles ont été forcées de les écrire sous la dictée comme vous semblez le croire, alors nous avons une très mauvaise affaire sur les bras. Je ne veux pas vous raconter de bobards, je vous dis carrément que je ne vois pas par où commencer. Il faut espérer que le hasard sera de notre côté. En attendant, nous allons faire des recherches partout où cela nous paraîtra intéressant. La police locale a suggéré que nous passions enquêter dans les communautés hippies le long du fleuve, ce qui est sans doute la meilleure idée pour l'instant. Qui peut savoir ? »

Il se leva et examina encore une fois les messages : « Je vais les emporter si vous n'y voyez pas d'inconvénient. »

Ben Wood fit un geste las : « Prenez-les, nous les savons par cœur ! »

Ronald avait écouté la conversation d'une oreille particulièrement attentive. Comme toujours, l'emploi de certains termes en corrélation avec lui, tels que « délinquant sexuel », « pervers », « assassin » lui déplaisait souverainement. Ils étaient absolument déplacés en la circonstance car ils évoquaient une criminalité vulgaire et banale, indigne de sa personnalité. Jusqu'à présent, ni Barbara ni Althea n'avaient correctement rempli les rôles qu'il leur avait dévolus. Barbara avait suggéré de gagner une habitation plus spacieuse à Berkeley ou à Lake Tahoe ; bien entendu elle croyait qu'il n'y verrait que du feu ! De plus elle n'avait jamais aimé l'ambiance magique du pays d'Atranta. Il avait espéré de la part d'Althea plus de subtilité et de curiosité. Pendant la nuit il avait abondamment parlé de cette prodigieuse contrée, racontant en long et en large son histoire, décrivant les paysages ; il lui avait esquissé les traits et le caractère de chacun des six ducs et lui avait fait visiter pièce par pièce les châteaux. Il lui avait présenté l'ensorcelante Fansetta qui avait connu tant de merveilleuses aventures ainsi que Mersilde et Darrue. Tandis qu'il lui faisait ses récits, il guettait ses réactions, espérant voir dans ses yeux une lueur d'intérêt. Mais rien ne pouvait secouer l'apathie de la jeune fille. La seule fois où elle manifesta quelque chose fut quand Ronald lui proposa une séance amoureuse, ce qui la fit sursauter, frissonner et se réfugier au plus profond de sa coquille comme un Bernard-l'Ermite.

Barbara s'était montrée plus brave, plus réaliste ;

Althea semblait considérer chaque coït comme un nouvel outrage ; cette attitude éveillait en Ronald une sorte de plaisir plus complexe, plus mystérieux. S'il ne pouvait susciter en elle un mouvement de passion, il pouvait du moins la choquer, la révolter ; il se mit à ruminer une série de variations par lesquelles il la forcerait constamment à rester sur le qui-vive.

Althea n'avait rien à dire. Elle gisait silencieuse, les yeux grands ouverts ou bien plongée dans la torpeur. Ronald en était exaspéré ; il voulait qu'elle fût tout oreilles quand il lui contait son histoire favorite, qu'elle s'en émerveillât ou qu'elle tremblât. Enfin ! N'était-elle pas Althea, la fille pleine d'imagination et de fantaisie ? Et voilà que la fabuleuse épopée d'Atranta la laissait de marbre ! On aurait dit qu'il avait affaire à une simple d'esprit. Quand elle s'éveillait de sa léthargie, c'était pour plaider sa cause auprès de Ronald ; elle essayait par tous les moyens de le convaincre de la remettre en liberté ; elle jurait de ne jamais révéler son secret ; elle lui proposait de l'argent, etc. Il l'écoutait en arborant un sourire qui n'engageait à rien. Une fois, elle lui demanda combien de temps il avait l'intention de la garder ; il répondit : « Seigneur ! mais cela ne fait que commencer. » Une autre fois, il rétorqua : « Il sera toujours temps d'en parler quand nous commencerons à en avoir assez l'un de l'autre. Je te trouve tout ce qu'il y a de plus séduisante. Tu as plus de sensibilité que Barbara, elle était plus pratique comme genre de fille. »

Althea articula avec peine : « Etait ? »

Ronald trouva aisément une réponse : « Oui, pendant qu'elle était ici. Je pense qu'elle n'a pas changé et qu'elle ne changera pas partout où elle ira. »

La jeune fille insista : « Mais où est-elle allée ? Pourquoi n'est-elle pas revenue tout de suite à la maison ? » Elle essayait de contrôler les tremblements de sa voix.

La réponse de Ronald fusa comme si cela allait de

soi : « Parce que je lui ai fait promettre de ne jamais parler de moi. Elle s'est dit qu'elle téléphonerait de Lake Tahoe et que de cette façon personne ne pourrait se douter qu'elle était restée tout ce temps-là ici. »

Althea essaya de juger objectivement de la valeur de cet argument : oui, c'était plausible mais pourquoi mettait-elle si longtemps à se décider à les appeler ?

En ce qui concernait les séances amoureuses que Ronald lui faisait subir, elle voyait bien qu'il cherchait à la mettre au supplice mais contrairement à sa sœur, qui avait tout supporté avec stoïcisme, clle ne pouvait cacher sa répugnance. Elle se réfugiait dans cette feinte torpeur qui agaçait si vivement son bourreau. Pendant ce temps, elle observait entre ses paupières mi-closes le réduit dans ses moindres détails. Ronald avait, à n'en pas douter, un don réel pour capter dans ses dessins le côté lugubre ou grotesque ; dans d'autres circonstances, ces œuvres auraient bien pu l'intéresser mais à présent elle ne songeait qu'à s'évader et elle calculait comment elle s'y prendrait. Elle avait plusieurs plans en tête.

Ronald prenait mille précautions : chaque fois qu'il y avait quelqu'un en bas, il la bâillonnait et tirait sur la boucle de telle sorte qu'elle pouvait à peine respirer. Il n'était pas question qu'elle pût appeler à l'aide... à moins que Ronald ne devînt moins vigilant. En étudiant ainsi la cachette, elle remarqua comment l'ancienne porte avait été murée par un panneau de placoplâtre ; à supposer qu'elle pût disposer de quinze secondes, elle se jetterait de toutes ses forces sur ce panneau pour l'enfoncer, ce qui lui permettrait de déboucher dans le hall... tout bien pesé, elle ne serait peut-être pas assez forte. Même quand Ronald dormait, il ne relâchait pas sa surveillance ; elle en fit l'expérience à deux reprises : elle tenta de se redresser et immédiatement il fut éveillé et sur ses gardes. Elle aperçut également la trappe, sans comprendre à quoi elle servait. Vraiment, dans ces conditions, comment arriver à s'échapper ?

Pouvait-elle mettre Ronald hors de combat ? En l'empoisonnant, l'assommant ou le frappant d'un coup de couteau ? Pour tout poison elle n'avait à sa disposition que les couleurs de la boîte d'aquarelles, sans doute sans danger. Elle chercha en vain un objet qui pût lui servir d'arme. Les deux couteaux dont il se servait étaient de simples couteaux de table et les fourchettes étaient inutilisables pour l'attaque. Elle ne vit qu'un objet possible : le dessus du réservoir à eau du W.-C. Elle savait d'expérience qu'il serait difficile de le retirer sans faire de bruit mais en s'y prenant avec précaution, ce devait être faisable. Quand elle se servit du W.-C. elle observa soigneusement l'attitude de Ronald : s'il y avait du monde à la maison, il s'asseyait sur le bord du lit, en détournant la tête ; quand la maison était vide ou qu'il était tard dans la nuit, il restait en général vautré sur le lit.

Oui, songea-t-elle, c'est faisable, tout à fait faisable. Elle se mit à répéter mentalement les gestes nécessaires. Il lui faudrait mettre en œuvre toute la force, tout le courage, tout l'esprit de décision dont elle disposait car c'était sa seule chance. Le succès de l'entreprise dépendrait de deux facteurs, non, de trois : pourrait-elle soulever le couvercle sans faire de bruit ? Ronald devinerait-il son intention avant qu'elle pût le frapper ? Avait-elle assez de vigueur pour que le coup fût efficace ? Elle répondit oui à la première et la troisième de ces questions et elle souhaita ardemment pouvoir répondre non à la seconde.

Les photos de Barbara et d'Althea Wood parurent dans les journaux le mardi suivant, dans tout l'Etat, accompagnées de cette légende : « *Avez-vous vu l'une ou l'autre de ces jeunes filles ? Une récompense de mille dollars est offerte à quiconque pourra fournir des renseignements à leur sujet. Mr Ben Wood d'Oak-*

mead, dans le Comté de St-Joaquin, est persuadé que ses filles ont été kidnappées. Toutes deux ont disparu dans de mystérieuses circonstances. Prière de communiquer directement à la police toute information. Barbara est âgée de treize ans, cheveux blonds, taille moyenne et yeux bleus. La dernière fois qu'elle a été vue, elle portait une jupe grise et un pull-over à col roulé rouge foncé. Althea est âgée de seize ans, cheveux châtain clair, yeux gris ; elle portait des jeans bleus et un sweater vert. »

Duane Matthews était assis au salon en compagnie d'Ellen. Les photos, pensaient-ils, étaient ressemblantes et pourraient donner de bons résultats... au cas où les filles auraient été aperçues quelque part.

Duane était pessimiste : « Je ne crois pas qu'il y ait une seule chance, pardonne-moi de dire ça mais... »

Il ne put achever sa phrase. Mais Ellen ne s'en aperçut même pas, tant elle était absorbée par ses pensées.

« Tout de même, nous devrions être capables d'échafauder une hypothèse, remarqua Duane. On ne disparaît pas de cette façon sans laisser la moindre trace. Mais où la chercher ? »

Ellen secoua la tête d'un air épuisé : « On répète toujours la même chose ! Il n'y a que les deux messages, un point c'est tout ! Y a-t-il quelque chose dedans que nous n'avons pas encore remarqué et qui pourrait nous donner un indice ? »

La jeune fille sourit tristement : « Tes instincts de criminologiste te mènent peut-être un peu loin.

— Ecoute, regardons encore une fois les papiers et tâchons de raisonner comme Sherlock Holmes.

— Le sergent Shank les a pris mais je les connais par cœur. »

Ellen alla prendre deux feuilles de papier dans le tiroir du bureau et transcrivit les deux messages :

« Chers tous,

Personne ne me fait confiance, je ne peux plus le supporter. Je pars rejoindre les hippies, je reviendrai dans quelque temps. Ne vous faites pas de souci pour moi, tout va bien.

Barbara »

« Chers tous,

Pendant votre absence j'ai eu des nouvelles de Barbara ; je vais la voir mais j'ai promis de ne pas divulguer l'endroit où elle est ; pardonnez-moi, je ne peux vous donner aucun détail.

Votre Althea qui vous aime. »

Assis côte à côte sur le divan, Duane et Ellen passèrent au peigne fin ces deux textes.

« Pour commencer, déclara Duane, les deux sont courts et débutent par "chers tous", cela te paraît normal ?

— Oh oui, je crois.

— Barbara mentionne que vous ne lui faites plus confiance, ce qui se rapporte à vos querelles (le jeune homme fronça le sourcil en relisant ce bout de phrase) tu sais, cela me paraît drôlement important : quelqu'un du dehors n'aurait pas pu dire cela ! »

Ellen approuva d'un lent hochement de tête : « Oui, je vois ce que tu veux dire.

— C'est absolument évident ! Crois-tu qu'elle aurait pu parler de votre dispute ou de ton incompréhension (n'importe !) avec quelqu'un d'autre ?

— Non, mais il y a un autre signe qui montre que c'est quelqu'un du dehors.

— Quoi ? Explique-toi vite.

— Eh bien, le papier.

— Le papier ? Je ne lui ai rien trouvé de bizarre.

— Bien sûr, c'était du papier machine ordinaire mais je viens d'y penser : tâte ce papier-là, c'est du vélin supérieur de la compagnie du téléphone. Papa le rapporte de son bureau ; il est un peu resquilleur, ce cher papa ! Nous n'achetons jamais de papier machine, donc l'autre sorte de papier ne pouvait venir que de l'extérieur. » Duane le regarda d'encore plus près : « Tu en es absolument sûre ?

— Absolument. Viens, je vais te le faire constater de tes yeux. »

Elle l'entraîna jusqu'au bureau et lui montra la provision de papier.

« Tu vois bien. Quand nous avons besoin d'une feuille, nous venons en prendre ici. Je n'en ai pas dans ma chambre. Si tu veux, nous pouvons aller vérifier s'il y en a dans les autres chambres. »

Comme elle l'avait dit, il n'y avait que ce papier-là dans la maison.

« C'est formidable, affirma le jeune homme. Le message de Barbara apporte la preuve que personne du dehors n'aurait pu le rédiger mais ni elle ni Althea n'auraient pu écrire sur ce genre de papier si on ne le leur avait fourni !

— Aucun type étranger à la famille n'aurait été au courant de notre dispute, sauf toi. »

Duane eut un triste sourire : « Ce n'est pas moi le coupable !

— Je crois qu'il faut prévenir le sergent Shank de ce que nous avons découvert, il n'y a sûrement pas pensé.

— Appelle-le. »

Ellen le trouva et lui expliqua par téléphone le paradoxe du message. Shank convint que c'était très bizarre. « Cela confirme que les filles ne sont pas parties de leur plein gré. En dehors de la famille, qui aurait pu être au courant de la dispute ?

— C'est-à-dire que Duane le savait mais, quand Althea a disparu, il était avec moi. De toute façon, je sais qu'on ne peut le soupçonner.

— Je vois. Il est avec vous pour le moment ?

— Oui. Il a eu d'innombrables occasions de me kidnapper mais il ne semble pas décidé.

— Attention, rappelez-vous : Tant va la cruche à l'eau... Avez-vous fait part à vos parents de ce que vous avez découvert au sujet des messages ?

— Non. Maman est en train de faire son marché et Papa est au bureau. Ils vont rentrer d'une minute à l'autre et je les mettrai au courant. Rien de nouveau au sujet des photos ?

— Non, rien d'intéressant. Dès que je saurai quelque chose, je vous préviendrai. »

Ronald avait l'œil collé au judas. Quel détestable garçon, ce Duane ! Jamais de sa vie il n'avait ressenti une telle haine à l'égard de quelqu'un. Il ne détestait pas Jim Neale à ce point. Il faut toujours qu'il fourre son nez partout, il ne peut pas rester tranquille, en quoi ça le regarde cette histoire de papier ? grommela-t-il. Pour la première fois de sa vie, Ronald sentait une légère menace. Le seul raisonnement capable de résoudre le paradoxe évoqué par les jeunes gens qui se mêlaient de jouer aux détectives serait le suivant : un étranger, placé dans un endroit d'où il avait pu être témoin de la querelle, avait fourni le papier et kidnappé les deux filles. La question suivante serait : Où cet étranger aurait-il pu se trouver ? Détestable Duane ! Individu pourri !

Ronald se rassit sur le lit. Althea détourna la tête. Il fronça le sourcil : elle avait quelque chose qui la préoccupait, elle se faisait du souci, tant pis ! Il tendit la main et la caressa. Elle avait quelques centimètres de plus que Barbara, son corps était plus mince et plus souple. Elle avait des hanches moins rondes, moins féminines que celles de sa sœur mais elle était plus séduisante, à cause de sa sensibilité. Cela plaisait à Ronald de la choquer... Elle avait des yeux magnifiques, non pas bleus comme ceux de sa sœur mais gris tels des nuages d'orage, immenses et transparents. Elle avait également une très belle bouche ; Ronald se plaisait à l'embrasser sur la bouche car ensuite elle s'essuyait du poignet. Une fois, un poil de barbe s'était pris entre ses dents.

La soirée s'écoula. Il écouta la conversation qu'il trouva fastidieuse, il connaissait tout cela par cœur. Pour le repas, les Wood avaient rapporté un plat tout préparé : du poulet frit avec des pommes frites et de la salade de chou blanc à la crème, ainsi qu'une tarte à la crème de noix de coco glacée. Ronald était très alléché à la vue de ces mets exquis... pourvu qu'ils en laissent ! pensa-t-il. Hélas ! Il fallait compter avec la gloutonnerie incroyable de ce Duane qui liquida poulet et frites... ce soir Ronald se serait léché les babines en vain. Heureusement, il resterait un bon morceau de tarte pour Althea et lui.

Duane rentra chez lui à dix heures et, une demi-heure après, les trois Wood montèrent se coucher. Ronald se tenait près du W.-C., prêt à tirer la chaîne dès qu'on en ferait autant là-haut. Voilà ! Parfaite synchronisation comme de coutume. Il revint près du lit ; Althea ferma les yeux et se tourna de l'autre côté, face au mur. Il refusa d'en tenir compte et commença à s'affairer. Bon ! Une bonne chose de faite, maintenant il fallait penser au souper. Althea était prostrée, humiliée comme à chaque fois. Une bonne part de tarte, du café et ce qu'il pourrait dénicher d'autre, cela la ragaillardirait ! Il se dirigea rapidement vers la porte secrète, hésita, se retourna : il avait négligé d'attacher et de bâillonner sa prisonnière, il y avait fort peu de chances qu'elle osât émettre un son. Il avait une faim de loup et n'avait qu'une idée, aller voir ce qui restait dans le réfrigérateur. Allons ! Il pouvait prendre ce risque pour une fois. Il se mit à quatre pattes et par hasard lança un coup d'œil par-dessus son épaule. Althea le regardait faire avec une expression d'intérêt inhabituelle... Ronald rebroussa chemin, se leva lentement ; décidément, il valait mieux ne négliger aucune précaution, on ne pouvait savoir quel genre de projet cette fille ruminait. C'était une rusée, une sans pitié et elle le détestait ; il n'avait aucun doute à cet égard. Ce n'en était que plus excitant et il en tirait beaucoup de plaisirs inédits mais il savait ne pouvoir se fier à elle. « Désolé ! gloussa-t-il, mais je préfère prendre mes précautions avant de te quitter. »

La mine d'Althea s'allongea. Son plan était fin prêt ; s'il la laissait seule rien que deux minutes, elle prendrait le couvercle et s'en servirait pour casser le panneau qui cachait l'ancienne porte. Et si Ronald survenait par son passage secret elle l'assommerait. Ronald, devinant son état d'esprit, l'attacha avec un soin tout particulier puis se précipita en quête de provisions. Comme il le pressentait, il ne restait pas grand-chose d'autre que la tarte. Tout en grognant il se coupa deux parts ; il n'en resterait quasiment que des miettes mais les Wood étaient trop préoccupés de leurs problèmes pour y faire attention. Il versa le reste du café dans les deux tasses qu'il avait pris soin d'emporter et retourna en hâte dans la cachette.

Althea, une fois libérée de ses liens, accepta le café mais déclina la tarte sous prétexte qu'elle ne se sentait pas bien.

« Oh, quel dommage ! s'écria Ronald, je suis vraiment navré ! »

Il mangea les deux morceaux de tarte et renonça à regret à retourner prendre au réfrigérateur le peu qu'il en restait. Il regarda la jeune fille d'un air sévère :

« Qu'est-ce que tu as ?

— J'ai mal au cœur. »

Ronald fronça le sourcil, cela lui gâchait ses projets pour la soirée.

« Tu veux un cachet d'aspirine ?

— Non. »

Il se coucha près d'elle. Cinq minutes s'écoulèrent. Il se souleva sur un coude et commença à la tripoter.

Elle n'était pas dégourdie, on allait la réveiller un peu ! Althea commença à avoir des haut-le-cœur, Ronald se recula précipitamment. Elle alla d'un pas trébuchant jusqu'à la cuvette du W.-C. et, levant le siège, se pencha au-dessus de la cuvette en s'appuyant au réservoir. Ronald, dégoûté, tourna la tête. Avec le plus grand soin, elle souleva le couvercle en insinuant doucement les doigts à chaque extrémité. Elle fit semblant de vomir bruyamment et regarda du côté de Ronald qui lui tournait le dos. Brandissant le couvercle au-dessus de sa tête, elle s'approcha du lit en deux enjambées ; il se retourna pour voir le couvercle de porcelaine s'abattant sur lui et le visage tendu de la jeune fille. Il jura, esquiva d'un mouvement brusque de la tête et reçut le choc en plein sur l'épaule ; le couvercle rebondit par côté du cou et sur la nuque. Jamais il n'avait eu si mal... et ce sang ! Regardez-moi ce démon meurtrier qui lui avait assené un coup pareil et qui était si effrayé de ne pas l'avoir tué ! Ronald bondit en avant, elle ouvrit la bouche pour hurler mais il la fit tomber par terre en lui prenant les jambes ; on n'entendit qu'un bruit étouffé pendant qu'il cherchait à l'étrangler, elle se défendit pied à pied, elle lui tira les cheveux ; elle ouvrit à nouveau la bouche pour tenter de crier mais Ronald savait comment s'y prendre pour empêcher pareille trahison : le moyen était parfaitement efficace.

CHAPITRE XVII

Le mercredi matin, Ben et Marcia insistèrent pour qu'Ellen retournât au collège. « Je sais que c'est pénible pour toi avec les photos qu'on a fait paraître dans les journaux, dit sa mère, mais il faut se résigner.

— Je sais bien, dit Ellen, très sombre, mais je n'aime pas du tout cela : ils vont tous me regarder, chuchoter derrière mon dos, se demander ce qui se passe chez nous. J'ai l'impression d'être une lépreuse.

— Je suis désolée, chérie, mais il n'y a pas moyen de faire autrement.

— Ce sera l'occasion de te rendre compte sur qui tu peux compter comme amis », dit Ben sèchement.

Elle haussa les épaules : « Au point où nous en sommes, je peux le supporter mais il faut qu'il y ait quelqu'un à la maison si on téléphone.

— Je serai là, affirma Marcia, je n'irai pas travailler tant que nous n'en saurons pas plus. »

Ellen alla donc en classe et supporta les regards avec tout le calme dont elle était capable. Duane passa la prendre à la sortie et l'emmena déguster une glace à la fraise chez Curley. Il n'était jamais volubile mais ce jour-là il était encore plus silencieux que de coutume. Ellen, plongée dans ses propres pensées, finit tout de même par le remarquer : « Tu n'as pas l'air dans ton assiette aujourd'hui ? » Duane, après quelques minutes de réflexion, dit : « C'est vrai ! » Et il se mit à expliquer : « Je ne sais pas si tu as déjà remarqué que la vie passe par des étapes. Quand une nouvelle étape commence, la précédente est passée pour de bon, elle ne recommence jamais.

— Oui, j'y ai souvent pensé.

— J'ai reçu une lettre ce matin. La prison d'Etat de San Jose me prend à partir de janvier. Ils ont le meilleur département de criminologie de tout l'Etat. »

Ellen remua sa cuiller dans sa tasse.

Il poursuivit : « Je voudrais que tu viennes avec moi. En réalité, je t'aime et je ne peux me faire à l'idée de passer le reste de mon existence loin de toi. »

Ellen sourit et pencha la tête de côté : « Je ne veux pas me marier, en tout cas pas maintenant, peut-être pas avant des années !

— Je sais bien que les circonstances sont terribles et ne s'y prêtent pas, dit Duane précipitamment. Vous avez tant d'inquiétude, je ne voulais pas t'en parler maintenant mais je n'ai pas pu m'en empêcher. Avec mon départ d'ici, c'est une nouvelle étape de ma vie qui commence et je veux que tu en fasses partie. »

Ellen se leva : « Rentrons à la maison, Duane. »

Ils marchèrent en silence. Duane finit par demander : « Est-ce que tu refuses ?

— Je ne sais pas ce que je peux te dire ; mes idées sont tellement embrouillées en ce moment. Je pense tout le temps à Althea et à Barbara. Si elles ne reviennent plus, je ne peux pas laisser Papa et Maman tout seuls... pas pour l'instant. Et je ne suis même pas sûre d'avoir un jour envie de me marier.

— Tu ne peux pas rester toute ta vie avec eux.

— Je sais bien... en fait, voilà ce que j'essaie de te dire : j'aime Papa et Maman, ils m'ont donné une vie merveilleuse. Depuis que Papa a quitté l'armée, il a travaillé dans la compagnie du téléphone. Nous n'avons jamais manqué de rien. Chaque année, il a trois semaines de congés payés et nous allons en Arizona, au Canada ou en Idaho. Nous avons passé de très bons moments mais je ne crois pas que je désire ce genre de vie pour moi. Je ne veux pas une gentille petite maison, deux ou trois enfants et un mari qui a une bonne situation et trois semaines de congés payés par an, sans compter les primes et les avantages à côté.

— Tu veux faire une carrière, c'est ça que tu veux dire ?

— Non, ce n'est même pas ça. J'ai envie de faire quelque chose d'excitant. Je n'ai pas envie de me marier et de vivre dans un appartement à San José pendant que tu seras à l'école... et tu m'es très cher, Duane, c'est ce qu'il y a de terrible.

— Mais tu as peur que je t'offre une maison confortable avec une pelouse, un patio pour le barbecue dominical et peut-être une piscine ? »

Elle éclata de rire : « C'est tout à fait ça !

— Et si je travaillais pour Interpol ou si je rejoignais les Volontaires de la Paix ou bien encore si j'émigrais en Australie pour élever des moutons ?

— Je serais très favorablement impressionnée, mais de toute façon il n'est pas question que je me marie maintenant... pas tant que nous sommes en plein drame.

— Je crois que je suis un bon à rien, dit Duane les dents serrées. Je ferais un mauvais mouchard, je n'ai aucune envie d'apprendre aux Hindous à construire des hangars ; je ne peux pas supporter les moutons, je t'assure, je suis un type inutile. »

Elle lui prit le bras : « Non, Duane, tu te noircis à plaisir, tu es mon meilleur ami et je t'aime beaucoup. »

Il la raccompagna jusqu'à la porte d'entrée : « Il faut que j'aille chercher ma voiture. Tu ne veux pas faire quelque chose ce soir ? Un film, ça te dirait ?

— Pas ce soir, Duane. Je ne veux pas quitter Papa et Maman. Les pauvres, ils sont complètement perdus sans les deux petites. »

Duane hésita, puis lança tout à trac : « Pardonne-moi de t'avoir embêtée avec mes projets et mes propositions à un moment pareil.

— Ça ne fait rien du tout, dit-elle en l'embrassant sur la joue. Tu as bien le droit d'avoir des réactions de simple mortel ! »

Elle prit la clé dans sa cachette, ouvrit la porte et, quand elle se retourna pour jeter un dernier regard à Duane, elle lui vit l'air sombre : « Qu'est-ce qui se passe encore ?

— Est-ce qu'il y a quelqu'un chez toi ?

— Je pense que Maman a dû aller faire ses courses.

— Si tu n'y vois pas d'inconvénient, je préférerais attendre avec toi que ton père ou ta mère rentre. Je n'ai aucune envie que tu partes à la recherche d'Althea en nous laissant un message.

— O.K., viens, tu m'aideras à faire mes maths. »

Ronald regardait par son judas. Le détestable Duane était là, assis à côté de sa dulcinée. Elle avait une jambe sous elle et un livre sur les genoux. Ronald l'examinait d'un œil expert, tel un homme qui s'y connaît en femmes et sait du premier coup d'œil discerner leurs caractéristiques essentielles. Elle devait avoir des ressemblances générales avec ses sœurs et ses particularités bien à elle. Un peu comme une glace napolitaine avec trois parfums différents. Aujourd'hui, l'intérêt qu'il portait à Ellen était purement platonique, il se sentait abominablement fatigué ; sa tête et son épaule le faisaient souffrir sans répit, or il haïssait la douleur plus que tout. Autrefois, pour les plus petits bobos il se mettait dans tous ses états, trépignant, hoquetant, mais il avait alors sa maman sous la main qui savait le soulager. A présent la douleur persistait, intolérable ; au moindre mouvement, la tête lui battait atrocement.

Duane et Ellen conversaient à voix basse, Ronald ne saisissait pas ce qu'ils disaient. Au bout d'un moment il en eut assez de les regarder ; avec un grognement de douleur il se recoucha avec précaution.

Marcia Wood revint au logis, puis ce fut le tour de Ben et Duane s'esquiva. Ronald était de si méchante humeur qu'il n'éprouva même pas le besoin de voir ce qu'ils avaient à dîner. Les voix étaient plus discrètes que d'habitude ; à un moment, une réflexion de sa mère mécontenta Ellen qui répondit d'un ton emphatique : « ... pas du tout ! J'ai pris un petit morceau et lui aussi, il n'est pas fou des sucreries.

— Hum, hum, dit Marcia sceptique, en tout cas il ne restait que des miettes ce matin.

— N'en rends pas Duane responsable. S'il t'entendait, il serait horrifié.

— Il y a peu de chances qu'il le sache, tu penses bien que je ne me permettrais pas de faire une remarque pareille en sa présence. J'aime ce garçon, il a très bon cœur, on peut compter sur lui, tu pourrais tomber beaucoup plus mal.

— Oui, j'en ai peur, cela pourrait bien m'arriver un de ces jours.

— Je ne comprends pas ce que tu veux dire, dit Marcia.

— Aujourd'hui il m'a demandé de l'épouser.

— Ma parole ! dit Ben, te marier à ton âge, tu n'as même pas fini tes études secondaires !

— Je lui ai répondu non et j'ai peur de l'avoir blessé.

— C'est ridicule, aboya Marcia, Duane est un charmant garçon et pour son âge il a un grand sens de ses responsabilités...

— Diablement trop ! marmonna la jeune fille.

— ... mais tu as encore des années à passer à l'université ! »

Ellen changea de sujet de conversation : « Il n'y a toujours rien du côté des journaux, je suppose ; les photos n'ont rien donné ?

— Non, aucune information que puisse retenir la police », dit Ben d'un ton désespéré.

Ellen nota avec un profond chagrin les changements que les événements dramatiques de ce dernier mois avaient opérés en son père ; il avait le visage hâve et anguleux et le teint gris. Mon Dieu ! Pourquoi avait-il fallu qu'ils quittent Los Gatos où la vie était si douce, si paisible !

Les pensées de Ben semblaient suivre le même cours car il ajouta : « Il va y avoir un nouveau poste à Santa Rosa pour les gens de mon échelon et, si je veux, je peux y être nommé. Nous allons encore avoir à déménager, ce qui est bien ennuyeux, conclut-il comme s'il cherchait à se faire pardonner.

— Moi je ne demande pas mieux, s'écria Ellen. Tous les travaux que nous avons faits ne donnent que plus de valeur à la maison.

— Bien sûr », dit Ben d'une voix qui manquait de conviction.

Marcia crispa les mâchoires et ses yeux étincelèrent : « Je n'aime pas particulièrement Oakmead et cette maison ne nous a jamais paru très hospitalière, mais je ne peux pas supporter l'idée que nous partirions en vaincus, la queue entre les jambes, comme si nous abandonnions la partie ! »

Ellen la regarda avec stupéfaction, jamais elle n'aurait deviné un tel tourbillon d'émotions dans le cœur de sa mère, toujours si égale d'humeur et pleine d'entrain. Elle dit : « J'imagine très bien ce que tu ressens, du moins il me semble, mais est-ce que ça vaut la peine ?

— Je l'ignore mais parfois, quand je pense à ce qui nous est arrivé ici, sans aucune raison, cela me rend folle de rage. — Elle eut un petit rire. — Je sais bien que c'est grotesque de ma part d'en accuser cette maison mais je ne peux m'en empêcher, c'est plus fort que moi. »

Ben dit d'une voix hésitante : « C'est une chose dont il faut peut-être tenir compte. Evidemment, nous ne pouvons faire grand-chose tant que les petites ne sont pas revenues ou que... » Il n'eut pas le courage de continuer.

« La police n'a toujours aucune idée ?

— Non, apparemment. »

Une semaine passa. Marcia décida finalement de reprendre son travail ; les journées lui semblaient interminables, seule dans cette grande maison. Le mardi, Ellen rentra dans une maison silencieuse. Il y régnait une odeur de rance qui la dégoûta profondément, aussi laissa-t-elle la porte d'entrée ouverte, ainsi que les fenêtres du living-room. Elle était sur le point d'aller se chercher un verre de lait et une pomme dans la cuisine quand le téléphone sonna. C'était sa meilleure camarade de classe, Mary Maginnis, qui était au bout du fil. La conversation dura une bonne demi-heure. Elle finit par raccrocher et resta assise sur le divan, l'air pensif. Ellen avait horreur de se retrouver seule dans cette maison oú l'on entendait sans cesse des craquements, des bruits sinistres. Elle se rappela qu'Althea avait sérieusement avancé l'hypothèse de fantômes. Après tout, elle devait avoir raison.

Ronald avait l'œil collé au judas. Il n'avait plus mal après plusieurs jours de vie très pénible. Comme les Wood, il trouvait la maison bien triste depuis le départ des deux jeunes filles. Pourtant il fut content que Marcia eût repris son travail et lui laissât la libre disposition des lieux.

Ellen était devenue son nouveau centre d'intérêt. Il avait toujours apprécié sa limpide beauté ; elle n'avait ni la joyeuse exubérance de Barbara ni le charme magique d'Althea mais il lui restait ce don bien à elle d'intense rayonnement. Elle avait encore monté dans son estime depuis qu'elle avait repoussé la proposition de mariage de Duane Matthews. Il aurait été terriblement blessé en cas contraire. La discussion familiale au sujet d'un éventuel déménagement à Santa Rosa l'avait aussi passablement irrité. Comment ? On allait le laisser ici tout seul, abandonné comme un pauvre orphelin ? Il fallait bien se faire à l'idée que son association avec la famille Wood dont il avait tant profité touchait à son terme. Quelle merveille si d'un coup de baguette magique il pouvait tout recommencer depuis le début ! En un certain sens, c'était la faute d'Althea et de Barbara si on en était là ; si elles s'étaient montrées plus conciliantes, si elles l'avaient aimé avec la ferveur dont il avait rêvé, tout eût été différent ! Au lieu de cela, Barbara avait essayé de le tromper et sa sœur l'avait blessé, cruellement... ce qui s'était passé ensuite n'était que simple justice.

... Il regardait Ellen avec une attention extrême, se rappelant Barbara téléphonant sur ce même divan en tenue bien plus légère. Il imagina l'aînée dans le même appareil que la benjamine... spectacle affriolant ! Il réfléchit : pouvait-il risquer une nouvelle expédition ? Tant qu'elle parlait au téléphone, il ne fallait pas y penser. Il était un peu tard ; d'ici quelques minutes, les parents pouvaient rentrer. Il lui fallait disposer d'au moins une demi-heure, même avec la maestria et la promptitude que ses expériences précédentes lui avaient permis d'acquérir.

Le lendemain, Duane vint chercher Ellen au collège et l'emmena en auto chez Burnham, qui était le meilleur glacier de la ville. Ce jours-là, il avait plus d'entrain et d'aisance que de coutume. Il avait longuement réfléchi à ses relations avec elle et avait su découvrir par où il péchait : assurément il manquait de panache et d'élans romantiques ; il n'était que le brave Duane, un garçon sérieux, réfléchi, un peu bourru, qui serait capable un jour de faire un bon époux. Ellen, de son côté, en était venue aux mêmes conclusions : si seulement il lui proposait de l'emmener en voilier à Tahiti ou en Landrover jusqu'aux Indes... Et encore, cela suffirait-il pour la conquérir ? Jamais il ne l'avait vraiment troublée... Sa présence n'éveillait en elle aucun frisson, ne faisait pas vibrer délicieusement — comme certains — sa sensualité de femme ; il se montrait toujours trop chevaleresque et respectueux. Pauvre Duane pénalisé pour avoir trop de qualités ! Ellen, avec une cruauté presque inconsciente, se mit, telle Barbara, à flirter outrageusement. Duane commença à penser qu'après tout la vie avait du bon.

« Papa parle de déménager de nouveau : il aurait un poste à Santa Rosa. Il faudrait quitter Oakmead, pas tout de suite, dès que d'une manière ou d'une autre nous aurons des nouvelles de mes sœurs. »

Duane hocha la tête d'un air pessimiste : « Ça peut durer longtemps. »

Ellen réfléchit un instant : « Je me fais vraiment du souci pour Papa ; il a une mine terrible et a beaucoup maigri, comme s'il relevait d'une longue maladie. Il est affreusement angoissé et intériorise tout. Maman aussi change, je ne peux pas expliquer clairement de quelle façon. L'autre soir elle nous a dit quelque chose de bizarre, qu'elle ne voulait pas déménager comme si la maison avait eu le dessus. »

Duane approuva cette manière de voir de Mrs Wood : « Elle déteste cette maison.

— Moi aussi, bien entendu, mais je veux déménager. Comment peut-on lutter contre une maison, personne ne peut effacer le passé.

— Rappelle-toi comme c'était lugubre quand vous êtes arrivés. Après les travaux c'était plus gai mais à présent, même avec ses couleurs gaies, elle est redevenue triste.

— L'été dernier on s'est bien amusés mais même à ce moment-là nous avions une drôle d'impression ;

tu te souviens quand Althea parlait de fantômes et croyait que la maison était maudite ?

— Je m'en souviens fort bien, vous ne l'avez jamais prise au sérieux.

— J'ai changé d'avis. On dirait qu'il y a une présence mystérieuse qui disparaît dès qu'on tourne la tête : une goule ou un vampire qui joue des tours cruels, vole de la nourriture et laisse une horrible odeur dans la maison quand personne n'est là. »

Duane fronça les sourcils : « Vole de la nourriture ! »

Ellen dit d'un air pensif : « C'est drôle, je ne m'en suis jamais beaucoup souciée ; je croyais que Maman perdait la mémoire ou que Papa s'était offert un petit en-cas avant de se coucher ou que Barbara avait régalé un de ses nombreux amoureux. Mais tu te souviens de la tarte glacée à la noix de coco de l'autre soir ? »

Duane fit oui de la tête.

« Nous avons pris chacun un morceau et il restait la moitié. Eh bien le lendemain matin, il restait à peine un quart. Maman croyait que c'est toi qui l'avais mangée.

— Moi ? s'écria Duane indigné, jamais je ne ferais une chose pareille !

— C'est ce que je lui ai dit. Je ne pense pas que cela les ait frappés, ils ne pensent qu'à tu sais qui.

— Cela signifie qu'ils me prennent toujours pour un voleur ou un goinfre ?

— Mais non, cela veut dire que lorsque quelque chose manque au réfrigérateur, elle croit que tu l'as mangé mais elle s'en fiche bien. »

Duane se frotta le menton : « Depuis quand avez-vous constaté ces disparitions ?

— Attends... en fait, presque depuis le début. Maman passe son temps à se lamenter qu'elle ne peut garder de lait dans la maison.

— Oui... avez-vous remarqué autre chose ?

— Je ne vois pas. Ah si ! Mon parfum a été renversé et le cahier du journal intime d'Althea a eu son fermoir forcé. Seigneur ! Il y a peut-être vraiment quelqu'un derrière tout cela.

— Vous n'avez jamais essayé de tendre un piège ? »

Ellen secoua la tête : « Personne n'a pris ces choses-là au sérieux.

— Avez-vous entendu des bruits : de petits coups secs, des chocs, des pas comme dans les histoires de revenants ?

— Tu sais, dans toutes les vieilles maisons il y a des bruits étranges. Je n'ai jamais entendu de pas — elle fronça les sourcils — ah, peut-être que si, l'autre jour, je ne me rappelle plus bien. Les poutres craquent toujours. Une nuit, Papa et Maman ont entendu un cri, ils ont cru reconnaître la voix de Babs.

— Tiens, tiens, et d'où venait ce cri ?

— Je crois qu'ils ne savent pas. Ils ont regardé dans la rue et Papa est venu voir dans nos chambres si nous n'avions pas eu un cauchemar. Finalement, ils ont pensé que c'était peut-être un chat mais ils m'ont affirmé que c'était le timbre de Babs.

— C'était après le départ de Babs ?

— Oui, deux ou trois jours après environ.

— C'est curieux. Et ils l'ont entendu tous les deux ?

— Oui.

— Ils n'ont pas averti la police ?

— Que voulais-tu qu'ils disent ?

— C'est tout de même très, très bizarre, marmonna Duane, pense aussi au papier des messages.

— Mais Duane, d'après toi, qu'est-ce que cela signifie ?

— Quelque chose d'assez atroce à mon avis. Tentons une expérience.

— Quoi ? dit Ellen d'une voix étouffée. J'ai terriblement peur tout à coup.

— Et il y a de quoi ! Ecoute, n'en parle pas à tes parents mais ce soir, après qu'ils seront montés se coucher, tu saupoudreras le plancher de la cuisine avec de la poudre de talc ou plutôt de la farine, qui ne laissera pas d'odeur. Demain matin, lève-toi de bonne heure, avant tes parents. Vers quelle heure crois-tu qu'ils se lèvent ?

— Sept heures et demie mais demain c'est samedi, alors ce sera peut-être plus tard ; vers huit heures, huit heures et demie.

— Bon. Alors toi tu te lèveras à sept heures, tu iras à la cuisine, tu regardes et tu m'appelles ; je resterai assis près du téléphone à partir de sept heures. O.K. ? »

Ellen fit une grimace de peur : « Je le ferai mais qu'est-ce qu'on va trouver, tu crois ?

— Je n'en sais rien mais s'il y a *vraiment* quelque chose, nous en aurons le cœur net.

— Duane, je meurs de peur.

— Moi aussi. Surtout, surtout, ne reste jamais seule à la maison. C'est arrivé à Barbara et Althea quand elles étaient seules.

— Duane, c'est atroce.

— Oui, c'est vrai.

— Tu ne crois pas qu'il vaudrait mieux avertir Papa de ce que nous faisons ? »

Duane hocha la tête : « J'aime bien ton père mais il n'a pas tout à fait les pieds sur terre.

— Oui, dit Ellen d'un air triste, je sais. Il est trop anxieux et puis il n'a pas assez d'agressivité, moi non plus. Je suis lâche.

— Cela ne t'empêchera pas de mettre la farine ni de m'appeler de bonne heure ?

— Non, non, tu peux compter sur moi. »

A six heures du matin le lendemain, Duane était sur pied. Il s'habilla, fit son café et ses toasts et guetta la sonnerie du téléphone. Il était prêt à décrocher à la première vibration.

A sept heures moins quatre, la sonnerie retentit : « Allô ?

— C'est moi, Duane.

— Alors ?
— Viens immédiatement, le plus vite possible.
— J'arrive dans trois minutes, peut-être moins. »

Il arriva devant la maison, coupa le moteur, descendit d'un bond de son siège. Sur le perron se tenait Ellen, en pyjama blanc et robe de chambre bleue. Dans son visage pâle, luisaient de grands yeux fiévreux. Elle vint à sa rencontre, il la rejoignit au bas du perron.

« Tu as trouvé quelque chose ?
— Oui, des traces, de grandes empreintes de pieds. »

Elle parlait à voix très basse : « J'avais peur de le dire au téléphone : elles vont du garde-manger à la cuisine et en sens contraire. Elles ne conduisent à aucune porte, c'est incroyable.
— Tu as regardé dans le garde-manger ?

Elle hocha la tête : « Il n'y a pas de place là pour se cacher, juste les éléments de rangement pour les provisions. Comment quelqu'un peut-il entrer dans la cuisine sans laisser de traces venant de la porte ?
— Je n'en sais rien, il faut voir. »

Ils pénétrèrent dans la maison, traversèrent la salle à manger pour se rendre à la cuisine et restèrent sur le seuil. Ellen lui montra du doigt et allait parler mais il lui fit signe de se taire. On voyait fort bien les traces de pas sur le plancher saupoudré de blanc. Elles semblaient avoir été laissées par des pieds chaussés de grandes pantoufles ou de babouches et allaient du garde-manger au réfrigérateur ; là, les empreintes étaient tout enchevêtrées et repartaient vers le garde-manger.

« Fais-nous un peu de café », dit Duane flegmatique. Il lui fit de nouveau signe de se taire et montra le plancher ; puis il alla chercher un balai pour nettoyer le plancher.

Ellen fit le café et demanda d'une voix engageante :

« Tu as faim ? Veux-tu que je te fasse des œufs brouillés ?

— Non, merci. »

Il était entrain d'examiner le mur de la salle à manger et son buffet incorporé puis il alla dans le hall et inspecta le mur opposé à la porte d'entrée. Elle lui apporta sa tasse de café : « Que regardes-tu comme ça ? » Il lui fit signe de prendre garde et dit d'une voix qu'il s'efforçait de rendre absolument normale : « Va vite t'habiller, je t'attends dans la voiture. Si tes parents sont réveillés et s'ils veulent savoir pourquoi je suis là, dis-leur que tu m'as invité à prendre le petit déjeuner mais rejoins-moi le plus vite possible. »

Ellen acquiesça d'un signe de tête. Duane songea qu'il ne l'avait jamais vue aussi belle que dans ce peignoir bleu avec ses grands yeux et sa pâleur. Il la serra fort contre lui et l'embrassa.

« Non, Duane, pas maintenant », dit la jeune fille essoufflée et elle monta en hâte dans sa chambre. Mais, tandis qu'elle s'habillait, elle sentait encore les vibrations de ce baiser ; c'était la première fois qu'elle réagissait ainsi avec Duane. Il pouvait être trop sérieux et réaliste mais c'était un homme et, quand il l'avait serrée contre lui, il s'était montré dur et agressif, pas du tout la bonne pâte ! Elle écouta à la porte de ses parents mais rien ne bougeait. Elle descendit en courant, sortit toujours en courant, et aperçut Duane adossé à sa voiture. Elle le trouva changé : une nouvelle assurance, une espèce d'exultation sardonique ; on aurait dit un autre garçon.

« Je sais ce qui se passe », s'écria-t-il. Il regarda la maison, ses yeux verts étincelaient ; puis il les fixa à nouveau sur la jeune fille : « Toi aussi ?

— Je crois que oui. Il doit y avoir une trappe dans le garde-manger et quelqu'un s'en sert pour entrer chez nous. »

Il secoua la tête : « C'est mieux que ça ou peut-être pire. Qu'y a-t-il de l'autre côté du garde-manger ?

Ellen fronça les sourcils : « La véranda de derrière.

— Non, de l'autre côté.

— Le living-room ? L'escalier ?

— L'escalier et l'espace sous l'escalier. »

Ellen cligna des yeux et réfléchit : « C'est un espace fermé, dit-elle d'une voix hésitante.

Duane acquiesça : « Mais il y a quelqu'un dedans qui vit au milieu de la maison comme un ver dans un fruit. Et je sais qui c'est.

— Qui ? dit Ellen d'une voix mal assurée.

— Ronald Wilby, qui d'autre ? Après l'assassinat de Carol il s'est évanoui dans les airs. La police n'a rien retrouvé de lui... pour une bonne raison : sa mère l'avait muré dans une cachette. Il devait y avoir un espace sous l'escalier, une sorte de cagibi.

— Ou une salle de bains.

— Evidemment ! La salle de bains du bas ! Voilà où il s'est caché tout ce temps. Et il doit y avoir la possibilité de ramper dans le garde-manger. »

Ellen jeta un coup d'œil terrifié du côté de la maison. L'émotion troublait sa vision, la maison lui semblait trembler, s'agiter comme une méduse échouée sur le sable. « Mais c'est affreux ! Pourtant je sais que c'est vrai ! Et Babs, et Althea, mon Dieu ! Duane, que leur est-il arrivé ? C'est atroce ! »

Il la prit par les épaules : « Il n'y a pas grand doute sur ce qui leur est arrivé.

— Elles sont mortes... ô Duane ! »

Elle vacillait et elle s'écroula en sanglotant contre la poitrine du jeune homme : « Mes pauvres petites sœurs ! »

Mrs Schumacher, qui était sortie pour un arrosage matinal, leur jeta un regard désapprobateur et détourna la tête ostensiblement. Duane et Ellen n'en tinrent aucun compte. La jeune fille se calma et dit au bout d'un moment :

« Comment prévenir les parents ? Ils espèrent encore qu'elles ont pu aller à Berkeley.

— On va le leur dire tout simplement, je ne vois pas comment faire autrement. Laisse-moi m'en charger. Je veux prendre la situation en main. »

Ellen recula d'un pas : « Je ne comprends pas, Duane.

— Si la police vient, elle va emmener Ronald, le mettre dans un confortable établissement et puis dans trois ou quatre ans elle décidera qu'il s'est tellement amélioré qu'elle le relâchera. Moi, je veux le tuer. »

Ellen fut terrifiée par l'accent de férocité dans la voix de Duane. Elle frissonna : « Je ne pourrais pas supporter de le toucher ou de le regarder.

— Tu étais sans doute la prochaine victime sur sa liste.

— Ô Duane ! — Elle avait la respiration haletante et son diaphragme se soulevait par saccades. — J'en aurais des convulsions.

— Tout ce temps-là, grommelait Duane, juste sous notre nez. »

Ils contemplaient la maison. Ellen demanda d'une voix blanche : « Crois-tu qu'il y ait une chance pour que Babs ou Althea soient encore en vie ?

— Cela me semble terriblement peu probable. Il y a une chose que je peux faire. Toi, rentre, fais le petit déjeuner de tes parents, lave la vaisselle, affaire-toi dans la cuisine et allume la radio.

— Et toi, que vas-tu faire ?

— D'abord, je vais regarder sous la maison puis je vais m'assurer qu'il ne peut pas s'échapper.

— Prends garde à toi, il peut t'attaquer.

— Il n'y a pas beaucoup de chances, et même à mon avis pas la moindre. »

Ellen lança un regard hésitant vers la maison : « Je me sens liquéfiée intérieurement.

— Ecoute, tâche de te comporter d'une façon naturelle. Ne fais pas attention à la cachette. Quand tes parents descendront, aie l'air comme d'habitude.

— D'accord, je vais essayer... surtout fais attention à toi, Duane, parce que moi aussi je t'aime. »

Elle rentra dans la maison ; Duane prit une lampe électrique dans la boîte à gants et fit le tour de la maison pour passer par-derrière. On entendait venant de la cuisine les flonflons d'un orchestre de cow-boys ; comme il le lui avait demandé, Ellen avait ouvert la radio. Il se dirigea vers la porte grillagée qui permettait d'accéder au sous-sol. Il l'ouvrit doucement et se mit à genoux : une âcre odeur de renfermé lui vint aux narines. Il braqua sa lampe de tous côtés mais, avec la lumière du jour dans son dos, le pâle faisceau de lumière électrique n'éclairait qu'à peine. Il prit une large inspiration et pénétra en rampant dans les ténèbres. Au bout de trois mètres, il s'arrêta et promena de nouveau sa lampe à droite, à gauche, en l'air, en bas. Il voyait bien maintenant les détails de la substructure, ce qui lui permit de se repérer : il était sous la cuisine. A sa droite, une rangée de piliers soutenait la poutre centrale sur laquelle reposaient les lambourdes du plancher. A quelques centimètres au-dessus de sa tête brillaient faiblement les conduites d'eau en cuivre et le tuyau de vidange en fonte d'une largeur de six centimètres environ. Duane suivit le trajet de ce tuyau : il rejoignait, au-delà de la poutre centrale, le conduit principal qui venait du second étage. Il avança, toujours à plat ventre, jusqu'à la jonction et vit un autre tuyau de la même grosseur descendant du plancher, à une distance de un mètre vingt. C'était donc bien la salle de bains du bas qui servait de refuge à Ronald. Si Ben Wood était entré dans son sous-sol, il n'avait pas regardé de très près la plomberie de sa maison. Il braqua la lampe sur le plancher au-dessus de lui et aperçut aussitôt la trappe. C'est bien ce à quoi il s'attendait. Ses yeux s'étaient adaptés à l'obscurité. Il retourna vers la rangée de piliers et porta son attention sur l'autre moitié du sous-sol. Contre le mur le plus éloigné étaient adossés des sacs en papier brun ; l'un était tombé, laissant échapper une demi-douzaine de vieilles boîtes de conserve soigneusement aplaties : c'était le dépotoir de Ronald qui répandait cette odeur nauséabonde. Il balaya le sol, centimètre par centimètre, de son faisceau lumineux et remarqua un emplacement ovale dont la texture était différente du reste du sol et, un peu plus loin, un rectangle fraîchement remué. Il prit du recul et les fixa attentivement. Il fallait bien que quelqu'un se dévouât ! Il gratta un peu avec une des boîtes aplaties dans la terre meuble ; pas la peine de creuser bien profond : à douze centimètres de la surface la boîte rencontra quelque chose de résistant. Il braqua sa lampe, bien que l'odeur fût suffisamment caractéristique. Il fallait en avoir le cœur net.

Il remit la terre et alla voir le deuxième emplacement avec les mêmes résultats. L'estomac soulevé et le cœur battant, il recouvrit la seconde fosse et revint à l'air libre. Il fit le tour de la maison et vérifia que la porte grillagée était la seule issue du sous-sol. Derrière le tas d'ordures, il découvrit un morceau de métal avec lequel il coinça la porte grillagée, désormais impossible à ouvrir ; Ronald ne pourrait plus s'échapper. Il rangea la lampe dans la boîte à gants et rentra à pas lents dans la maison. Ellen l'attendait sur le seuil et lui lança un regard interrogateur. Il fit un signe de tête affirmatif : « Elles sont en bas, toutes les deux... mortes et enterrées. »

Ellen soupira, elle avait de la peine à avaler sa salive. Plus rien à présent ne pourrait la toucher... Barbara et Althea ! Ses yeux s'emplirent de larmes ; elle sentit les bras de Duane autour de sa taille et sa voix lui glissa à l'oreille : « Il ne peut plus s'échapper, je l'ai bouclé dans sa cachette. Tu sais, il s'était aménagé une trappe dans le sous-sol. »

La jeune fille épuisée s'assit sur une marche et Duane vint s'installer auprès d'elle. Elle murmura : « Mes petites sœurs chéries que j'aimais tant ! Dire

que je les ai perdues et que jamais je ne les reverrai ! »
Il lui mit le bras autour de ses épaules ; ils demeurèrent ainsi en silence un bon moment. Marcia apparut sur le seuil, suivie de Ben, tous deux encore plus blêmes, plus hagards que de coutume. Les jeunes se levèrent et Duane alla à leur rencontre : « Bonjour !

— Bonjour, Duane », dit Ben.

Marcia resta sur place et, après avoir dévisagé alternativement sa fille et son compagnon, demanda : « Qu'est-ce qui ne va pas ?

— Voudriez-vous faire quelques pas dans l'allée avec nous ? »

Les Wood s'approchèrent à pas lents : « Vous savez quelque chose ?

— Ce sont de mauvaises nouvelles », déclara Duane d'une voix tragique.

Marcia laissa échapper une exclamation d'une voix curieusement haut perchée, tandis que le teint de Ben prenait une couleur terreuse.

« Allez-y...

— Ce n'est pas la peine de vous déguiser la vérité, murmura Duane, ce sera encore pire si je tourne autour du pot, préparez-vous à un choc brutal.

— Continuez, dit Ben d'une voix caverneuse.

— Les petites sont mortes, c'est Ronald Wilby qui les a tuées.

— Comment le savez-vous ? dit à son tour Marcia d'un ton tranchant.

— Hier, Ellen m'a dit qu'il vous manquait de la nourriture. Je lui ai dit de saupoudrer le plancher de la cuisine avec de la farine et, ce matin, nous avons vu des empreintes de pas.

— Et alors ? »

Après une petite pause, Duane reprit : « Vous savez ce que Ronald Wilby a fait à ma sœur. Ensuite il a disparu, cela vous le savez également. Sa mère l'a caché dans ce qui était la salle de bains du bas et il y est resté tout ce temps-là !

— Il n'y a pas de salle de bains en bas, décréta Marcia de sa nouvelle voix aux vibrations métalliques.

— Si. Elle était située dans l'espace en dessous de l'escalier. Les empreintes que nous avons trouvées mènent jusqu'au garde-manger, nulle part ailleurs. J'ai regardé de près, c'est ainsi que j'ai pu voir qu'il y avait un passage sous la planche du bas. »

Ben hocha la tête, médusé. Il dit d'une voix rauque : « C'est absolument incroyable. »

Marcia demanda en regardant la maison : « Mais comment savez-vous que mes filles sont mortes ? »

Duane se passa la langue sur les lèvres et articula avec peine : « J'ai regardé dans le sous-sol... j'ai découvert la trappe que Ronald avait aménagée et j'ai trouvé les deux tombes. »

Ben restait figé telle une statue ; Marcia haletait. Il finit par demander : « Peut-il s'échapper ?

— En tout cas pas par sa trappe, j'ai coincé la porte du sous-sol qui donne sur l'extérieur.

— Bon, nous allons rentrer dans la maison. Je veux réfléchir à la situation, j'appellerai ensuite la police. Vous êtes sûr de ce que vous avancez ?

— Absolument certain, Mr Wood. »

Marcia demanda : « Vous avez vu où il les a enterrées ?

— Oui.

— Et vous êtes sûr qu'elles sont là ?

— Oui, j'ai gratté la terre jusqu'à ce que je les voie. »

Ben, les épaules courbées, remonta les marches du perron et Marcia lui emboîta le pas telle une somnambule. Il s'arrêta dans le hall pour regarder le mur ; Marcia traversa la salle à manger, la cuisine et sortit sur le perron de derrière. « C'est inimaginable ! marmonna Ben, dire que pendant tout ce temps... »

Duane lui fit signe de faire attention. Ben soupira : « Ellen, cherche-moi le numéro de la police. »

Pendant ce temps, Marcia versait le contenu d'un

bidon d'essence dans une cuvette qu'elle transporta dans le garde-manger, la posa sur une planche puis elle revint dans la cuisine pour y prendre un torchon en papier ; elle le trempa dans l'essence et le mit de côté. Puis elle frappa à coups de pied dans le panneau de la porte secrète ; la serrure lâcha, la porte s'ouvrit vers l'intérieur. Marcia jeta le contenu de la cuvette par l'ouverture, gratta une allumette dont elle enflamma le torchon imbibé d'essence et le jeta dans le réduit. Voilà que la cachette, le monde magique d'Atranta avec ses fiers châteaux, ses ducs glorieux, sa carte et ses innombrables légendes, devint la proie des flammes. Un horrible hurlement s'éleva qui terrifia Ben, Ellen et Duane en train de faire le numéro de la police. Marcia était dans la cuisine, grave et calme. Dans le hall, le mur explosa : Ronald apparut dans l'échancrure, flambant comme un démon. Ils entrevirent, l'espace d'une seconde, un solide gaillard en haillons dont la tignasse et la barbe brûlaient et fumaient ; puis l'apparition infernale bondit par la porte d'entrée, dévala les marches du perron, courut de droite et de gauche devant la maison en battant des bras, se précipita par terre, se roula dans tous les sens en essayant par des contorsions grotesques d'étouffer les flammes, tout en beuglant et hurlant comme un forcené. Marcia et Ben assistaient à ce spectacle ; Marcia conservait son air impassible, Ben demeurait bouche bée devant ce démon dont on avait enfin réussi à débarrasser la maison. Ellen se hâta de prévenir les pompiers.

Ronald aperçut l'appareil à arroser des Schumacher qui fonctionnait sur la pelouse voisine : il se précipita sous les gouttelettes ; les flammes finirent par s'éteindre sous la douche et une vapeur malodorante se dégagea..., puis comme mû par une soudaine inspiration, il prit ses jambes à son cou. Duane réussit à le rattraper, le jeta sur l'herbe et lui donna en jurant un violent coup de pied dans le ventre mais Ronald saisit l'appareil et fonça sur lui tel un bombardier B 18, l'envoyant valser dans la haie de troènes des Schumacher ; puis il galopa dans Orchard Street et s'engagea dans Honeysuckle Lane.

Les sirènes rugirent, une auto de police surgit, suivie d'une voiture de pompiers. Duane arrêta la voiture de police et lui indiqua la direction de Honeysuckle Lane ; on apercevait Ronald qui passait par-dessus la clôture du jardin des Hasting. Les policiers pénétrèrent en force dans le vieux jardin à l'abandon ; ils fouillèrent les buissons, les appentis, le hangar, montèrent dans les chênes, les cyprès, les saules pleureurs, les ormes, les cèdres et les pins Monterey... toutes les recherches furent vaines, Ronald demeurait introuvable. Cinq policiers supplémentaires — l'effectif complet de la police d'Oakmead — vinrent joindre leurs efforts à ceux de leurs camarades. On visita les maisons voisines ; on interrogea les piétons, les automobilistes qui passaient par là. Laurel Hansen était justement en train de promener son caniche Ignatz ; après avoir répondu aux questions des policiers, elle se hâta de rentrer chez elle et communiqua les nouvelles à sa mère qui revenait de chez l'épicier. Celle-ci lança un rapide coup d'œil des deux côtés de la rue : « Ils sont juste à l'angle de la rue », s'écria-t-elle. Elle se déchargea de quelques paquets sur sa fille et, portant les deux sacs restants, donna un petit coup à Ignatz pour qu'il pressât le pas et se hâtât en direction de la maison. « Ferme la porte du patio à clé, ainsi que la porte de la cuisine ! cria-t-elle à Laurel, guette par la fenêtre. Nous ne sortirons pas d'ici avant le retour de ton père. »

Laurel obéit aux injonctions maternelles puis vint la rejoindre à la cuisine. Mrs Hansen était au téléphone ; elle demandait de façon pressante à son mari de rentrer au plus vite : « ... il est dans le voisinage ! Oui, Ronald Wilby ! ... Bien sûr, j'ai fermé les portes à clé. Non, Ralph, je veux que tu rentres tout de suite. Nous sommes seules, Laurel et moi... Ce qu'il peut faire ? Tu en as de bonnes ! Tout simplement faire irruption et nous assassiner. Oui, c'est ce dont il est parfaitement capable ! Tu es vraiment incroyable... Non, pas quand tu seras libre, tout de suite ! Je ne plaisante pas, Ralph ! Bon, dans ces conditions... » Elle raccrocha brutalement et vint, en se mordant les lèvres et fort agitée, retrouver sa fille. Elles se postèrent à la fenêtre. Mrs Hansen, habituellement si mignonne, comme il faut et flegmatique, semblait, telle était sa furie — et son inquiétude — dégager une fumée âcre et bleue comme du métal qu'on chauffe à blanc.

Laurel demanda timidement : « Papa ne rentre pas ?

— Il rentrera quand ça l'arrangera ; comme tous les hommes, il ne sait pas ce que c'est que d'avoir des égards pour les autres ! Ce serait bien fait pour lui si nous allions chez Edith et le laissions mariner... Il sera obligé de faire son diable de dîner tout seul... Fais taire ton sale chien, il gémit pour aller dehors. »

Laurel demanda d'un air perplexe : « Tu crois que je peux le laisser sortir ? Dans ce cas, il faut que j'ouvre la porte qui est fermée à clé.

— En tout cas, qu'il arrête ses simagrées !

— Ignatz, Ignatz, viens ici ! Attention ! Ne t'avise pas de lever la patte sur le tapis. »

Mrs Hansen murmura, comme si elle se parlait à elle-même : « Je ne comprends vraiment pas : le fils Wilby est revenu ou quoi ?

— Ils ont l'air de dire qu'il se cachait quelque part, qu'il s'était échappé. »

Mrs Hansen hocha le chef : « Quand on pense que le jour même où il a tué cette petite fille, il était venu ici... C'est inouï ! »

Laurel s'esquiva pour aller à la salle de bains. Mrs Hansen téléphona à sa sœur Edith pour lui raconter ce qui se passait : « ... Oui, dans notre rue !...

Ce petit chemin qui passe juste derrière la propriété des Hasting. Il s'est échappé de je ne sais où et... Non, Laurel ne l'a pas vu mais ça a été du tout juste. Naturellement tu connais Ralph, il a pris ça à la légère. D'après lui, je n'avais qu'à fermer les portes à clé et à prendre un tranquillisant. Un de ces jours, tu verras... Laurel ! Excuse-moi, Edith, mais ce maudit chien passe son temps à japper, je pense qu'il a envie de sortir. Attends une seconde, ne raccroche pas. Ignatz, Ignatz ! » Mrs Hansen posa l'appareil, chercha le chien dans le living-room. Elle tendit l'oreille et constata que les jappements venaient de la chambre de Laurel. C'est drôle, se dit-elle, pourquoi diable l'enferme-t-elle dans sa chambre ? Elle entra dans la chambre, regarda des deux côtés du lit : pas de chien ! Elle entendit des jappements qui venaient du placard. Mais enfin, qu'est-ce qui lui prend à cette fille d'enfermer son chien dans un placard ! Elle fit glisser la porte coulissante et découvrit Ronald empestant la chair brûlée, la fumée... et gémissant de douleur. Mrs Hansen se figea sur place. Sifflant et grognant, Ronald réussit à articuler : « Juste une minute, n'ayez pas peur, je suis entré par hasard... Je ne me sens pas très bien ! »

Mrs Hansen opéra une prudente retraite sur des jambes plutôt vacillantes, elle ne pouvait émettre un son. Elle fila dans le hall, Ronald tenta de la rattraper vaille que vaille. « Attendez ! criait-il d'une voix rauque, vous auriez peut-être un peu de pommade ou un comprimé d'aspirine ? » Mrs Hansen ouvrit en grand la porte qui donnait sur la rue et se sauva sur la chaussée. Laurel sortit à ce moment-là de la salle de bains. « Salut, Laurel ! s'écria Ronald.

— Ronald Wilby ! » dit la jeune fille d'une voix tremblante. Dans la rue, Mrs Hansen donnait des explications volubiles à son époux qui s'était enfin décidé à rentrer à la maison. Ronald jugea préférable de partir. Il traversa le living-room en titubant pour atteindre le patio. Ralph Hansen se mit à lui courir après. Ronald ne vit pas que la porte vitrée était fermée à clé, il se précipita et vint se cogner violemment contre la vitre qu'il cassa. Ralph rugit de colère, l'attrapa au moment où il courait le long de la piscine et réussit, d'un coup de poing à la tempe, à le faire choir dans l'eau. Hurlant et gémissant, Ronald s'agrippa au rebord de la piscine. Pour la seconde fois de sa vie, il se retrouvait l'hôte indésirable des Hansen et il resta dans la piscine jusqu'au moment où la police vint l'y cueillir.

CHAPITRE XVIII

La maison du 572 Orchard Street restait inoccupée. Sur la pelouse laissée à l'abandon, devant la façade, on avait placé un écriteau qui signalait : « A vendre. Consulter Agence Immobilière d'Oakmead, 890 Valley Bd. Calvin Roscoe, Bill Winger. Tel. 477.51002. »

Les pluies hivernales détrempèrent le jardin. Quelques jours de soleil précocement printanier firent pousser les mauvaises herbes dans les allées. De temps en temps, Mr Roscoe amenait des clients visiter la maison : de jeunes couples, des vieux, des familles avec des enfants, des ménages sans enfants... Un jour enfin, il accrocha sur l'écriteau une note signalant que la maison était vendue.

Une semaine plus tard, les nouveaux occupants arrivèrent et un camion de déménagement les suivit de près, apportant leurs biens. Par le plus pur des hasards, Duane et Ellen passaient par là. Ils s'arrêtèrent pour assister à l'emménagement : la famille se composait de la mère, du père et de trois enfants, dont deux filles et un garçon.

Duane fit remarquer à sa compagne : « On dirait que la maison a changé. C'est comme si elle prenait un nouvel aspect chaque fois qu'elle change de mains ! »

La jeune fille hocha la tête : « Ce n'est pas la maison qui a changé, c'est nous qui sommes différents.

— En tout cas, il y a une superbe salle de bains en bas mais cela ne se voit pas de la rue.

— J'ai comme l'impression que nous devrions les mettre en garde », murmura la jeune fille.

Il gloussa sans gaieté : « Contre quoi ?

— Je sais que c'est stupide de ma part. Allons-nous-en maintenant.

— Les gosses se demandent ce que nous pouvons bien regarder. »

Duane mit la tête à la portière : « Elle vous plaît votre nouvelle maison ?

— Elle est très belle, répondit l'aînée.

— Notre école est tout près, dit la seconde, nous ne serons pas même obligés de prendre le car.

— Et puis, ajouta le garçon, nous avons chacun notre chambre. Nous allons construire une grande véranda sur le devant où on pourra prendre des bains de soleil, nous aurons aussi une balançoire et peut-être qu'au-dessus on fera un balcon pour le deuxième étage.

— Nous allons peindre l'extérieur en vert pour que ça aille avec le vert des eucalyptus, renchérit l'aînée.

— Je crois que ce sera très joli, dit Ellen. Nous viendrons peut-être voir si c'est bien réussi.

— Vous savez, vous pouvez venir voir l'intérieur et faire le tour de la maison, proposa la cadette, c'est vraiment bien !

— Non, merci, il faut que nous partions, au revoir ! dit Duane.

— Au revoir ! » lança Ellen.

Et les trois voix enfantines crièrent à leur tour : « Au revoir, au revoir, au revoir ! »

ŒUVRES DE JACK VANCE
DANS PRESSES POCKET
Collection « Science-Fiction »

LES MAÎTRES DES DRAGONS

LA PLANÈTE GÉANTE

LA GESTE DES PRINCES-DÉMONS :

1. LE PRINCE DES ÉTOILES
2. LA MACHINE A TUER
3. LE PALAIS DE L'AMOUR
4. LE VISAGE DU DÉMON
5. LE LIVRE DES RÊVES

CHRONIQUES DE DURDANE :

1. L'HOMME SANS VISAGE
2. LES PALADINS DE LA LIBERTÉ
3. ASUTRA

GRAND TEMPLE DE LA S.-F. :

PAPILLON DE LUNE

UN TOUR EN THAERY

SPACE OPERA

LES CINQ RUBANS D'OR

LE JARDIN DE SULDRUN 5

UN MONDE D'AZUR

LES MAISONS D'ISZM

LA PERLE VERTE

LES DOMAINES DE KORYPHON

LES BALADINS DE LA PLANÈTE GÉANTE

LA VIE ÉTERNELLE

LA STATION ARAMINTA

Achevé d'imprimer en février 1992
sur les presses de l'Imprimerie Bussière
à Saint-Amand (Cher)

PRESSES POCKET - 12, avenue d'Italie - 75627 Paris Cedex 13
Tél. : 44-16-05-00

— N° d'imp. 401. —
Dépôt légal : janvier 1989.

Imprimé en France